JN099936
Kairo,Ren & Koichi
「3月22日、花束を捧げよ㊦」

3月22日、花束を捧げよ㊦

小中大豆

キャラ文庫

この作品はフィクションです。
実在の人物・団体・事件などにはいっさい関係ありません。

目次

3月22日、花束を捧げよ㊦ …… 5

あとがき …… 454

口絵・本文イラスト／笠井あゆみ

五

五月の末から六月の初めにかけて中間テストが行われた。テスト終了後の翌日からぱらぱらと、各教科で採点済みの答案が返ってくる。

金曜日、七限目の現代国語の授業で、答案の返却は最後だった。

「次、鈴木（すずき）君。鈴木海路（かいろ）君」

担任でもある国語科の教師に呼ばれて、海路は席を立ち、教壇へ向かう。差し出された答案を見て、ホッとする。

八十九点という点数は、今の海路にとっては意外ではなかった。それよりも、一番最後の問題にちゃんと丸がついているかどうかのほうが重要だった。

「鈴木君、頑張ったね。他の教科もいいみたいだし、この調子で頑張ろうな」

教師が労（ねぎら）いの言葉をかけてくれた。どうも、と口の中でボソボソと礼を言って席に戻る。

正当な努力ではなく、タイムリープという究極のカンニングのおかげなので、褒（ほ）められるとどうにも後ろめたい気分になった。

しかし、そんな海路の事情など知る由もない教師は、答案をすべて返し終えた後、生徒たちへの総括で余計なことを言い始めた。

「最後の問題、このクラスで正解したのは三人だけでした。英君、小宮山君、鈴木君」

生徒たちから、おおーと冷やかすようなどよめきが上がる。いちいち名指ししなくてもいいのに、と、海路は教師を恨んだ。

「さすが光一君」

前方の席で、クラス委員の女子の声が聞こえた。彼女の前にいた英光一が振り返り、その華やかな美貌に照れくさそうな微笑みを浮かべた。

海路と目が合って、にっこりと笑いかけてくる。海路はへらっとぎこちない笑みを返した。

それからふと、視線を感じて窓際を見る。小宮山蓮が、気だるげに机に肘をつき、海路を見ていた。

その眼光の鋭さに、海路は冷や汗をかく。目が合ってすぐ、蓮はふいっと視線を逸らし、前を向いた。

精悍な横顔を海路はしばらくぼんやりと眺めていたが、蓮がまた、ちらりと横目でこちらを窺ったので、慌てて目を逸らした。

中間テストが始まってから、蓮の海路を見る視線が、どんどん鋭くなっている気がする。

いや、気がするではなく、実際そうなのだろう。その理由もわかっている。

しかし、蓮が何を考えているのか、その精悍な美貌からは窺えなかった。

答案を返却した後は、通常の授業となり、過去に五回も繰り返し聞かされた担任教師のダジャレに薄笑いを浮かべたりしながら、その日の授業は終わった。

「海路」

自分の席で帰り支度をしていたら、蓮が近づいてきた。顔を上げるとまた、鋭い視線とぶつかる。

「約束だよな」

蓮はそれだけ言った。海路も「あ、うん」とだけ、うなずく。

支度を終えると、二人で教室を出た。去り際、通りすがりにちらりと、光一の席を見る。

光一はクラス委員の女子と話し込んでいて、蓮と海路が連れ立って帰るのを一瞥（いちべつ）したが、何かを感じた様子もなく、話を続けていた。

「場所、どこか考えてあるのか？」

校舎を出ると、それまで無言だった蓮が尋ねてきた。その口調は特に不機嫌でも明るくもなく、ごく普通である。普通の、ホワイト蓮だ。

海路は少しホッとする。

「えっと、カラオケ店でもいいかな。できたら、個室でゆっくり話せるところがいいんだ」

「そうだな。込み入った話みたいだし。カラオケはどこか、いい店知ってる？」

いい店というのは、どういう意味だろう。しかしどのみち、海路はカラオケ店に詳しくない。過去のタイムリープで何度も行ったことがある、家の近くの店を提案した。

「俺んちの近くなんだけど」

「いいよ。お前の家、うちからもそんなに遠くないんだな。そこにしよう」

蓮が応じて、二人は高校前のバス停からバスに乗り、カラオケ店へ向かった。

店に入ると、海路が受付を済ませる。今回のタイムリープでは初めてだが、通い慣れた店なので迷いはなかった。

海路が受付をして、部屋の番号を案内されるのを、蓮は黙って見守っていた。

部屋へ向かう途中のドリンクコーナーで、それぞれ好きな飲み物をグラスに注ぐ。

蓮はコーラだった。海路がその横でメロンソーダを注いでいたら、フッと笑われた。

「何？」

そういえば、以前にもこんなことがあったな、と思いながら相手を軽く睨む。今回の蓮は海路の反応を流さず、ニヤニヤ笑いを返した。

「いや、可愛らしいよ」

「蓮だってコーラじゃん。似たようなもんだろ」

「そうだよな。まあ、そうなんだけど。なんか、チョイスが海路らしいなと思って」

「俺らしいって何。意味がわかんない」

たぶん、子供っぽいと言いたいのだろう。「どうせ中学生ぽいですよ」などとブツブツ言いながら、部屋に入った。

「ここ、よく来るのか？　……いや、違うよな。さっき、フロントで初めてだって言ってた」

海路に尋ねてから、フロントでのやり取りを思い出したらしい。

先ほど海路は、受付のスタッフに「ご来店は初めてですか」と聞かれたのだ。海路は「はい」と答えた。

蓮は恐らく、海路がこの店に慣れている様子だから、「よく来るのか？」と、尋ねたのだ。よく人を見ているなと、海路は感心する。

部屋に入り、L字型に並べられたソファの手前に海路は座った。蓮ははす向かいに座るのかと思いきや、ちょっと間を置いて海路の横に座った。

「ポテト頼んでもいい？」

ソファにどっかり腰を下ろし、蓮はテーブルに置かれたフードメニューを拾い上げて言う。すぐに本題に入るつもりで緊張していたので、拍子抜けした。

「うん。お腹空（す）いたよね」

「お前も食う？　それなら、二種のポテト大盛りにするか」

海路がうなずくと、蓮はインターホンでフライドポテトを注文した。海路はその間、メロンソーダを飲む。

以前の蓮は、ここでフードなど頼まなかったし、無駄話もしなかった。用件だけ話して、さっさと帰っていた。

五月の連休明けから今日まで、クラスメイトとして蓮の姿を見てきたけれど、本当に以前とは何もかもが違う。

快活な蓮の周りには今も、取り巻きたちがくっついている。光一は昼休みの時だけ、蓮や蓮のグループのメンバーと一緒にご飯を食べるけど、それ以外は蓮たちと離れていた。

よく、クラス委員の女子とおしゃべりしている。

他に、優等生タイプの男子とも仲良くしているようだった。物静かで、でも陰キャというわけでもなく、必要なコミュニケーションを無駄なく取れる人たちだ。そういう人たちのほうが、光一は気が合うのかもしれない。

今回も、今までのタイムリープと同じだと思っていた。でも実際はいろいろなことが異なっている。

クラスの雰囲気も違う。蓮のキャラクターが異なるせいだろう。今のクラスは明るくて、でもいささか……いや、かなり騒がしくて、海路にとっては居心地が悪い。

「中間テスト、いい点取れた。教えてもらった五教科、ぜんぶ」

ポテトを頼み終え、コーラを飲みながら、蓮がぽつりと言った。その目は探るように、海路を見ている。

「現国の最後の問題なんか、事前に引っかけだって言われなきゃ、気づかなかったかもな」

海路は軽く肩をすくめた。

「蓮なら、言われなくても気づいたんじゃない？」

蓮は答えず、手元のグラスに目を落とす。

「ずっと考えてたけど、何度考えてもトリックがわからない」

「トリック」

「お前が、事前にテスト内容をどうやって知ることができたか。そのトリックだよ」

その時、性急なノック音と同時に部屋のドアが開いて、フライドポテトが運ばれてきた。店のスタッフがポテトの盛られたバスケットを置いて去る。蓮は「食おう」と、ポテトを海路が取りやすい位置に置いて、自分もポテトを取った。

海路がポテトを一つ取って食べると、蓮は中断された話を再開した。

「事前に問題用紙を見たことがあるか、テストを作った先生から教えてもらったか。後者はまず、あり得ない。先生の弱みを握ってるとか、洗脳や催眠術で言いなりにしてるとか、可能性を考えてみたけど、常識的じゃない。しかも五教科、五人全員から聞き出すのは無理だろ」

「前者は?」

いちおう、聞いてみる。常識的、と蓮は言ったが、海路がこれから打ち明けようとしていることは、蓮の想像よりうんと非常識なことだ。

この突拍子もない話をして、彼は信じてくれるだろうか。でも、してくれないと困る。中間テストはそのための布石だったのだ。

五月の連休明け、公園で蓮と取引をした翌日、海路は蓮に、中間テストの内容を教えた。

さすがに、すべてのテスト問題を詳細に覚えているわけではない。ただ印象に残っていた問題をピックアップして紙に書き、それを蓮に渡した。

一教科だと、何か仕掛けがあるのかと疑われるかもしれないので、五教科分、問題を書いた。

「テストが終わった後、何人かの先生に聞いてみたんだ。テスト問題はどこにしまってるのかって。金庫みたいに鍵のかかる箱があって、そこに保管するらしい。テストの当日、校長か教頭が取り出すんだってさ」

「へえ、意外と厳重なんだね」

どうやってテスト問題を保管しているのかなんて、海路は考えたこともなかった。海路の言葉に、蓮は嘆息する。

「ってことは、お前は具体的な保管方法も知らなかった、ってことだよな。事前に職員室に忍び込んで、金庫を開けるっていうのもあり得ない話だけど」

「常識で考えたらね」

海路が言うと、蓮はちらりとこちらを見た。海路は素知らぬふりでポテトを食べる。塩が効いていて後を引く。つい、手が伸びてしまう。

「非常識な方法ってことか。いや、そもそもの前提がおかしいんだよな。お前が俺に、問題が書かれた用紙を渡してきたのが、五月の八日？　連休明けに話をした翌日だった。これも後で先生に確認してみたんだけど、テスト問題を作るのは大抵、テストの一週間前くらいだそうだ。それより前はまず、テスト範囲が決まってない。同じ学年で範囲は揃える必要があるから、社会科なら社会科の先生の間で、テスト範囲を話し合うんだと。それを考えたら、五月の上旬に問題を知るのは、まず無理だ」

本当にいろいろ考えたんだな、と思う。先生に確認するなんて、フットワークの軽さが蓮らしい。その蓮は、コーラのグラスを置いて軽く両手を掲げた。

「ってことで、降参。種明かしをしてくれ」

海路はメロンソーダを一口飲み、覚悟を決めた。グラスを置き、居住まいを正して蓮を見据える。

「最後まで、話を聞いてくれる？」

「それは、もちろん」

「とにかく、とりあえず、最後まで聞いてほしいんだ。途中で茶化したくなると思う。俺の言ってること、本当にすごくめちゃくちゃ非常識だから」

「わかった。どんなに突拍子がない話でも聞くよ。未来を予知できるとか、未来からタイムスリップして来たって話でも」

「……………」

軽口でいきなり核心に触れたので、海路は言葉を失った。話の接ぎ穂を失って口をつぐむのを見て、蓮も目を瞠る。

「マジで？　こういう系の話だった？」

「……そういう系の話です」

海路はうなずくしかない。蓮は、「マジかあ」とつぶやいて天井を仰いだ。

こういうリアクションを受けるとわかっていたけれど、出鼻を挫かれてしまった。

海路はいたたまれず、メロンソーダのグラスをあおった。氷しか残っていなかった。

蓮が不意に席を立つ。

「ちょっと休憩。ジュース取ってくる。お前は？　メロンソーダでいい？」

「あ、えっと、コーラで。……お願いします」

答えてから、このやり取りを以前やったなと思い出した。海路の飲み物がなくなって、蓮がお替わりを持ってきてくれたのだ。

こちらの蓮は「了解」と軽く請け合って部屋を出て行った。間もなく、コーラとメロンソーダを持ってきたので、ちょっと笑ってしまった。これも同じだ。

「お前が飲んでるの見て、美味しそうだなと思って」

海路が笑うのに、蓮も笑いながらそう言い訳した。あの時と表情は違う。でもかつての蓮も、同じように思ってメロンソーダを選んだのかもしれない。

「それで、どっち?」

蓮はソファに座ってメロンソーダを一口飲み、性急に切り出す。目の前のコーラに集中していたので、不意を突かれた。

「へ?」

「予知能力か、未来から来たのか」

「えっと……未来から来たほう、です」

我知らず、声が小さくなってしまった。厳然たる事実なのだけど、中二病を告白するみたいで恥ずかしい。

でも、ここが正念場なのだ。海路は思い直し、うつむきがちだった自分を叱咤した。

何のために、中間テストの終わりまで待ったのか。仕込みをしたのも、蓮に何とかしてこの非常識な現実を受け入れてもらうためだ。

これが最後なんだぞ、ともう一度、自分に発破をかける。

「未来から来ました。っていうか、ある目的でタイムリープを繰り返してる。信じられないのはわかるけど、蓮にも関係のあることだから、最後まで聞いてくれる?」

海路は顔を上げ、蓮を見た。蓮の瞳は揺れている。また、色々な可能性について考えているのだろう。常識的な可能性について。たとえば海路が、妄想癖の持ち主だとか。

「——わかった」

それでも、彼は神妙な顔でうなずいた。

「ここまで来たんだ、ぜんぶ聞くよ。話してみてくれ」

海路はそこで、もぞもぞと尻を動かし、ソファに座り直した。

蓮に何を話すか、どんなふうに説明するか、何度もシミュレーションしてある。でも、いざとなるとそれも吹き飛んでしまった。

唇を舐め、考えながら言葉を口にする。

「まず、このまま放っておくと、光一君は死にます」

蓮の顔色が変わった。海路は話を続けた。

「絶対に間違いなく死ぬ。俺は、俺たちはそれを阻止するためにタイムリープを繰り返してた。でも、どうやっても阻止できない。光一君は必ず、絶対に死ぬ」

それを聞いた蓮はまず、眉をひそめてメロンソーダのグラスを大きくあおった。ソーダを飲んでいる間に、海路の言葉を頭の中で整理しているようだった。

氷を嚙み砕いた後、眉間に皺を寄せたまま口を開いた。

「タイムリープって。未来がわかってるなら、防げないのか？　病気……で死ぬなら、何度もトライしないよな。防げるかもしれないって希望があるから、タイムリープを繰り返してるんだ。事故か、事件？」

さすがに蓮は呑み込みが早い。これが地頭の差か、などと海路は考えた。

「事故死。あの、信じてくれるの？」

海路が蓮の立場だったら、ちょっと信じられない。実際に我が身に降りかかってみなくては、到底信じがたい現象だ。

「半信半疑だな。正直な話」

本当に正直に、蓮は答えた。

「でも取りあえず、最後まで聞けって言われたからな」

だからまだ信じられなくても、とにかく話は聞いてくれるというのだ。

理性的で思慮深いホワイト蓮に感謝しつつ、海路は持ってきたリュックを探った。中からレポート用紙を一枚、取り出す。

「光一君は毎回、事故で死ぬ。でも、日付も事故原因もランダムなんだ。だから、いくら未来を知っていても予測できない。まず、これを見てほしい」

蓮に渡したそれは、これまでのタイムリープで起こった光一の死亡記録だ。昨日、海路が蓮に説明するために手書きしたものだ。

死亡した日付と死亡原因が書いてある。光一が死んだのは、ぜんぶで八回。海路が巻き込まれる前、蓮からの伝聞も書き出しておいた。

「……こんなに？」

八回、というのは、蓮にとって予想外だったようだ。レポート用紙を見るなり、絶句している。

「この、表の左側にある二列の数字は何だ？『R』と『K』って項目。ゼロから始まって、ナンバリングみたいだけど」

「それは、タイムリープの回数。一番左の『R』が蓮で、二列目の『K』が海路、俺」

蓮が顔を上げて海路を見た。

「言ったでしょ、蓮に関係あるって。このタイムリープは、蓮が始めたものなんだ」

海路はそれから、これまでのタイムリープについて説明した。

まず最初に、蓮が「お別れの会」の帰り、たまたま橋の上から花束を投げたことから、時間の巻き戻りが始まったこと。

必ず二〇二四年五月六日の昼に時間が巻き戻り、トリガーを引くのが翌年の三月二十二日であること。

それから、光一の死亡日がいつかにかかわらず、三月二十二日に必ず「お別れの会」が開かれるという事実。

海路は蓮が繰り返してきたタイムリープに、途中から巻き込まれたこと。

巻き込まれた経緯について、最初はさらっと「一緒に橋から落ちて」と説明したのだが、蓮からすぐさま「どういうこと?」とツッコまれた。

「トリガーは、花束を投げることなんだよな?　なんで二人で橋から落ちるわけ?」

もっともな疑問である。海路はもっと詳細に、蓮の様子が気になって後をつけ、橋に立った蓮が後追い自殺をすると思い込んだところまで話すことになった。

「もっと言うと、その前、文化祭の準備の時に、蓮が光一君を好きなことに気づいたんだ。たまたまなんだけど。それで、片想(かたおも)いしてるって知ってたから」

「なるほど。だから先月、俺が光一を好きなことも言い当てられたわけだ」

海路がうなずくと、蓮は「なるほど」と、もう一度つぶやいた。

ここまで訥々(とつとつ)と説明をしてみて、自分は説明ベタなのだなとつくづく実感した。

順序だてて話しているつもりでも、肝心の言葉が抜けていたりする。蓮にいちいち指摘されて、ようやく情報が出揃う有様だ。

「説明が下手でごめん。ただでさえ、タイムリープとか意味不明なのに」

しょんぼり肩を落としていると、蓮がクスッと笑って「いや、ちゃんとわかるよ」と、フォローをしてくれた。

そこでまた、気を取り直して続きの説明を始める。

蓮と花束と一緒に橋から落ちたのをきっかけに、海路はタイムリープに巻き込まれた。

蓮がトリガーを引くと、海路も引っ張られて一緒に戻って来てしまう。だから蓮に協力して、光一を救うことを決意した。

でも、それからまた何度かタイムリープを繰り返しても、光一の死は阻止できなかった。

そして今回、何かの手違いで海路の時間だけが巻き戻り、蓮は戻らなかった。

それらをかなり詳細に、時に蓮に聞き返されたりしながら説明した。

でも、タイムリープの中で起こった感情の変化や、自分一人で行動してしまう蓮やそれに対する海路の心情については、口にしなかった。

言っても愚痴になるし、ましてタイムリープが嫌になって自殺しかけたなんて、これから光一を救おうと協力を求めているのに、話すわけにはいかない。

淡々と事実だけを話そう……この時点では、そんなふうに考えていた。

「いつ死ぬのかはランダムか。確かに難しいな。しかも、トリガーを持ってたはずの俺が戻って来ていない。今の俺が橋から花束を投げて、タイムリープに成功できる保証はないな」

「うん。トリガーを引くのは蓮じゃなくてもいいのかもしれないとか、いろいろ可能性はあるんだけど、今のところ不確定だし、実験するにはリスクがありすぎる」

「希望の日時に戻って来れなかったら、意味がないものな。それならやっぱり海路の言うとおり、光一救出のチャンスは今回限りって覚悟しておいたほうがいいな」

これが最後のチャンスだと……蓮自身がそう、あっさりと言ってのけたので、海路は驚いて目を瞠った。それを見た蓮が首をひねる。

「何、違った?」

「う……ううん。違わない。ただ、今回限りだって、受け容れるんだなって思って」

「だって、最後は最後なんだろ?」

海路は自分が感じたことを言おうかどうしようか迷い、でも言うことにした。

隠し事はしたくないから、というわけではなく、ここで下手に濁して、蓮の信用や興味を失いたくなかったからだ。

「最後は最後だけど。でも、俺が知ってる蓮だったら、光一君の命がかかっているのに、そんなにあっさり『今回限り』なんて言わないなって思って。可能性があるなら、リスクを負ってもトリガーを引いてみると思う」

「あっさり言ったつもりはないし、光一の命を軽んじてるわけでもない。どうにかしてあいつを救いたいと思ってる。けど」

海路の言葉に穏やかな口調で反論してから、蓮は言葉を探すように眼球を左右に動かした。

「本来なら、光一が不慮の事故で死んで終わりだった。このやり直しはたまたま偶然、それどころか、あり得ないチャンスだったわけだろ。しかも何度も何度も、成功するまでやり直すなんて、本当は不可能なことだ。一度でもチャンスがあるなら、ラッキーだと思うよ」

それはそのとおりだ。光一は死ぬ運命で、一度死んでしまえば、本来ならそれで終わりだ。

「蓮の言うとおりだよ。でも……」

「でも、降って湧いたチャンスをありがたがることもなく、なんで助けられないんだって、キレてたわけだ。海路の知ってる俺、とやらは」

海路が感じていたことを本人が的確に言い表してくれたので、またまたびっくりした。

「キレてたわけじゃない。でも、何度もやり直して疲れきってた。ずっと不機嫌だったな。俺の意見もほとんど、聞いてくれなかったし」

ちょっぴり愚痴をこぼしてしまった。でも蓮はムッとすることもなく、きちんと海路の言葉に耳を傾けて、内容をいちいち整理してくれる。

「海路の話を聞いた感じだと、今の俺と未来を知ってるタイムリーパーの俺とは、なんだか別人みたいだな」

「うん。だからいつも、時間が巻き戻った直後、連休明けの五月七日は、クラスがざわざわするんだよ。いつも明るかった蓮が、いきなり暗……大人びて、人が変わったみたいになるから」

言葉を選んで途中で言い直したら、蓮は苦笑した。

「気を遣わなくていいよ。今は事実が知りたい。俺、暗いんだ？」

「……まあ、うん。俺も初めてタイムリーパーの蓮を見た時、今日の蓮はなんだか疲れてるな、って思ったんだ。連休前みたいに笑わないし喋らない。たまに喋っても、声の出し方とか喋り方が違う。憂鬱そうで陰があって、急に年を取ったみたいだった」

「ぜんぜん別人じゃん。今の俺と」

蓮がすかさずツッコんだ。でも軽い口調とは裏腹に、表情は真面目だ。軽口を叩きながら、頭の中では別のことを考えているようにも見える。

「まあでも、何の心構えもなく突然、幼馴染みが死んだら、もっと必死になるのかもな。今は話に聞くだけで、光一が死ぬ実感なんてないし、お前の話だってそもそも半信半疑だから、余裕こいていられるけど」

自分自身を分析しつつ、蓮は中空を睨みながら言った。かと思えば、すぐに眉間の皺を解いて海路に向き直る。

「まあいいや。とにかく今回がラストチャンスなわけだ。しかも、光一が死ぬタイミングがわからない。これは厄介だよな。俺たちが阻止するにしても、四六時中見張っているわけにいかない。……光一自身にも危険を意識してもらわないと、無理じゃないか？」

海路は思わず首肯した。そのとおりなのだ。それをずっと言いたかった。海路が強い同意を示すのに、蓮も身を乗り出す。

「やっぱ、それが定石(じょうせき)ってやつだよな。今までは、どうやって光一に伝えてたんだ?」

真っすぐ問いかけられて、海路は一瞬、言葉に詰まった。

「今まで、光一君には伝えたことない」

訥々と事実を告げると、蓮は「ええ?」と、眉をひそめる。その反応を見て、海路も自分の考えは間違っていなかったのだと思った。

「そうだよね。やっぱり蓮も、光一君に知らせたほうがいいって思うよね。ぜんぶは打ち明けなくても、とにかく命の危険があることを知ってもらって、光一君自身が気をつけてくれないと、って」

「まあ、そうだな。まず普通は、その方法を考える」

蓮は海路が書いた表に目を落とし、指先で紙片の端を叩いた。

「五回目、だっけ? 家族旅行の最中に死んでる。さすがに幼馴染みの俺も、家族旅行には付いて行けない。四六時中張り付いてないと、阻止するのは無理だ。その四六時中付いてるってのも、何かよほどの口実がない限り難しい。……今まで、なんで光一に伝えなかったんだ? これだけ失敗してるなら、信じてもらえるかどうかはともかく、一度くらいは伝えてみてもいいと思うんだけど」

そのことは、海路が以前の蓮にずっと言いたかったことだった。図らずも、当人がそれを指摘した。

やっぱり、と安堵する気持ちと、なぜ、という疑問が交錯する。

本人に危機を自覚してもらう。やはり、誰でもそれを思いつくのだ。ではなぜ、蓮はそれをしなかったのか。

目の前にいる蓮の表情を窺いながら、海路は慎重に答えた。

「何でなのかは、わからない。蓮は、光一君に言ったところで、どうせ信じてもらえない、って言っていた。でも、それでも一度くらいは試してみるべきだよね？　なのに蓮は……タイムリーパーの蓮はそれをしなかった。なんでかわからない。何を考えていたのか、彼はいちいち説明したりしなかった。いつも一人で考えて行動する」

同じ顔をした蓮が「一人？」と、怪訝そうにつぶやく。

「そう、一人」

海路はうなずいた。

「俺がタイムリープに巻き込まれたのも、最初はすごく迷惑がってた。態度だけじゃなくて、はっきり言われたんだ。蓮と一緒に光一君を救いたいって言ったのに、事情のわかってない奴にウロチョロされると迷惑だって。俺なんてさ、橋から落ちたはずなのに、気づいたら自分の部屋で寝てて、すごく混乱してたんだ。けど蓮は、タイムリープについて詳しく説明してもくれないで、ただ迷惑だって言われた」

言わずにおこうと思っていた。今後のことを考えて冷静に、あらかじめ自分が計画を立てたとおりにことを進めよう。そう思っていたのに。

やっぱり、と、なぜ、の二つが頭の中を巡る。本人だってそれが最善だと思ってる。なのにその方法を取らなかった。

タイムリーパーの蓮は、何を考えていたのだろう。どうして誰の助けも借りず、一人で行動したのだろう。

答えを聞くことができなくなって初めて、蓮の行動の不可解さが浮き彫りになる。

「さっき俺、蓮と二人で光一君を助けようとしてたって、言ったでしょ。でもそれ、本当は嘘なんだ」

「嘘?」

蓮は怪訝そうに、でも咎める様子はなく優しい態度で聞き返す。蓮は優しい。優しかった。

同じ人間なのに、こうも変わるものなのだろうか。

「蓮は光一君に、それこそ四六時中張り付いて、見守ってたよ。いつ死んじゃうかわからないんだもん。でも俺はさせてもらえなかった。一度は、学内担当みたいなことを言われて、学校にいる間だけ光一君の見守りをさせてもらえたけど。でもそれだけ。学校の外では一緒に行動させてもらえなかった。いつも光一君には、蓮だけだった」

海路が堰を切ったように話すのを、蓮は黙って聞いてくれる。時々、わかっているよというふうにうなずいたりして。

　その態度が、小さな子をあやすみたいでもどかしさもあったけれど、それよりちゃんと自分の話を聞いてうなずいてくれるのが嬉しかった。

　海路は感情が溢れるのに任せて、話を続けた。

「それだけ、光一君のことが好きなんだなって思った。このタイムリープは、蓮と光一君の物語で、俺なんか最初からお呼びじゃないんだって。陰キャのモブがしゃしゃり出て勝手に巻き込まれて、蓮はすごく迷惑してる。だから光一君の見守りに参加させてもらえないし、俺の意見も聞いてもらえないんだ。そう思ってたけど……でも、でもさ、やっぱおかしいよね？　上手く言えないけど、蓮の行動のほうが、普通じゃないよね？」

「……光一を救いたい。その目的を考えたら、確かに俺の行動は上手いやり方じゃない」

　蓮が言う。未来の自分の行動について考察しているのか、腕を組んで厳めしい表情をしていた。

　海路が、「だよね？」と、救いを求めるようにつぶやくと、うなずいて少し表情を和らげる。

「未来から来た俺が何を考えてたのか、自分のことだけどわからないな。けど、少なくとも、海路が考えたような、俺と光一の物語だから、ってのは当てはまらないし、海路を邪魔なモブだとも思わない。……別に、お前に気を遣って言ってるんじゃなくて、本心からそう考えてるんだよ」

海路は自分がどんな顔をしているのか意識していなかったが、蓮はこちらを見て最後の言葉を付け加えた。

「ちょっとまだ……考えてもわからないことだらけだな。細かいことは後で一つずつ確認するとして、だ。今まで光一を救うために俺たち……いや、俺がやってたのは、光一にべったり張り付いて、ひたすら見守ること。それだけ。その認識で合ってる?」

海路がうなずくと、蓮は大きくため息をつく。

「それは……お前。本人が言うことじゃないけど、海路にとっては、フラストレーションが溜まりそうだな」

「フラストレーション……」

自分では使わない言葉が出てきて、海路はおうむ返しにつぶやいた。蓮が、「違う?」と眉を引き上げる。

「だって、自分では何もさせてもらえないまま失敗して、また同じ時間をやり直すんだろ? 地獄じゃん」

地獄、と、蓮は軽い気持ちでその単語を使ったのかもしれない。

でもそれを聞いた途端、海路はそれまで溜めに溜めていた感情が、どっと外へ解放されるのを感じた。自分の意志とは関係なく、涙が溢れた。

「だ、だよね? 地獄……そう。そう、なんだよ」

誰かに言いたかった。でも誰にも言えなかった。苦しかった。橋から飛び降りて、自分の命と一緒にこの苦しさも終わらせようと思った。

死んだはずなのにまた時間が巻き戻り、そこで気持ちも吹っ切れたはずだったけど、完全に吹っ切れたわけではなかった。

わだかまりはまだ、心の底で燻っていた。

「海路……」

蓮の呆然とした声が聞こえたが、涙で視界が潤んでいて、相手の顔がよく見えない。

公園に続いてまたも泣き出したのだから、呆れているだろう。それでも感情の蓋が開いて、うまく閉じることができなかった。

「ずっと何もできなくて、それなのに同じ時間を繰り返して、苦しかった。俺だけ除け者にされて、永遠に雑巾がけさせられてるみたいな惨めな気持ちで。もうやめたいって思った。でも、やり直しをやめたら、光一君は死んじゃうでしょ。だからやめようって言えない。蓮の光一君に対する気持ちを知ってたから、余計に」

ぐすぐすとみっともなく泣きながら、海路は話を続けた。泣き顔を見せないようにうつむくと、涙がテーブルに落ち、鼻水も垂れそうになった。

すん、と鼻を鳴らして目元を拭う。でも感情はままならない。もう、ここまで来たらすべてを話してしまおう。

「同じ時間を繰り返してるうちにだんだん、麻痺してくるんだ。周りが背景みたいに思えてくる。だって、どうせリセットされるんだもん。俺が頑張ってコミュ障を治して、クラスメイトといい感じに馴染んだとする。でも来年の三月になったらまた、時間が巻き戻る。そうしたら最初からやり直しだ。その回でどれだけ勇気を出して人間関係を構築したとしても、関係ない。だからもう、どうでもよくなる」

海路は自分のリュックを探り、ポケットティッシュを取り出して鼻をかんだ。先月、蓮にもらったティッシュの残りだ。大事に取っていたわけではなく、入れっぱなしにしていたのだが、役に立った。

涙も止まって、ようやく顔を上げた。

「俺、蓮のことが好きだった。……なんて、気づいてたよね?」

蓮が困惑した顔をした。いきなりそんなことを切り出した、海路の思惑を探るように、こちらをじろじろと見る。

「それも、俺から聞いたのか?」

海路は笑った。こういうはぐらかし方は、蓮らしいと思う。

「うん。蓮が好きだった。入学式の時からカッコいいなって思ってたけど。一年の時、傘のことで助けてくれたでしょ。あれで好きになった。三年になって同じクラスになって。……あの時は、すごく嬉しかったな」

そわそわくすぐったい気分だった、四月の始業式。今となっては、とても遠い過去のことだ。

「五月になって蓮の様子がガラッと変わった。驚いたし心配したけど、でもたまに前みたく優しくて。変わっちゃった蓮も好きだった。でもその好きって気持ちも、タイムリープを繰り返している間にだんだん、わからなくなっていった。好きってなんだろう。どんな気持ちだったっけ、って」

目の前の蓮が、軽く目を見開いた。海路は微笑む。

「今、俺が言ったみたいなことを、蓮も言ってたんだよ。蓮も、だんだん感情が消えていったんだと思う。それでも、そんなふうになっても蓮は、タイムリープを繰り返してた。俺を排除して、前回と同じやり方で、執拗に。俺、頭がおかしくなりそうで……本当に、おかしくなってたんだと思う」

海路は言葉を切る。今、ここで言うべきことではないとわかっている。でも我慢できなかった。誰かに……蓮に聞いてもらいたかった。

自分が体験してきたこと、その苦しみ、海路自身の物語を。

「俺がやめよう、きちんと期限を決めようって提案したって、蓮はどうせ聞いてくれない。だから俺、自分だけ終わらせることにしたんだ。どうしたら終わらせられるのか、考えた」

蓮がわずかに眉根を寄せた。

「卑怯だってわかってる。でも、我慢できなかったんだ。蓮がトリガーを引く前に、蓮の目の前で俺、橋から飛び降りた。……死ぬつもりで。あてつけみたいに」

あの時のことを思い出し、またひとりでに涙が出た。海路は顔を伏せる。

長いソファの少し離れた場所に座っていた蓮が立ち上がる気配がして、ふわりと石鹸みたいないい匂いがした。

かと思うと、次の瞬間にはもう、海路は蓮の腕に抱きしめられていた。

「——ごめん」

耳元で蓮の声がする。びっくりして、涙も止まった。

「え……」

蓮に抱きしめられている。信じられないけど、これは夢でも妄想でもなく本物だ。

なんでいきなり？　それほど強く抱きしめられているわけではなかったが、海路は蓮の腕の中で、驚愕のあまり呼吸もできないくらいに固まっていた。

「ごめんな」

また耳元で謝罪が聞こえた。

「どうして、蓮が謝るの」

「お前がそんなになるまで追い詰めたの、俺だろ」

「今の蓮は、違うじゃない。それに、そうじゃないよ。俺が勝手に自滅しただけ」

蓮が悪いわけじゃない。今、海路を抱きしめているホワイト蓮はもちろんのこと、ブラック

蓮だって、悪くない。

やり直しを繰り返していた時は、ブラック蓮にいろいろ恨み言を言いたい気持ちもあった。でも、それでも彼が悪いわけじゃない。

蓮は光一を救おうとしていただけだ。やり方は自分勝手だったけど、それだけ必死だったとも言える。

「悪いのは、蓮じゃなくて神様だよ」

謝罪する蓮の声は、慰めのためだけではなく本気で罪悪感を覚えているようだった。だから海路は言ったのだ。

「蓮でも俺でもなくて、こんなシナリオを作った神様が悪い」

「そっか、神様か」

海路の必死さがツボに嵌まったのか、蓮は軽く肩を揺すって笑った。抱き合っていると、相手の声やちょっとした身振りが振動で伝わるのだ。

新鮮な感覚に、蓮に抱きしめられているという現実を思い出し、またドキドキした。

子供みたいに泣いて、蓮に抱きしめられ慰められて、ときめいている間に時間が経ってしまい、カラオケの終了時間になってしまった。

もう遅いからということで、時間延長はせず解散になった。

その日、蓮に話せたことと言えば、海路が蓮とタイムリープをしてきたこと、それまでの過程と愚痴だけだ。

肝心の、ホワイト蓮に光一救出の協力をさせるというミッションは、遂行できなかった。

カラオケ店の前で別れた時の、海路と蓮の態度はお互いにぎこちないものだった。

と言っても、蓮の態度がぎこちなかったことを思い出したのは、海路が家に帰った後のことだ。別れ際のその時はまだ、個室で起こった出来事で頭がいっぱいだった。

蓮に抱きしめられた。蓮に慰めてもらった。

石鹸に似た爽(さわ)やかな匂いと温(ぬく)もり、蓮の逞(たくま)しい腕や胸板が密着した感覚を、何度も反芻(はんすう)してしまう。

うわあうわあ、とひたすら頭の中で叫んでいた。

「じゃあまた、連絡するから」

別れ際に蓮が言ったのにも、ただうなずいただけだった気がする。

家に帰って晩御飯を食べ、頭が働くようになってからようやく、肝心な話を何もしていなかったことを思い出した。

（どうしよう）

明日は土曜日で、学校は休みだ。土日のどちらかに、話をしたいと呼び出そうか。蓮にも予定があるだろうし、迷惑がられるかもしれないが、光一の命を救うためだ。ためらっている場合ではない。

勇気を振り絞ってスマホのアプリでメッセージを送ろうとしたところで、握りしめていたスマホがブブッと震えた。

ビクッとしながら確認すると、蓮からのメッセージが入っていた。

『今日の話の続き、明日の午後でいいか?』

蓮のほうから誘ってくれた。歓喜したところで、「そういえば」と、別れ際の蓮との会話を思い出す。

話が途中で終わったたな、という話をしていたのだ。また会って話の続きをしよう、という流れからの「じゃあまた、連絡するから」という別れの言葉だったのだ。

心ここにあらずだったので、すっかり失念していた。

(しっかりしなきゃ。今回は俺が、光一君を助けなきゃいけないんだから)

頭を切り替えて、すぐに蓮のメッセージに返信した。

何度かやり取りをして、土曜日の午後、繁華街にあるカラオケ店で話し合うことになった。込み入った話をするには、やっぱり個室がいい。

土曜日、昼食を家で済ませた後、繁華街の駅へと向かう。

蓮はTシャツとテーパードパンツという恰好で現れた。何を着てもモデルみたいにカッコいい。

このイケメンに抱きしめられたんだ……と考えてソワソワしたが、その抱きしめられた自分は冴えない陰キャだったことを思い出し、頭が冷えた。

繁華街のカラオケ店は、蓮があらかじめ予約をしてくれていて、すんなり入ることができた。あまり広くはないソファ席の、奥に蓮が座る。海路ができるだけ距離を開けて手前の端に座ると、蓮はフッと意地の悪い笑いを浮かべた。

「そんなに警戒しなくても、抱きついたりしないぞ」

「別に、警戒してるわけじゃ……」

警戒というか、本当はかなり意識していた。蓮の抱擁を思い出してはドギマギしてしまうので、つい離れて座ってしまったのだ。

そう言う蓮だって、昨日の別れ際はちょっとぎこちなかった。海路と視線を合わせかけてふいっと逸らし、「じゃあまた」と、やや素っ気ない口調で別れの言葉を口にしていたのに。

一日置いて、余裕を取り戻したらしい。こっちはずっとドキドキしているのに、悔しかった。

別に警戒してなんかないから、という意思を表明するために、尻をずらしてちょっとだけ距離を縮める。

「ポ、ポテト頼もうかな」

テーブルに置かれた薄いメニュー表を手に取ろうとして、焦っているせいか上手く取れなかった。爪の先でメニュー表をカリカリめくっていると、蓮が難なくそれを拾い上げ、海路に渡してくれる。

「ありがと……」

ちらりと見ると、蓮はまた意地の悪い笑みを浮かべた。

「顔、真っ赤」

悪っぽい、でも艶(つや)やかな笑顔だ。海路はかあっと顔が熱くなり、うつむいて心の中で叫んだ。

(これだから陽キャは――!)

精神年齢的には自分のほうが年上のはずなのに、と恨めしい気持ちになりながら、インターホンでポテト&ナゲット盛りを注文する。

ややあって軽食が届いたところで、ようやく海路の気持ちも落ち着いた。蓮もそれ以上、海路をからかうようなことはなかった。

「昨日一晩、お前の話を考えてみたんだ」

蓮が話の口火を切った。

「たとえば、光一にどうして危険を知らせなかったのか、ってこととか。考えてはみたけど、やっぱりわからなかった。だから何か、海路に伝えてない情報があったのかもしれない」

タイムリープを始めたのは蓮だ。海路が巻き込まれる以前に、蓮だけが知り得た何かがあったとしても、おかしくはない。

「わざと俺には言わなかったってこと？」

「そう考えるのが自然だな。何か事情がある。海路には言えない何かが。ただこれは、今この場で俺たちが考えたところで答えは出ない」

海路はうなずいた。これまで、海路の頭の中で言語化されず、モヤモヤとしていた事柄が、蓮によって明瞭になっていく。彼の話はわかりやすい。

頼もしいなと、海路はしみじみ思った。

自分以外の誰かに相談できて、なおかつその人が自分より聡明（そうめい）で理解が早く、会話を主導してくれる。海路はどちらかと言えば、思考も話運びもゆっくりなので、非常に助かる。

「でも、たぶんだけど」

蓮は言葉を切って、隣の海路を見た。

「未来の俺はお前のこと、邪魔に思ったりはしてなかったよ」

予想外の言葉に、海路は思わず息を詰めた。

「そう、かな」

「うん。たぶん、ていうか絶対。未来の俺も、俺なんだろ。俺だったら、海路を邪魔には思わない。それどころか、巻き込まれたのが他の奴じゃなくて、海路でよかったと思うよ」

昨日に続いてまた涙が出そうになって、海路は慌てて目を擦(こす)った。

「そうかな。だったらいいいな」

本当のことはわからない。蓮も、ただ慰めてくれているだけかもしれない。それでも、今の言葉に救われた。

タイムリープしている間ずっと、自分の存在が希薄で、いないほうがいいような絶望を感じていたから。

「お前といると気が抜けるからな。変なマウント取ってこないし、光一といる時みたいに自然でいられる」

光一の名前が出てきて、たちまち膨(ふく)らんでいた心が萎(しぼ)む。そう、蓮が好きなのは光一だ。海路を好きなわけじゃない。海路は自分を戒める。

蓮はそんな海路を、目を逸らすことなく見つめていた。

「俺の周りって、濃い奴らばっかりだろ。みんな我を張ってるって言うのかな。自分もそうだから気が合うし、楽しい面もあるけど、たまに疲れる。光一とか海路は攻撃的なことは言わないから安心できる。たまに、動作がのろかったり、他人に攻撃されても言い返さなかったりして、イラつくけど」

「それって光一君のこと？　それとも俺のこと？」

「両方。お前も、クラスの奴にからかわれてもシカトしてるだろ」

たまに、そういうことはある。いじめというほどでもないが、目の前を横切っただけで歩き方をからかってきたり、喋り方を真似されたりする。

「舐められてるんだなと思うけど、相手にしても仕方ないし」

「そういう、たまに冷静なところも、似てるかも」

どうやら蓮の中で、自分と光一は同じグループにカテゴライズされているらしい。しかし、陰キャと括ったら、光一にそぐわないし失礼だろう。

「まあ、似てるのはそこらへんだけだけどな」

「どうせ俺は、光一君みたいにキラキラしてないよ」

言い返したら、「そうだな」と即答された。こちらが言葉に詰まっていると、蓮はニヤッと笑う。

「光一は海路みたいに、いちいち言い返したりしない。お前、普段はおっとりしてるくせに、たまに動きが俊敏になったり、強気になるよな。そういうところはぜんぜん違うよ。光一とお前を重ねたりしない」

暗におこがましい、と言われた気がして、内心で落ち込んだ。

でも、光一と違うと言われて落ち込むこと自体がおこがましい気もしたので、とりあえず神妙な顔でうなずいておく。

「話が逸れた気がするけど、つまり、俺はお前を邪魔に思ったりしないってこと。そもそもさ、どんな相手でも、仲間ができたならそいつを利用すると思わないか？　どんなことをしても光一を助けたいなら」

そうだろうか。そうかもしれない。蓮は畳みかけるように口を開きかける。だがそこでなぜか、気まずそうに自分の額に手をやった。

「俺は海路の気持ちに気づいてた。昨日、お前が告白してきたよな」

その言葉に海路も、そういえばと思い出す。思い出してしまった。感情が昂（たかぶ）るあまり、海路は盛大に告白してしまったのだ。

「昨日のあれは、告白っていうか……その」

あれは単に、過去の心の変遷を伝えただけなのだが、客観的に見れば告白だった。

「好きって気持ちがわからなくなったんだろ。まあ、今のお前の気持ちはこの際、置いておこう。話が進まなくなるから」

「すみません」

「いや……。えっとそれで、なんだっけ」

蓮もセンシティブな話題に触れてしまったと思ったのか、気まずさを誤魔化すように今度はうなじを撫（な）でた。

一息ついて、「そうそれで」と、真顔に戻る。今の蓮は表情が豊かでわかりやすい。

「光一を助けたいなら、って話だ。未来から来た俺は、海路が自分に好意を寄せてることに気づいてたんだよな？」

言いながら、蓮は自分の気持ちを確認するように、あらぬ方向を見つめてうなずいた。

「うん。もし俺だったら、光一を助けたいと思うし、そのためにできることはやりたい。光一の死がランダムだってこともわかってる。それならやっぱり、海路に協力してほしいって言うな。お前とは特別親しかったわけじゃないけど、こういう時は協力してくれるって想像はつく」

蓮は一つ一つ、可能性を挙げては潰しているらしかった。

そんなに難しく考えなくても、人の命がかかっているなら、海路でなくても誰だって蓮に協力すると思うのだが。

相手の言葉にうなずきながらも、そんなことを考えていたら、蓮がこちらを見てクスッと笑った。

「お前、お人よしそうだもんな。俺の片想いの相手である光一を排除しようとか、光一を助ける口実であわよくば俺と付き合おうとか、そういう計算はしないだろ」

「し……しないよ、そんな計算」

まずその発想がなかった。びっくりしていると、蓮は肩を揺すって笑った。

「世の中には、そういう良からぬことを考える人間がいるんだよ。その点、お前を仲間にしても、後ろから刺される心配はない。仲間に引き入れて、協力してもらったほうがいい。そのほうが、光一を救える可能性が高くなる。ボディガードや見張りは、数が多い方がいい」

海路がうなずくと、蓮は「だよな？」と念押しした。

「だから逆に、俺がお前に『迷惑だ』って言ったのには、何か理由がある。お前を関わらせないようにしたこともだ。本心からじゃない」

ここまで丁寧に、理論だてて説明してくれて、海路はようやく蓮の言葉を心から受け入れることができた。

海路が巻き込まれたことを、蓮は迷惑がってはいなかった。遠ざけたのだって理由がある。口先の慰めではなく、本当のことなのだと信じられた。

「うん。わかった。理不尽に思えた蓮の行動には、きっと理由があったんだ。……ありがとう」

海路の愚痴なんて放っておけばいいのに、そうしたって何も支障はないのに、海路の気持ちを大切にしてくれる。

じんわりと心が温かくなった。笑顔で礼を言うと、蓮は「いや」と、目を逸らす。気まずさを紛らわせるように、自分の髪をかき上げた。

「いろいろわからないことは多いけど、毎回のタイムリープで光一が死ぬ。これは動かしようのない事実だ。……これが海路の妄想じゃなくて、事実なら」

最後の一言に、「えっ」と声を上げてしまった。

「えっ、まだ疑ってたの？」

そういえば昨日、半信半疑だと言ってたっけ。でも抱きしめて慰めてくれたし、一晩考えたとも言っていた。

未来の蓮の心情について丁寧に説明してくれたりしたから、もうすっかり信じてくれたのだと思っていたのに。

「疑り深いんだね」

思わず言った。嫌味のつもりはなく、言ってみれば感心したのだ。

相手がジロッと睨んできたので、言葉選びを間違えたと気づいた。慎重なんだね、って言えばよかった。

「そう言うけどさ。自分が俺の立場だったらどうだよ。今のところ、お前のタイムリープの事実を裏付けるのは、テスト問題だけなんだぞ。俺が思いつかないトリックがあるのかもしれない」

その口ぶりは、連続殺人事件の謎を追う探偵みたいだ。

「蓮が思いつかないトリックを、俺が思いつけるわけないじゃん」

「……まあ。それはそうか」

あっさり肯定され、がっくりきた。でも確かに蓮の立場を考えたら、まだ信じきれない気持ちがあるのは仕方のないことだ。

蓮としても、何か確信がほしいのかもしれない。海路はそこまで考えて、過去のエピソードを思い出した。

十一月一日の放課後、文化祭の準備の日の出来事だ。

「蓮は光一君のこと、好きだったんだよね」

海路が唐突に口を開くと、蓮は怪訝そうに片眉を引き上げた。それが何か？　という表情だ。

「中学の時から好きだったたって、俺には言ってた。けど、実際にはもっとうんと前、小さい頃からだった」

多少、冗談めかしていた蓮の表情が強張る。

「初めて会った……保育園の頃、だったかな。当時の光一君は女の子みたいで、蓮が将来、光一君と結婚するって言っても、周りの大人は笑ってるだけだった。だからその時の蓮は、自分の性指向に気づかなかったんだ。でも中学生になって、光一君はどこからみても男に成長したけど、それでもまだ蓮は光一君が好きだった。それで自分がこっち側だって気づいたんだって」

「……それ、未来の俺が、お前に教えたんだ？」

海路がうなずくと、蓮は「マジかー」と天を仰いだ。

「あとなんだっけ。光一君は蓮に何を言われてもニコニコしてて反発しない。そういう性格なんだけど、幼い蓮はそれを見て、光一君に何もかも受け入れられてるって思っちゃったんだよね。こいつは俺のもんだって思ってたって。それから中学の時、光一君への変わらない恋愛感情に気づくのと同時に自分がゲイだって自覚して、それが蓮の初めての挫折（ざせつ）だった。蓮は昔から何でも器用にこなすって自負があったし、親ガチャは当たりで、自分のこと勝ち組だって思ってて……」

「わかった、わかった。ギブ。ギブアップ」

両手で顔を覆って、蓮は言った。あの時の蓮は、照れもせずこのことを話してくれたけど、リアルＤＫの蓮にはまだ、恥ずかしいことのようだ。

「わかった、わかりました。信じる」

顔を上げた蓮の頬が、ちょっと赤かった。何をやってもかなわない相手に初めて勝った気がして、海路は満面の笑みを浮かべてしまった。

「やった。勝った」

蓮はさらに顔を赤くして、「くそっ」とつぶやいた。

それから二人は気を取り直して、今後について話し合うことにした。

「話を聞いて、それからお前が作った表を見て、思ったんだけど。一連のタイムリープには、不確定要素と確定要素がある。不確定要素は言うまでもなく、光一の死因と死亡日だ」

再び、謎を追う探偵口調になって、蓮は言う。

海路は蓮のように、自分の身の回りの出来事を冷静に分析したりできない。なので、ふんふんなるほど、と相槌を打つだけだ。

「確定要素は、三月二十二日だな。必ずこの日に『お別れの会』が開かれる。そしてこの日に特定の行動を取ることで、過去に戻れる」

淡々と語るが、話す間にも蓮は、頭の中であれこれ考えているようだった。テーブルに置かれたレポート用紙を見ているようで、見ていない。

「それともう一つ。十一月一日」

「文化祭の前日？」

「そう。この日、俺と光一とお前が、文化祭の準備に参加することも変わらない」

「俺は前回、一回だけ、サボっちゃったけど。繰り返し同じことするのが、嫌になって」

その後、不登校になっていたことを打ち明けた。蓮はその話を聞いて一瞬、痛ましそうに顔をしかめたが、そのことについては何も言わなかった。

「でも文化祭の準備に、俺と光一は参加したんだよな」

「たぶん。確認してないけど」

「お前の行動は、タイムリープの影響による変化だな。時間を巻き戻して、基本的に起こる出来事は同じだけど、前回と違う行動をしたことでその後に起こる出来事が変わることもある。変わらないこともあるが」

「おお」

なんだか本当に蓮の口ぶりが探偵というか、専門家みたいだったので、海路は思わず感心してしまった。

「お前がタイムリープに巻き込まれたのだってそうだ。俺の四……三度目？　のタイムリープまで、お前は無関係だった。『お別れの会』で俺の後をつけることもなかったんだろう。三度目のやり直しで俺は何か、それ以前と違うリアクションをお前にしたんだ。それがきっかけで、お前は以前よりいっそう、俺を心配したり、気に掛けるようになった」

「なるほど。そうだったんだ」

言われてみればそのとおりだ。どうして海路がタイムリープに巻き込まれたのか、それ以前は無関係だったのに、三度目のタイムリープに限って違うことが起こったのはなぜなのか、海路は考えてもみなかった。

「すごいね、蓮。ほんとに頭がいいんだ」

つくづく感心して言うと、蓮は呆れたような、憐れむような一瞥を海路に送った。ちょっとリアクションがアホすぎたかもしれない。

しかし蓮は、またも話が脱線したと思ったのか、すぐに話を戻した。

「お前が一度だけ欠席したことを除けば、十一月一日はいつも変わらない。この時点まで光一は、必ず生きてる。もっとも厳密に言うなら、この十一月一日も三月二十二日の『お別れの会』も、確定要素だっていう断定はできないんだけどな。あと十回、二十回、百回って繰り返していったら、もしかしたら変わってくるかもしれない。でも、今ここでは推測しかできないから、とりあえず仮定する。十一月一日まで光一は死なない」

そんな仮定をしていいのだろうか。海路は、不安そうな顔をしていたのかもしれない。蓮はゆっくり瞬きしながら、「仮定するしかないんだよ」と、諭す口調で言った。

「今この瞬間から光一に張り付いて、一秒たりとも目を離さない、なんてことが可能だと思うか？　俺、小さい弟の面倒を見てきて思うけど、人が人を見守るには限界があると思うよ。たとえ大人と変わらない人間でもさ。牢屋にでも閉じ込めておかない限り、ずっと光一を見守り続けることはできない。それなら、やれる範囲で最大限のことをやるしかない」

「見守りは、十一月一日以降にする、ってこと？」

「そう。もちろん、それまでにも準備をする。たとえば、光一に注意喚起をする。すぐにぜんぶ知らせるのは、あまりいいやり方じゃないと思うんだ。『お前はもうすぐ、必ず死ぬから気を付けろ』って言われたら、海路だったらどうする？」

話を振られて、海路はうろたえた。でも、すぐに気を取り直して考える。

「うーん。信じないし反発する。でも、内心ではビビって、四六時中ビクビクしちゃうかも」

「だよな。それも幼馴染みの俺が言うんだから、猜疑心に駆られたり、本当かもしれないって余計に不安に駆られるだろう。逆にビクビクして普段と違う行動をしたせいで、事故に遭うってこともあるかもしれない」

それは困る。やり直しはこれきりなのに。蓮は「だからさ」と続けた。

「準備をする必要がある。お前が俺に中間テストの問題を教えたみたいに、未来予知をするのも、その一つだ」

「蓮がいつ光一君を好きになったか、言ったみたいに？」

海路がちょっといたずら心を起こして言うと、蓮はジロッとこちらを睨んだ。それから不意に手を伸ばす。からかうように、くしゃりと頭を撫でられた。

懐かしい感覚だった。以前の蓮もたまに、こんなふうに海路の髪をかき混ぜたのだ。

嫌いな相手、鬱陶しくて迷惑だと思っている相手に、そんなことをするだろうか。普通はしない。だからやっぱり、あの人の言動には理由があったのだ。

「そういうこと。あとは二学期の文化祭までに、お前と俺と光一で仲良くなる。三人で光一救出隊を結成する」

当然のように、海路も仲間に入れてもらえるのが嬉しかった。

「光一君本人も救出隊なんだ？」

「最初はそうと知らせず、仲間に入れる。理由の一つはもちろん、本人にも注意してもらいたいからだけど。あともう一つは、あいつの知識と知能を借りたいってところかな」

「知識と、知能」

「小説いっぱい読んでて、SFなんかも詳しいからな。それに、知恵は二人より三人集まったほうがいいだろ。あと、俺よりお前より断然、あいつのほうが頭がいい」

「あ、そっか。なるほど」

光一の頭脳が自分より明晰なのは純然たる事実だと思うので、海路は素直に首肯する。蓮がまた、憐れむようにこちらを一瞥した。


当初の目標どおり、光一を救うために蓮を巻き込むことができた。あとは最後にもう一人、当の本人を引き入れる必要がある。

そのための行動について打ち合わせをして、話し合いは終了だった。

蓮が協力的に話を進めてくれたおかげで、これまでのタイムリープにはないほど、話し合いは有意義なものになった。

何より、仲間がいる、蓮が味方についてくれているという、充足感。蓮は海路の気持ちも汲み取って理解してくれる。

それだけで、心がこんなにも軽い。一人だけタイムリープに取り残されて心細かったけれど、今はもう不安はなかった。

そろそろ部屋を出ようか、という段になって時間を確認したら、終了間際だった。

フロントから、残り五分を知らせる内線もあったので、二人で腰を上げる。

海路が先に立って部屋のドアを開けようとしたら、後ろから蓮に「海路、忘れ物」と、呼び止められた。

「スマホ、忘れてる」

「あ、そうだ」

時間を確認するためにテーブルに出して、そのままだった。

振り返って、蓮が差し出すスマホを取ろうと足を一歩踏み出して……コケた。

実際には足がもつれた程度で、転ぶ前にどうにか体勢を整えたのだが、狭い部屋での出来事だったので、蓮にぶつかってしまった。

「何もないところで転ぶって、どういうボケなんだよ」

よろけた海路の身体(からだ)を危なげなく抱きとめて、蓮がおかしそうに笑う。しかし海路は、いきなり目の前に蓮の顔が接近したので、大いにうろたえた。

また昨日の、蓮に抱きしめられて慰められた記憶がよみがえる。顔が再び、熱くなるのがわかった。

つま先が突っかかっちゃって、などと、口の中で言い訳しながら蓮の腕から抜け出そうとした。

するとその時、蓮の腕が海路の背中に周り、やんわりと動きが阻まれた。

「……えっ、あの」

身じろぎすると、さらに腕の力が強くなる。もしかして、また抱きしめられてる？　と、海路はドキドキした。

昨日は海路が泣いて取り乱したからだが、今は慰められる要素がない。

「あの、もう、大丈夫だから」

それでも何か、きっと自分を抱きしめるのに理由があるのだろう。海路はうろたえつつもそう考えて、蓮の腕の中でモゾモゾする。

「——嫌？」

「え？」

「俺にこういうことされるの、嫌か？」

どういう意味だろう。いや、どういう意図の質問なのか。

さっぱり見当がつかず、「嫌じゃないけど」と、小さくつぶやく。

健全な青少年としては、勃っちゃったらどうしようとか、色々考えてしまうのだが。

「ちょっと、緊張するっていうか……」

海路の言葉に、蓮はクスッと小さく笑いを漏らした。それからようやく、抱擁を解いてくれた。

「ごめん。どういう反応するかと思って」

恥ずかしさに、顔をうつむけたまま腕から抜け出ると、そんな言葉が降ってきてちょっとムッとする。

からかうために、抱きしめたのか。恨めしい気持ちになった。顔を上げて相手を睨む。ひどいよ、と文句を言おうと思ったのだけど、蓮は予想外の表情をしていた。どこか照れ臭そうで、困ったように微笑んでいる。顔も少し赤い気がする。

「ごめんな」

困った顔のまま、蓮が優しい声音で謝った。甘えて許しを請うような、あざとい声だ。でも海路は単純なので、すぐほだされてしまう。

「別に……」

強く出られず、不貞腐れた声を出すのが精いっぱいの意趣返しだった。

「あの、もう、出よう?」

何とか蓮のペースから抜け出したくて、ぎこちない動作で部屋のドアノブに手をかける。緊張しているせいか、レバー式のそれはうまく開かなかった。

「海路ってさ」

言いながら、横からスッと蓮の手が伸びる。レバーを下に回すと、あっさりドアは開いた。

どうぞ、と恭しい態度で外へ促す。海路は、どうも、とオドオドしながら部屋を出た。

「海路って、素直だよな」

廊下を歩きながら、蓮が言う。素直って、どういう意味だろう。

「そうかな。素直かな？」

「素直だよ」

ちらりと相手を窺い見る海路に、蓮はニコッと明るい笑顔を返す。

「そのうち壺とか買わされそう」

「な、ひどいよ。またからかって！」

海路が文句を言うと、蓮は笑った。口を開けて大きく、楽しそうに。

その明るい笑顔に見惚れそうになって、海路は慌てて相手を睨んだ。


こうして六月の上旬、海路と蓮による「光一救出隊」が結成された。

蓮はそれからすぐ、行動を始めた。まず最初にしたのは、自分の取り巻きたちと距離を置くことだ。

海路が蓮と光一と仲良くなるため、そして三人で行動できるようにするための布石で、海路もあらかじめ、カラオケ店で説明は受けていた。

それでも、今まで仲良くしてきたクラスメイトたちと距離を置くというのは、タイムリープをしていた蓮の行動をなぞるようで不安だ。

「大丈夫なの？」

と尋ねた海路に、蓮はちょうどよかったのだと答えた。

「今のグループ、正直ちょっとしんどいなと思ってたんだ。ギスギスしてるし」

端(はた)からは、みんな仲が良さそうに見えたから、蓮のその言葉は意外だった。

それからの蓮はまず、誰ともつるまず一人で行動するようになった。昼休みの間だけ、光一と一緒に昼ご飯を食べる。

二週間ほどかけて取り巻きグループと疎遠になると、今度はいよいよ、海路がお昼に誘われることになった。

「海路。こっち」

昼休み、蓮に声をかけられた時には、内心でホッとしたものだ。

これも事前に打ち合わせていたし、前の日の夜にメッセージアプリでやり取りもしていた。

でも本音は少し、不安だった。何しろ、蓮がこんなふうに積極的に海路に協力してくれたことは、長いタイムリープの中で初めてだったからだ。

打ち合わせどおりに行動してくれて、安心したし嬉しかった。

「海路君とお昼食べるの、初めてだね」

蓮に呼び寄せられて彼の机に行くと、光一が言って、いつかのタイムリープの時のように椅子を運んでくれた。

海路と三人でお昼を食べることについて、光一には蓮が事前に説明することになっていた。どんな説明をしたのかはわからないが、光一もすんなり海路を受け入れてくれた。もっとも光一は、海路がいきなり飛び込みで入って来たとしても、嫌な顔をしたりはしないだろうが。

計画は順調に見えたのだが、海路が加わるや、一度は疎遠になった蓮の取り巻き女子二人……高橋さんと高山さんの高高コンビが絡んできた。

「ねえねえ、なんでこのメンバーなの？」

「いいなー。うちらも一緒でいい？　てか、一緒に食べるから」

海路たちが机を並べた中に強引に入ってきて、机を並べ始めた。蓮が「お前らウザい」「図々しいんだよ」と、声を上げたものの、女子二人はものともしない。

「えー？　ひどくない？」

「そういうクズいとこも好き」

なんて言いながらキャラキャラ笑って、退く気配もなかった。心が強い。

すると今度は、蓮と同じグループだった小川という男子の一人がフラフラと近づいてきた。

「おいビッチ。蓮が迷惑してんだろ」

ビッチ、なんてひどい言葉だ。ニヤニヤ笑いながら、高高コンビの高橋さんのほうに寄っていく。

それを見て、海路も気がついた。小川君は高橋さんに気があるのだ。

でも高橋さんは、小川君のことなんてお呼びじゃなくて、小川君が髪にちょっと触れた途端、綺麗にアイラインを塗った目をくわっと見開き、相手の手を払いのけて叫んだ。

「うっせーなあ！　てめえは呼んでねえって！」

半分冗談めかして、半分本気っぽい形相だった。彼女の大声に、海路と光一はびっくりして固まる。蓮は「うるせえ」と半眼でぼやくだけだ。

小川君は「うおー、おっかねえなー」と、ニヤニヤ笑いで落胆を誤魔化しながら退散した。でも去り際、高橋さんではなく蓮を睨んでいた。

後から蓮に詳しく教えてもらったところによると、蓮の取り巻きグループはこのところ、こういった恋のさや当てみたいなことが、蓮の意思に関係なく繰り広げられているらしい。

やっぱり蓮はモテるんだな、と海路は思ったのだが、どうやら、そう単純な話でもないようなのだ。

「高橋と高山は、別に俺のことが好きなんじゃない。どっちが落とせるか競ってるんだよ」

その日、光一と三人で下校する中で、蓮が打ち明けてくれた。

海路も一緒に弁当を食べるようになって、下校も三人ですることになった。その日は下校にも高高コンビが付いてくる気配だったので、海路が乗るバスに三人で飛び乗った。

光一と蓮は、途中で降りて電車に乗り換える予定だ。

「あの二人、仲良さそうに見えるけど、毎日エグいマウント取り合ってるからな。聞いてるこっちが疲れる」

高橋さんも高山さんも、同じような背格好で似たメイクをしている。海路から見たら双子みたいだけど、蓮曰く「それを二人に言ったら、卒業まで嫌がらせされるぞ」とのことで、二人は互いに敵愾心を燃やしているらしい。

そうして二人とも、お洒落で可愛いので男子にモテる。

小川君とあともう二人、蓮にくっついていた男子たちは、高高コンビが蓮に秋波を送っているのを見て、蓮とつるむようになったようだ。

蓮と一緒にいれば、自分たちにもチャンスが回ってくるかも、と考えたのだろう。

でも、同じグループを形成して学校生活を送ってみても、一向にチャンスなど回っては来ず、小川君のようにあからさまに拒否されたりしている。

そして男子たちの妬み嫉みは、高高コンビにではなく蓮に向き始めているのだった。蓮はとんだとばっちりだ。

「ひどいね」

他に同じ高校の生徒がいないバスの中で、海路は顔をしかめてぼやいた。光一もそうだね、とおっとりとうなずく。

「なんだかギスギスしてるなと思ってたけど、そんなことになってたんだ。ごめんね、途中でグループ抜けちゃって。僕も肌に合わないなって思ってて」

光一は申し訳なさそうに言い、蓮も「いや、こっちも悪かったよ」と謝った。

「あのまま一緒にいたら、お前にまでとばっちりが行くところだった。高橋たちのターゲットが、俺から光一に移ったりして」

「うーん、当て馬は困るな」

光一は形のいい眉を下げて微笑んだ。

「そんなんだから、あいつらとは距離を取りたくてさ。海路とも仲良くなったし、これからはこうやって、三人一緒にメシ食ったり、登下校したいんだけど。光一も、協力してくれないか？」

グループ内のギスギスした人間関係は、図らずも海路を含めた三人でつるむ、いい口実になったわけだ。

蓮が言うと、光一は海路と蓮の顔を見比べて、「もちろん」と言った。

「そういうことなら、もっと早く言ってくれればよかったのに。お昼ご飯のこともさ。あの子たちに邪魔されない、いい場所を知ってるよ」

光一は珍しく、いたずらっぽい笑みを浮かべた。

海路たちの高校には、第一校舎と第二校舎がある。

ホームルーム教室や職員室などがあるメイン棟が第一校舎だ。第二校舎はそれ以外の機能、たとえば理科実験室や美術室などが集められていた。

その第二校舎の最上階、三階にあるのが、音楽教室と家庭科教室だ。

音楽教室は、授業が行われる通常の教室の他、その脇に二部屋、小さな音楽練習室が付いている。

というのを、海路は光一に案内されて初めて知った。

「男三人だとちょっと狭いし、机もないけど。そのかわりゆっくりできるし、エアコンも効いてるよ」

三人でバスで帰った翌日の昼休み、海路たちはまたもからんでくる高高コンビを撒(ま)いて、密(ひそ)かに教室を抜け出した。そのまま第二校舎へ向かったのだが、鬼ごっこをしているみたいで、ちょっと楽しかった。

こうして三人は、三階にある音楽練習室に辿り着いたのである。

光一の言うとおり、練習室はやや手狭だった。三畳ほどの防音室に、アップライトピアノが置かれている。

でも、空調が効いていて快適だし、椅子はなくても、床に座れば問題ない。

それに何より、全校生徒のほとんどが集まる第一校舎に比べ、第二校舎の三階はほとんど無人と言っていいくらい、人がいなくて静かだった。

「すげえ快適。けど、俺たちで占領して大丈夫なのか？　練習室なんだろ」

蓮が言うと、光一はいささか得意げに明るい茶色の瞳をひらめかせた。

「大丈夫。空いてる時間は、誰でも自由に使っていいんだよ。誰かが練習に来たら、出て行けばいい。けど今は、ほとんど使われてないから」

この部屋は主に、芸術の選択授業で音楽を履修している生徒や、音楽系の部活動で使われているらしい。

とはいえ、音楽校でもないので、昼休みまで練習するような生徒は皆無だ。空いている時間は自由に使っていい、ということにもなっているのだが、練習室で弁当を食べようと考える生徒もほとんどいないようだった。

こんな部屋があること自体、知らない生徒もいるだろう。海路自身、第二校舎の三階に足を踏み入れたのは、一年生の家庭科の授業以来だ。

蓮も、物珍しそうに練習室を見回しているところを見ると、音楽とは無縁だったらしい。

「うちの学校、なぜか音楽は人気ないからね」

「でも、そのおかげで、ここは穴場だね」

海路は嬉しくなって言った。三人で、エアコンの効いた個室を占領できるなんて。

「すごく得した気分」

「だな。こんな場所があるなんて、知らなかった。光一に感謝だ」

「気に入ってもらえてよかった。屋上も考えたんだけど、夏は暑いし雨だと使えないから」

海路と蓮が口々に言うと、光一はくすぐったそうに首をすくめた。

それから、海路と蓮は床に座って弁当を広げ、光一は足が悪いのでピアノの椅子に座った。

昼休みが終わるまで、他の生徒が練習に訪れることはなく、翌日もそれは同じだった。

三人はそれから毎日、昼休みは練習室で弁当を食べるようになった。

最初のうち、蓮が教室を出ようとするのを見て、高高コンビが追いかけてこようとした。

蓮はそのたびに誤魔化したり、どうにかして断ったり、あるいは撒いたりして、二人を振り切ったようだ。

おかげで、この音楽練習室が彼女たちに見つかることはなかった。

それから六月いっぱい、平和な日々が続いた。陽気はすっかり夏めいていたし、七月の初めにある定期試験に向けて、学校全体が慌ただしくなっている。

そんな中、静かな昼休みのひと時は、海路にとって憩いの時間だった。

たぶん、蓮や光一にとっても同様だったはずだ。三人はそこで、他愛のない話をしていた。

話題は目先の期末テストのことや、その直後に行われる校内模試についてのことが多い。

たまに、蓮と光一の二人で、幼馴染みらしい内輪の話題が出てくることがあるけれど、その時は二人が海路にもわかるように丁寧に説明してくれて、おかげで海路が疎外感を覚えることはなかった。

そこで感じたのは、陽キャと呼ばれる人たちは、やっぱり話術に長けているということだ。

光一もそうだが、蓮も会話が上手い。話していて楽しいし、話題に付いていけなくて身の置きどころがないとか、手持ち無沙汰に感じることがない。

彼らがとても自然に、こちらにそうと感じさせることなく、気配りをしてくれているからだろう。

海路にタイムリープの経験がなく、ごく普通の、一周目の高校三年生だったら、そういう自然な気遣いにも気づくことはなかったに違いない。

ただ単純に、蓮や光一と気が合うな、などと、無邪気に喜んでいたはずだ。

蓮も光一も、気遣いだとは思っていないのかもしれない。ただ本当に自然に、息をするように気配りができるのだ。

呑気で鈍感な海路がそのことに気づいたのは、過去のタイムリープの中で、不愛想な蓮と昼休みを過ごした記憶があるせいだろう。

不愛想なほうの蓮は、海路に気遣いなんかしなかった。

海路が一生懸命に話題を探して話しかけ、蓮は適当な受け答えしかしてくれず、それを光一が懸命にフォローしていた。

光一も、不愛想な蓮と、何だかわからないけれど突然グループに交じってきたコミュ障ぎみの海路と両方に気を遣って、大変だったと思う。あの時は仲間に入るのに必死で、光一の細かい表情まで気に掛ける余裕はなかったけれど。

そんな経験があったから、今のこの三人の時間は、信じられないくらい快適だった。

まるで以前からずっと仲が良かったみたいに自然だし、海路は緊張も委縮もしなくてすんだ。

ずっとこの時間が続けばいいのにな、と思う。でも、今の海路には使命があるし、三人で集まっているのだって、その目的のためなのだ。

「光一、前にSF小説とか、よく読んでたよな。タイムリープって、詳しい?」

それは七月の初日のことだった。明日から期末テスト、というタイミングである。

その段になってようやく、蓮が肝心の話題を出してきた。

この話題を出すタイミングは、光一の性格をよく知る蓮に任せることになっていたのだが、なかなか口にしないので、海路は内心で不安を覚えていた。

やっと話してくれた、という安堵と、割と直接的に話題を振ってくるな、という感想を押し隠しつつ、海路は蓮と光一をちらりと見る。

光一はきょとんとした顔をして、それから質問を吟味するように小首を傾げた。

「詳しいってほどでもないかな。相対性理論がどうとか言われたら、さっぱりわからない」

「そういうのは、俺も説明されてもわからない。俺たちが知りたいのは、もっとふわっとしたこと。設定の補足っていうか」

俺たち、と言いながら蓮がこちらを見るので、海路はビクッとした。どんなふうに話を持って行くつもりなんだろう。

蓮の視線につられて、光一も海路を見る。

「海路が今、タイムリープで小説を書いてるんだ」

「えっ」

思わず声を上げてしまった。小説なんて書いたこともないのに、そんな設定にされても困る。

海路がブンブンと勢いよくかぶりを振ると、蓮は焦ることもなくただ苦笑した。

「まだ、書いてないんだっけ。ネタを思いついただけで」

「ネタ……。う、うん。ネタは、まあ。けど小説は俺、書けないっていうか……」

ここは話を合わせるところなのかもしれない。でも、小説を書けと言われたら困る。

しかし蓮は、わかっている、というようにうなずいて、光一を見た。

「俺は、面白いネタだと思うんだよ。小説にしたらって言ってるんだけど。オチは考えてないとか、タイムリープの設定がどうのこうの言うからさ。SF小説は俺より光一のほうが詳しいから、アドバイスだけでも聞いてみたらって言ったんだ。お前のネタ、光一に話すだけならいいって言ったよな？」

な、と軽く目配せされ、そんな話をしたことはなかったが、海路はうなずいてみせた。

「聞くくらいはいいけど。アドバイスなんて、僕にできるかなあ」

光一も不安そうに、蓮と海路の顔を見比べる。蓮は「聞くだけ聞いてくれよ」と、強引に話を進めた。

「ネタとしては面白いから。まず最初に、主人公のクラスメイトが死ぬ。特別仲が良かったわけじゃないけど、主人公の友達の幼馴染みで、一年留年してる」

「僕じゃん」

蓮がいきなり直球を投げてきて、光一は察しよくツッコミを入れた。

「モデルな、モデル。細かいところは後で小説を書く時に変えればいい。ストーリーの目的は、このクラスメイトの死を回避すること。ただし、主人公の思うとおりに話は運ばない。というのも、タイムリープのトリガーは、主人公の友達が握っているせいだ。この主人公を仮に『カイロ』、トリガーを握ってる友人キャラを『レン』と呼ぶ」

「仮になってないじゃない。じゃあ、クラスメイトの名前は『コウイチ』だね。……死んじゃうのは、やだなあ」

光一が笑いながらぼやいたので、海路はドキリとした。

蓮の心にも、その言葉は刺さったのかもしれない。一瞬、蓮が口をつぐむ。しかしすぐ、何事もなかったように話を続けた。

「そう。この物語の主要な登場人物は、カイロとレンとコウイチだ。そして、最初にタイムリープを始めたのが、レンなんだ」

蓮はそうやって、海路が話したタイムリープの体験について、光一に語って聞かせた。

蓮が最初に光一を救いたいと思ったこと。たまたま橋の上から献花を投げたら、それがトリガーになったこと、海路が巻き込まれたこと。

何度タイムリープを繰り返しても光一を救えないことや、死因と死ぬ日時がその都度変わり、でも「お別れの会」は必ず二〇二五年の三月二十二日であることまで。

海路が何度も同じ時間が繰り返されることに絶望し、橋から飛び降りたことや、その後のこと……つまり、海路の四度目のタイムリープと蓮が戻ってきていない現状には、なぜか触れなかった。

いっぺんにすべてを話しても、混乱すると思ったのかもしれない。

蓮の説明は、海路が話した時より、うんと簡潔でわかりやすい。光一も口を挟まず黙って聞いてくれたので、速やかに終わった。

「確かに、面白いネタだと思うよ」

光一はまず、発案者だという海路に配慮したのか、丁寧で優しい口調で感想を述べた。

「小説、書いてみたら？　今はほら、ネットの投稿サイトなんかもあるし」

なおかつ、朗らかにそんなことを勧めるので、そんなに気を遣わなくていいんだよと言いたくなる。

「タイムリープのロジックについては、どう思う？」

蓮の曖昧な質問に、光一も「どう、と言われても」と、困惑した顔になった。それでもいちおう、考えるそぶりを見せる。

「ロジックって言っても、タイムリープの設定なんて、作品ごとに異なるからねえ。時間の超越なんて、現実の理論では立証されてないわけだし。言ってしまえば、どうとでも設定できるってことだね。何しろ、ラベンダーを原材料にタイムリープの薬が作れるくらいだから」

身も蓋もない答えが返って来た。蓮も「それはそうなんだけど」と、苦笑する。

「もうちょっと、現実でこういう話が起こったらどうか、っていう視点で考えてみてくれないか。これが小説のネタなんかじゃなく、本当に光一が来年の三月までに死ぬとしたら、って」

これまた、あまりにストレートな話の振り方で、海路はギョッとした。でももちろん光一は、これが現実だなんて思ってもみない。

「話のリアリティってこと？　うーん、そうだねえ」

と、変わらない口調で首を傾げた。

「例えば、『お別れの会』だっけ？　これが必ず三月二十二日になるって話。小説のパターン的には、いかにもこれがキーになりそうな雰囲気だけど。ならないとも言えるな。ただたまま、この日になるだけ」

「たまたま、偶然？　レンがタイムリープを始める前から数えたら、合計で八回もコウイチは死んでるんだぜ。一番早い日にちが十一月十五日。一番遅くて三月十八日だ」

「そう言われたら確かに、三月二十二日は偶然とは言えないな。流れから言えば、この日がタイムリープの肝って考えるのがしっくりくる。自然だね」

だんだん興が乗って来たのか、光一の目が真剣になり、声に熱がこもる。

「『お別れの会』が行われる日、必ず橋の上で献花を投げるこの日が、言ってみればタイムリープのスタート地点なわけだ。タイムリープは必ず、この地点から始まってこの日で終わる」

「なるほど……」

海路は思わずつぶやいた。蓮が「それなら」と、口を開く。

「それなら、三月二十二日を越えるまでコウイチが生きていられれば、ゴールってことにならないか。……このゴールの日を生き延びれば、光一は死の運命から逃れられる」

本人がニコッと笑ってうなずいた。

「うん。じゅうぶんにあり得る話だ」

隣で蓮が、ほっと息をつくのが聞こえた。

「もっともこれは、あり得るというだけで、どうとでも転ぶ可能性がある設定だから」

蓮と海路が真剣に耳を傾けるのを見て、念を押すように光一は付け加えた。

「ええ、そんなあ」

海路が思わずぼやくと、光一はクスッと笑う。蓮も緊張を解いたように、小さく息を吐いた。

「三月二十二日が運命の日だと思っていて、この日が過ぎた。生き延びた！と思ってたら、命のリミットは終わってなかった……ホラーでありがちな筋書きだよね」

「映画にもなかった？呪いのビデオを観たら七日後に死ぬやつ」

光一の言葉に海路も思い出して言う。光一もうなずいて、

「ホラーの手法なんだろうね。日本の古典にも似た感じのがあったな。男が幽霊から逃げるために、家にお札を貼って朝まで籠る。外が明るいから朝だと思って外に出たら、まだ夜で、幽霊に取り殺されるっていう」

光一は『牡丹灯籠』だっけ、と、確認するように蓮を見る。

「似てるけど、それは『雨月物語』だな。タイトルは忘れたけど、磯良って女の霊が元夫を取り殺す話」

蓮は少し考えてから、そう答えた。海路は、そういえばそんな話を聞いたことがある、という程度だ。雨月物語だったなんて知らなかった。

蓮も博識だなあ、と感心していたら、光一も「さすが落語部」と、妙な称賛をした。

「落語は関係ねえだろ」

蓮が恥ずかしそうに顔をしかめる。海路が何のことやらわからずにいると、光一が説明してくれた。

「蓮は落語部だったんだよ。小学生の時」

「バスケ部じゃなかったんだ」

小学生の時にバスケを始めたと、噂で聞いたことがある。

「それ、よく言われる。バスケを始めたのは、近所のバスケ教室に入ったのがきっかけなんだ。習い事だよ。小学校のクラブは、落語部があったんで入った。落語好きの親父の影響で」

「将来は落語家になるって、言ってたじゃない」

光一が笑いながら言い、蓮は「そんなこと言ったっけ?」と首を傾げた。

「言ったよ。小宮山のおじさん、ちょっとがっかりしてたの、憶えてるもん。その前は蓮、お父さんの跡を継いで建築家になるって言ってたから」

「ああ、なんか思い出した。そう、俺の親父、建築家だったんだよ。建築家っていうか建築士な。でも多趣味で、落語とか文楽とか一緒に観に行ってた。文楽のほうは、俺はさっぱりでリタイアしたけど」

「その影響なのか、蓮も子供の時から昔話とか古典に詳しかったんだよ」

光一と蓮が交互に説明してくれた。

蓮が落語や古典に詳しいというのも、それが父親の影響だということも、はたまた亡くなった父が建築家だったことさえ、初めて聞く話だった。

何度も同じ時間を蓮と過ごし、時には光一と三人で行動することもあったのに、今回が一番、二人に近づけている気がする。知らなかった彼らの情報に触れている。

それだけ、今の蓮が協力してくれているから、ということだし、裏を返せばタイムリーパーの蓮は、それだけ海路に非協力的だった、とも言える。

あの蓮とは、もう会えないのだろうか。

光一に聞いてみたいと思った。彼が正解を知っているわけではないが、聡明（そうめい）な第三者の見解を聞いてみたかった。

でも今はまだ、その時ではない。

「話を戻そうか」

脱線させたと思ったのか、光一が言った。

「三月二十二日はそういうわけで、どうとでも解釈は成り立つ。この日付が鍵（かぎ）でゴールとも言えるし、関連があると思ったけど何もなくて、この日を越えてもまだ死の運命は続いてた、っていうパターンもあり得る。僕は後者のほうが現実にありそうだと思うな」

海路は「そんな……」と、絶句した。光一はいつもと変わらない、おっとりした微笑を浮かべる。

「だって、現実って無情じゃない。救いがないことっていっぱいあるし。自然災害のニュースなんか見てると、無情だなって思うもの。自然に起こる現象には心がないなって」

自然現象には心がない。そのとおりだ。そのとおりなのだけど、それでは彼の言うとおり救いがない。そこに、蓮が反論した。

「自然現象は無情だけど、超常現象には救いがあるかもしれないだろ。超自然現象には、さ」

「神様仏様ってやつだね。僕は無神論者で、超常現象や心霊現象のたぐいについては否定派だけど」

光一は蓮の言葉に瞳をきらりと閃（ひらめ）かせる。

今まで海路が見てきた光一は、ひたすら穏やかで、周りの人たちが話すのを黙って聞いていることが多かった。常に受け身だと感じたが、こんなふうに楽しそうに、そして能動的に自分の意見を発したりもするのだ。

これも、今回初めて知る光一の一面だった。

「奇跡の発動には、祈りや願いがキーになることが多い。善意なる人々の願いが大きなパワーになって、悪を打ち倒すとか、ね。そういう意味では超常現象そのものが、人の願いの結果なんじゃないかな。こうなってほしい、こうだったらいいなっていう、願望の結果」

「タイムリープも？」

海路はつい口を挟んでしまった。光一は「もちろん」と答える。

「時間旅行なんて、人の願望の最たるものだよ。未来を見てみたいって願いはもちろん、誰だって時間を巻き戻したい時がある。あの時ああしてれば、こうしてればっていう後悔が」

「光一君を死なせたくなかった、生き返らせたいっていう蓮の願いが、タイムリープを起こしたってこと？」

続けて尋ねる海路に、光一は一瞬、不思議そうな顔をした。

「そう考えたほうが、人の感情としては納まりがいいね。あくまで、フィクションの話として、読後感の問題だけど。そこは海路君が考えることだから」

そういえば、これは海路の小説のネタという設定なのだった。ややこしいなと頭を抱えていると、蓮が助け舟を出してくれた。

「海路は、この話の肝の部分が思いつかないんだ。光一も考えてくれよ」

「肝？」

「そう。ランダムに繰り返されるコウイチの死を、どうやったら回避できるか。たとえば、ランダムに見える日付が実は意味を成していた、とかさ。海路が作った、コウイチの死亡日と死因を一覧化したのがあるんだ。画像に撮ってあるから、あとでスマホに送るよ」

蓮はスマホを見て、早口にまくし立てる。話し込んでいるうちに昼休みが終わりそうだった。

「光一君、お願い。光一君の知恵を貸してほしいんだ」

海路も勢いに任せて頼み込む。光一はぱちぱちと瞬(まばた)きをして、「いいけど」と答えた。

それから、ホッとしている海路と蓮の顔を交互に見る。

「それはいいんだけど。僕ら、明日から期末テストで、あと受験生だってこと、忘れてない?」

しごくまっとうで現実的な言葉を返されて、海路も蓮も返す言葉が見つからなかった。


その日、タイムリープの話はそれでおしまいだった。

帰り道、海路はバスで、蓮と光一は電車なので、あまり長い話をする時間はない。

翌日から期末テストが始まって、しばらくは蓮ともスマホでやり取りすることはなかった。

金曜日に期末テストが終わり、土曜日は校内模試だ。ひとまず区切りがつくので、海路は模試の帰り、三人でファストフード店でも寄れないかなと思っていた。タイムリープの話の続きがしたい。

そうでなくても、テストの打ち上げという名目で、ただくだらない雑談をするのでもいい。

今回のタイムリープでは、何年かぶりに学生らしい生活を送れて嬉しいのだ。

でもこの日はあいにく、光一は病院に通院する日だということで、母親が車で校門の前まで迎えに来ていた。

「久しぶり。たまにはうちに遊びにいらっしゃいよ」

以前のタイムリープで幾度となく見かけた光一の母は、左ハンドルの運転席から明るく美しい顔を覗かせて蓮に言い、海路にもニコッと微笑んだ。

眼鏡をかけて、化粧けがなくすっぴんみたいに見えるのに、女性向けのファッション雑誌から抜け出たみたいに垢抜けている。

「綺麗なお母さんだねえ」

前から美人だとは思っていたが、息子を亡くした時の憔悴しきった顔と、強風の日に少しだけ顔を合わせただけだ。日常の彼女はかなり輝いている。

「元モデルなんだよ。日本のファッション誌で活躍してた」

蓮が言った。

「聞いたことがある。カナダ出身だって」

海路の言葉に、蓮は「俺から?」と尋ねた。

「それも、俺に聞いたの?」

「いや、噂。クラスの人たちが話してるのを、聞いたんだ」

何気なく答えてから、

「聞き耳立ててるわけじゃないよ。この学校にいると耳に入ってくるんだよ。蓮とか光一君の噂話が」

急いで付け加えた。実際はちょっと、聞き耳を立てているところもあったかもしれない。

若干の後ろめたさを覚えながら言うと、蓮は笑いを含んだ目で海路を見ながら、「そ」と、小さく相槌を打つ。

それから話題を変えるように笑みを消した。

「この後、時間あるか？　試験も終わったから、どこかで飯でも食ってかない？」

もちろん、海路も否やはなかった。

「うん。俺も打ち上げしたかったんだ」

蓮と同じことを考えていた。嬉しくなって言うと、相手も嬉しそうに相好を崩す。

「そっか。よかった」

「どこに行こうか。マッグ？」

学校の近くに一軒だけ、ファストフード店がある。うちの高校の生徒で混んでいるだろう。

蓮はそれにすぐには答えず、珍しくそわそわしたようにあらぬ方向へ視線を彷徨わせた後、ここから電車に乗って、近場の繁華街まで出ないかと提案してきた。

「あそこの駅前に、持ち込み可で安いカラオケ屋があるんだ。土曜だから混んでるかもしれないけど。どこかで昼メシ買って入るのはどうだ？」

いい考えだ。海路の家とは反対方向だけど、大して遠くない。光一を救う件も、夏休みに入る前にもう少し詰めておきたかった。

「いいね。そこに行こ」

海路が断る可能性も考えていたのだろうか。蓮はホッとした表情になった。すぐにニコニコと嬉しそうな顔に変わる。

「じゃ、行くか」

何だか張り切っている。コロコロと変わる蓮の表情を見て海路は、若い蓮は可愛いな、なんてことを考えてしまった。

そう、若いのだ。元の蓮は七回タイムリープを繰り返し、約八年分の高校三年生の経験値があった。あの蓮と比べれば、若く見えるのは当然かもしれない。

目の前の蓮は溌剌としていて、若さに溢れている。あまりに違いすぎて、海路は時間が巻き戻って三か月半が経った今も、元の蓮を忘れることができずにいた。

彼とは二度と会えないのか。もう一度会うにはどうすればいいのか。一人でいくら考えても答えが出ない。

光一に今回のタイムリープの経緯を説明したら、何かヒントになる見解が聞けるだろうか。

「……海路？　聞いてるか？」

電車に乗って目的地に向かいながら、いつの間にか考えごとに没頭していたようだ。

蓮が心配そうに覗き込んできて、我に返った。

「ごめん。ぼんやりしてた」

蓮はそれにちょっと、目元を和ませて笑った。その顔が以前の蓮を彷彿とさせて、泣きたくなる。

同一人物なのだから、当たり前だ。別人のようでいて、こうして時おり重なる面影が、あの人に会いたいという気持ちを強くさせる。

海路は疼く胸の痛みを、そっと振り払った。

「昼メシ、何にする？　駅前にコンビニと、マッグとケンキチ、あとドーナツもあったな」

「何でもいいけど、お腹が空いてるから、がっつり食べたい」

「なら、マッグかケンキチ」

「鶏肉より牛肉が食べたいから、ケンキチよりマッグかなあ」

こんなふうに楽しい、日常の会話を、あの人ともっとしたかった。

光一が無事に生き延びた世界線でなら、それが可能だったのだろうか。

あの人に、疎まれてはいなかった。少しは仲間意識を持ってくれていたのだろうか。尋ねたいことがたくさんある。でも、答えを聞くことはないのだろう。

そう思うと胸が苦しい。どうしようもない絶望に囚われそうになる。終わらないタイムリープよりつらいことなんて、ないと思っていたのに。

「海路は肉派なんだな。草食ってそうなのに」

「……草。それ、どういう意味？」

「小さい、草食ってる動物みたいってこと」

「蓮に比べたら、誰だって小さいよ」

ジロッと睨んだら、隣にいる蓮は口を大きく開けて笑った。笑顔が眩しい。

海路は目を細め、疼く胸をそっと押さえた。


駅前のハンバーガーショップで昼ご飯を買い込み、カラオケ店に入る。土曜で料金も安価だというだけあって、昼から混んでいた。

海路たちが入った直後に来た客は、満室で断られていたから、運が良かった。

案内された部屋は、いつものカラオケ店の部屋より狭く、短いソファが一つあるだけだ。二人はそこに、学生カバン一つ分ほどの距離を開け、並んで座った。

「テスト前に、光一君が言ってたことなんだけど」

ハンバーガーを一つ食べ終えて、海路は切り出す。

「三月二十二日がゴールか、そうじゃないかって話。どっちもあり得るよね。もし三月二十二日を過ぎても、死の運命が変わらないとしたら、どうすればいいんだろう」

「ホラーのほう、な」

蓮は二つ目のハンバーガーを食べ終えたところだった。合間にポテトも食べている。海路はハンバーガーを二つ買ったが、蓮は四つも買っていた。

この時間軸の蓮は、よく食べる。以前の暗いほうの蓮は、あまり大食漢というイメージはなかった。

この差はなんなのだろう。時間が巻き戻るのは精神だけ、身体の造りは変わらないのに。

「そうなったらもう、俺たちにはどうしようもないな」

海路が目を瞠ると、蓮は「だってそうだろ？」と、肩をすくめた。

「この先もずっと、光一のボディガードとして張り付くのか？　これから一生、光一が死ぬまで、自分自身の人生を捧げて？　仮に俺かお前がそうしたとして、光一本人はいい迷惑だろう」

それはまったくの正論だった。でもそれを、蓮の口から聞くとは思わなかった。

海路が目を瞬いていると、蓮は小さく苦笑した。

「自分のせいで誰かの人生が歪むのは、苦しいよ。それが親しい相手なら、なおさら」

その言葉に、海路も思い出した。光一は、蓮を庇って大怪我を負った。

留年して、今も足を引きずっている。今日の通院だって、その足の怪我のためだ。

「俺も俺の母親も、何度も光一と光一の家族に謝った。光一も光一の両親も、悪いのは事故を起こした車の運転手で、俺たちは被害者だって言ってくれたけど。光一の命が助かってホッとした。けど、足は完全には元通りに戻らないって聞いて、それから留年も決まって、本当に苦しかった」

過去の心情を吐露する横顔は、本当に苦しそうだ。海路は思わず、彼の腕にそっと触れた。相手がビクッと身を震わせたので、慌てて手を引っ込める。

「ごめん」

「……いや。大丈夫だよ」

蓮は柔らかな声で言い、拒絶ではないと証明するためか、海路の目を見て微笑んだ。

「自分のために、人が犠牲になるのを見るのはつらい。光一だって、俺や俺の母親を見てきてそれがよくわかってる。あいつはそこまでして、俺たちに救ってもらいたいとは思わないよ」

「蓮と光一君は、本当にお互いのことをわかり合ってるんだね」

つらいことを二人で乗り越えてきたのだ。蓮の光一への恋情とは別に、二人の間には絆（きずな）があるのだろう。

そう思ったのだけど、蓮はそうした海路の内心を見透かすように、「そんな大したもんじゃない」と、どこかぶっきらぼうな口調で言い放った。

「幼馴染みだからな。父親同士と母親同士、それぞれ馬も合って、うんと小さい時から家族ぐるみで仲良くしてた。一緒にいた時間が長い分、他の友達よりわかってることもある。でも、わからないこともある。普通だよ。普通の幼馴染み。特別な絆とか、そんな大げさなもんじゃない」

特別視されることを厭う口調に、海路はどう返したらいいのか迷った。蓮は黙って三つ目のハンバーガーの包みを開けた後、再び口を開いた。

「海路が、前に言ってたよな。未来の俺は、光一を好きだから、片想いをしてるから、必死にタイムリープを繰り返してるって。あれはちょっと、違うと思う」

海路はポテトを取る手を止め、蓮を見る。蓮と目が合って、彼はすっと視線を外した。それから、フリードリンクのコーラを飲む。

迷うような間が開いた後、蓮は海路の目を見た。

「未来の俺も俺だろ。お前が会った俺が、俺の成れの果てなら、その気持ちや行動原理は何となく理解できる。俺が必死に光一を救おうとしていた、その必死さの理由の一つはたぶん、義務感だ」

もちろん、と蓮は言葉を続ける。

「愛情もゼロじゃない。さっきも言ったけど、小さい頃から一緒に育った幼馴染みだからな。でも、恋愛感情って意味じゃない。俺は今の時点でもう、光一に片想いしてないから」

海路は驚きのあまり、オレンジジュースを咽（むせ）そうになった。ぐっと息を詰めて相手を見る。どういうことなのか、理解できない。蓮は光一が好き。片想いをしている。それは絶対に揺るがない事実であり、大前提だと思っていた。

「でも、だって」

ようやく息をついて、声を上げる。本人が言っていたのだ。光一のことが好きだと。

「どういう状況でそう言ったのか、わからない。でも俺は俺の気持ちを知ってる。かつての俺は確かに、光一が好きだった。恋愛感情を持ってた。でも、今の俺は光一に恋してない。これは動かしようのない事実なんだ」

「もう……好きじゃない、の？」

やっぱり、事情が上手（うま）く飲み込めなかった。

幼い頃から光一が好きで、結婚すると言っていた。中学に入って世の中の道理がわかるようになっても、やっぱり好きで、自分が同性しか愛せないと気づくきっかけにもなった。そんな相手なのに。

「愛情はある。ずっと好きだったなっていう記憶も思い出もあるよ。何もなければ、今も同じ気持ちだったかもしれない。でも、人生で決定的な出来事があって、以前とは何もかも変わってしまった。それ以前と以後ではもう、同じ気持ちは抱けない」

蓮の声音は決然としていて、迷いがなかった。

一体、蓮の身に何があったのだろうと考え、すぐに思い出す。人生を左右するような出来事、光一との関係を変えてしまったことと言ったら、一つしかない。

「二年生の時……去年の、事故のこと?」

海路の言葉に、蓮は寂しそうな微笑を浮かべてうなずいた。


「俺も、気づいたのはごく最近なんだけどさ」

表情と口調を明るく変えて、蓮は言った。

「気づいたって、自分の気持ちに?」

海路が尋ねると、「そ」と短い答えがあった。

「誰かに伝えない限り、自分の心の奥にある感情なんて、言語化しないだろ。お前と……なんていうか以前より仲良くなって……タイムリープの話の中で俺の光一に対する感情が出てきて、それで気がついた。光一が好きだった気持ちは、片想いだとか初恋だとか、ゲイで悩んでたそういう感情も、もう過去のものになってたんだなって」

「……あの、事故がきっかけで?」

蓮は首肯しつつ、わずかに苦い顔になる。

「ひどい事故だった。ひどいってこと以外、事故が起こった当初はわからなかった。とにかく大惨事だとしか。光一が救急車で運ばれて行って、俺は経緯はよくわからないけど一緒には乗せてもらえなくて、光一が生きてるのか死んでるのかもわからなかった」

当事者だけど、その事故の前後の記憶は断片的で、すべてを明確には思い出せないのだそうだ。それだけ大変な状況で、蓮も混乱していたのだろう。

「光一が俺を庇ったって言うけど、実を言うと俺は、その事実を知らないんだ」

海路が驚いて瞬きすると、蓮は苦笑した。

「だって、本当に一瞬だったんだぜ。後ろから大きな音がしたってことしか覚えてない。気づいたら店内の棚から何からめちゃくちゃになってて、隣にいたはずの光一がいなかった。目の前にトラックのバンパーが見えたのは覚えてる」

そのタイヤは、一歩間違えれば蓮を轢くはずだった。蓮の見てきた光景が目に浮かぶようで、海路はゾッとする。

当人にとっても、恐ろしい記憶だろう。恐怖を追体験させていないか、海路は蓮が心配になった。

海路が蓮の顔を見た時、彼はしばし言葉を切り、宙を見据えていた。

その顔は恐怖で塗りつぶされてはおらず、海路は少しホッとする。蓮は何か真剣な表情で、なおもじっと正面にある液晶テレビの画面を見つめていた。

「蓮、大丈夫？」

海路が声をかけると、彼はハッと我に返った様子でこちらを振り返る。

「あ、悪い。何か……思い出しそうだったんだよ」

事故の記憶のことだと、海路は思った。

「無理して思い出さなくていいよ」

つい、蓮の腕に触れそうになり、ビクッとされたことを思い出して自制した。蓮はまだ、何かを思い出そうとしているようで、ぎこちなくうなずく。

「思い出すっていうか、閃く感じだったんだ。前に光一と話した、『雨月物語』の話とか、親父が建築士って話だったかな？　いや、違うな。あの時の話題と、何かが繋がったんだけど……だめだ、忘れた。……えっと、何の話だっけ」

一人でまくし立てて首を傾げるから、海路はますます心配になった。

「一瞬の事故で、庇われたこともわからなかったって。でも、いいよ。無理して話さなくて」

「いや、大丈夫だよ。っていうか、俺から話し始めたんだからな。そう、光一に庇われた記憶はないんだよ」

蓮は軽く口の端を歪めて微笑み、話題は元に戻った。

その後の記憶は本当に曖昧で、気づくと蓮も病院にいたのだそうだ。光一とは別の救急車に乗せられたそうだが、そう言われれば……と、救急車の車内の風景や、救急隊らしき人たちの顔を断片的に思い出すくらいだという。

「とにかく混乱してて、気づいたら病院で。あと憶えてるのは、お袋がいつの間にかそばにいて、泣いてたことくらい」

光一が重傷を負ったことを、蓮はその時初めて知った。

幸い蓮はかすり傷で、その日は自宅に返された。光一も足にひどい怪我を負ったものの、命に別状はないとわかり、心底ホッとしたという。

けれど、蓮の苦悩はここから始まる。

「翌日のニュースだったかな。新聞だったたか、よく覚えてない。光一が怪我を負ったのは、俺を庇ったかららしいって」

そのニュースは、たまたま近くにいたという目撃者の証言を元にしたものだったらしい。

店内にいたということは、被害者の一人、とも言えるのか。しかし、蓮にとっては寝耳に水だった。蓮の母親にとってもそうだ。

友達と事故に遭った。それだけでも不幸な事故なのに、一方がもう一方を庇い、重傷を負ったとなれば、お互いやその家族の感情も変わってくる。

しかも、庇われたほうはかすり傷だけなのだ。庇った件がなくとも、なぜうちの子だけ……という感情が芽生えるのは、身内として必定だ。

「慌てて英家に連絡して、病院に見舞いに行ったんだ。おじさんは冷静だったけど、おばさんは結構取り乱してた。まあ当たり前だよな」

光一が蓮を庇ったらしい、というニュースを、光一の両親も知っていた。そこで光一の母親は、蓮や蓮の母をだいぶきつい言葉で責め立てたらしい。

「後になって、謝ってくれたよ。あの時は冷静じゃなかったって。おじさんは最初から、俺のせいじゃない、俺を責めるのは間違ってるって言ってくれた。でも正論はどうあれ、やっぱり俺は光一とその家族に対して申し訳ないと思うし、向こうも心のどこかで、俺を責める気持ちがあったと思う」

海路は、先ほどの帰りがけの光景を思い浮かべる。光一の母親は、そんな立場のことなどなかったみたいに蓮に接していた。過去のわだかまりなど、端(はた)から見るぶんには感じなかった。

(いや、でも、そうか。なかったことにしたいんだな)

遊びにいらっしゃい、と蓮に言っていた。

息子が友人を庇って一年を棒に振ったこと、それを自分が責めたこと、それらはもうなかったこと、あるいは終わったことにして、元の関係に戻りたい、戻りましょう、という態度なのだろう、あれは。

彼女の態度を、理不尽だとは思わない。「お別れの会」で抜け殻みたいになった彼女を何度も見てきたから、同情もする。

でも、それでもやっぱり蓮には何の落ち度もなく、純然たる被害者が罪悪感を覚えるのは、不条理だとも思うのだった。

　誰も悪くない。悪いのはトラックの運転手で……そんなことを今さら海路が言ったところで、何の慰めにもならないのもまた現実だろう。

「それで、光一君は？　どうだったの」

「翌日にはもう意識が戻ってた。でも面会できたのは、三日くらい経ってからかな。元気そうだったよ。いつもの、のんびりした調子だった」

　蓮は当時の光景を思い出したように笑い、すぐにくしゃりと顔を歪ませた。

「俺と一緒で、事故のことはよく覚えてないそうだ。俺を庇ったことも、そんなことをしたのか覚えてないって。ただ、何気なく振り向いたら車のバンパーが見えたって言うから、俺より早く車には気づいてたんだろう」

　気づいたら病院にいた、というのは蓮と同じだ。

　それでも蓮は、光一に謝った。自分を庇ったせいで、これほど大きな怪我を負ったのだ。謝らずにはいられなかった。

「庇ってないんじゃない？　って、光一は言うんだ。自分は覚えてないって。蓮は覚えてる？って聞かれて、覚えてないって答えたら、じゃあ庇われてないんだよって言われた。あの、ゆるい喋（しゃべ）り方で」

　光一も、自分が蓮を庇ったという話を、ニュースで知ったようだ。

当事者二人にその時の記憶はなく、目撃者の証言に頼っていること、その目撃証言というのも、あの突然の事故でどこまで信用できるのか、ということを理路整然と、でもおっとりしたいつもの口調で語ったらしい。

その場には光一の両親も、蓮の母親もいた。

「光一君が蓮を庇ったたって話は、嘘かもしれないってこと？」

海路は、そうだったらいいなという願いを込めて尋ねた。しかし蓮は、「いや」と、即座にかぶりを振る。

「その件は警察だか検察だかが、店内の防犯カメラの映像で検証していた。目撃者のおばさんの話は、大体合ってる。ただ、光一は意図的に庇ったたっていうより、たまたま事故の直前に俺と立ち位置が入れ替わったみたいだな」

事故に遭う本当に直前、ほんの数秒前、光一が何かの理由で場所を移動し、光一が最初にいた位置に蓮が立った。その直後、トラックが二人めがけて突っ込んできたのだ。

「光一は、別の商品を探しに行くつもりだったとか、そんな理由だったと思う。よく覚えてないけど。だから光一が言っていることも、目撃者のおばさんの話も本当なんだ」

光一は蓮を庇う意図はなく、ただ偶然、蓮と立ち位置が入れ替わった。端で見ていた目撃者からは、それがあたかも庇ったように見えた、というだけだ。

「俺も、おばさんの嘘っていうか、記憶違いかもって考えたことはあったんだ。勝手にニュースが広まったけど、俺は何も覚えてない。間違いだって考えるほうが、俺のせいで光一が重傷を負ったっていう事実より気が楽だ。でも、そんなこと言えないだろ。少なくとも、光一や光一の家族には言えない。俺は『加害者』だから」

蓮は最後の言葉を苦しそうに吐き出す。海路は思わず「被害者だよ」と言ってしまった。

蓮の言葉も理解できる。幼馴染みの二人が同時に事故に遭い、一人は重傷、一人は軽傷だった。

そして、重傷のほうが軽傷の被害者を庇ったという証言。同じ事故に遭ったのに、結果はこんなにも違う。

その不公平のツケを、蓮が負わされた。加害者だけが背負うべき罪が、蓮に圧し掛かった。

「光一は、俺が理不尽だと思ってたこと、でも口にできなかったことを代弁してくれた。一番、誰よりひどい目に遭ったあいつが。それもお互いの両親の前で。光一の言葉で、その場の空気が一変したのを覚えてる」

一番の被害者である光一、蓮を庇ったとされる当事者が、当然考え得る可能性を指摘してくれた。それも、冷静で道理の通った説得力のある論調で。

「その上であいつ、怪我をしたのが自分で良かったって、言ってくれたんだ。頑張って、ってさ。俺はその直後に、バスケ部の試合を控えてた。本戦出場が懸かった大事な試合で」

「うん。学校も盛り上がってたよね。万年予選敗退だったのに、初めて本戦出場できるかもしれないって」

弱小バスケ部を予選の決勝に導いたのがエースの蓮で、そのエースを庇ったのが光一だ。美談だ美談だと、学校も盛り上がっていた。

「みんなが俺に、『この試合、負けられないぞ』って言うんだ。監督も先輩も、よくわかんないOBとか保護者まで。激励のつもりなのかもしれないけど、めちゃくちゃプレッシャーだった。……なんて、言い訳だけどな。メンタルも実力のうちだし、俺にはメンタルもフィジカルも足りなかった」

「バスケは個人競技じゃないでしょ。って、俺がここで言ってもしょうがないけどさ。でも当時も俺、蓮にはプレッシャーだろうなって思ってたよ。光一君も気の毒だけど、そうやっていろんなもののしわ寄せを、蓮一人で背負わされて勝手に騒がれて、気の毒だった。きっと、俺以外にもそう感じた人がたくさんいたと思う」

もう過去の、終わったことだ。海路が何を言っても仕方がない。

蓮が味わった不条理や苦しみをなかったことにはできない。それでも蓮が可哀そうで、彼の置かれた状況が理不尽で、慰めずにはいられなかった。

蓮も、そうした海路の気持ちを汲み取ったのだろう。「サンキュ」と、小さくつぶやいて微笑んだ。

「バスケ部のメンバーは、海路みたいに慰めてくれたし、自分たちの力が足りないせいだって謝ってもくれた。関係ない奴らからは嫌味とか文句とか言われたけど、まあ、『外野がうるせー』って感じだったな。ただ、光一には申し訳ないと思った」

笑って送り出してくれた。その優しさに救われただけに、ふがいない結果が申し訳なかった。

「でもまた、光一は言うんだ。残念だったねって。頑張ってもどうにもできないこともある。そんなふうに」

「光一君、何度も受験に失敗してるって言ってたね。これは、前のタイムリープの時に本人から聞いたんだけど。お医者さんの一家で、親戚もお父さんもお兄さんも優秀で、自分だけずっと志望の学校に入れずにいるって。ポンコツだって、本人が言って笑ってた」

あの時の、困ったような笑顔を今も思い出せる。

成績優秀で、家柄にも美貌にも恵まれていて、誰もが羨む境遇に見えるのに、本人はポンコツだと劣等感を味わっている。

そんな彼だから、蓮が味わった虚しさや苦しみが理解できたのだろう。

「ポンコツか。俺もあいつが、自分のことをそんなふうに言うのを聞いたことがある。じゃあ海路も、あいつの家のことは聞かされてるんだな」

「うん。お兄さんがボストンにいるっていうのも、その時に聞いた」

「一族の中でも、特に優秀なんだよ。光一の兄貴は」

「光一君もじゅうぶん、優秀なのにね。でも、だからあんなふうに人に優しくなれるのかな」

いつもおっとりしていて、人を悪く言わない。そういえば最初のタイムリープで、海路が意味不明のメッセージを送った時も、丁寧に返してくれた。

優しい人なのだ。それは、痛みや弱さを知っているからこその優しさなのだろう。

海路の言葉に、蓮は微笑みながらも泣き出しそうな顔をする。

「光一は優しくて、いい奴だよ。俺はその優しさに救われた。……でも、何をどうしたってもう、俺たちは対等じゃなくなっていた」

蓮は静かに目を伏せた。

二人の間に沈黙が落ちると、それまで気にならなかった周囲の物音がよく聞こえるようになる。遠くから、調子っぱずれなのにやけにノリのいい客の歌声が響いてきて、海路と蓮は顔を見合わせてクスッと笑った。

蓮は氷の解けかけたジュースを飲んで、話を戻した。

「光一には感謝してるし、恩を感じてる。あいつに救われた、救ってもらった。その恩返しをするために、俺はこれから一生、あいつのために何でもするって、本気で思った。でも、同時に苦しかった。光一に感謝してもいたけど、あいつの怪我がなかったことにはならない。留年が決まってもっと絶望的な気持ちになった。あいつが許してくれることだけが唯一の救いで、光一が許してくれなければ俺は加害者なんだ。もちろん、光一は俺を責めたりしないし、恩に着せたりしないけど。俺の気持ちがもう、対等じゃなくなってた」

ただの幼馴染みだったのに、蓮は純粋に光一に恋心を寄せていただけなのに、ある日突然、事故を境に加害者と被害者になった。実際は二人とも、被害者なのにもかかわらず。

「前に海路も言ってたよな。タイムリープを繰り返して、好きって気持ちがわからなくなったって。俺も、お前も」

「う……うん」

あれはできれば忘れてほしい。無意識で盛大な告白だった。

「俺もその気持ちがわかる。俺は去年の事故の時点でもう、好きだって気持ちがどんなものなのか、わからなくなってた。確かにこの中にあったはずなのに」

蓮はうつむいて、自分の身体を見る。海路も何とはなしに、自分自身を見た。

蓮を好きだった気持ち。タイムリープを繰り返すうちに見えなくなり、でも死を選ぼうとした寸前、それは蘇（よみがえ）った。

今でも蓮が好きだ。でも、目の前の蓮のことを、自分はどう思っているのだろう。

同じ人物だから同じ気持ちになるはずなのに、以前の蓮のことばかり考えている。かつては確かに、この明るい蓮に恋をしていたのに。

人って不思議だ。自分の気持ちなのに、よくわからない。

「身勝手で嫌な奴だなって、自分で自分が嫌いになった。相手に良くしてもらって、それこそ命をかけてもらったのに、肩の荷が重くて好きって気持ちが薄れるって、最低だ」

「そんなふうには思わないよ」

声をかけたけれど、それが大した慰めにならないことは、海路もわかっている。

「人がどう思うかじゃなくて、自分が許せないんだね」

確信めいた口調になったのは、海路自身がそうだったからだ。

「そうだな。これが他人事なら俺も、そんなのしょうがないよって言う。本当に仕方のないことだから。でも自分が許せない。光一が好き、感謝してる、って言いながら、後ろめたい気持ちを感じてる。それが苦しい」

海路はうなずいた。わかっている、理解していることを相手に伝えるために。

何のしがらみもなく、恋心だけを感じていた時は良かった。

たとえ片想いでも、相手が別の誰かを好きだったとしても、好きという気持ちは純粋で美しいものだった。

「光一の留年が決まって、できる限りフォローしようと思った。高校生活を、っていうか受験勉強を。今度こそ受験を成功させて、あいつが家族に感じてる劣等感が軽くなればいい」

医者の一族で、優秀すぎる兄を持ち、小学校受験から高校受験まで失敗してきた光一の、大学受験はいわば正念場だった。

交通事故でその正念場を一度ふいにして、今度こそは、という気持ちが蓮にもあるのだろう。

いや、あった。今の蓮がそう思うのだから、未来からきた、タイムリーパーの蓮も、同じことを思ったはずだ。

「俺も受験生だけど、光一を助けてあいつの受験が上手くいくなら、自分の受験は失敗してもいい。そう思ってた。むしろあいつが成功して、俺が失敗した方がいい。そうすれば辻褄が合う。後ろめたさから解放される。そう考えてた。……でもこれって、純粋な献身じゃないよな」

そう思っても無理ないじゃないか、人間ならば当然の心情だ。……などと慰めを口にしたところで、当人にとってはそれさえも卑怯な言い訳に思えるのだろう。

できれば、善良な人間でありたいと、海路もそう考える。いい人でいたい。いい人だと周りから思われたい。後ろめたい感情などなく、自分の気持ちに自信を持ちたい。

その生真面目さや正義感が、自身の心をいっそう窮屈にさせる。

「自分の気持ちを誤魔化しながら、それでも光一のためにできることをやろうと思ってた。だから同じクラスになった当初、何かと一緒に行動してたんだ。あいつは昔から引っ込み思案で、受け身だから、俺が引っ張ってやらないとなって。まあ、変なグループができて逆に、光一が居づらくなったんだけどな」

それでまたちょっと落ち込んだと、蓮は小さく付け加えた。

「俺はいつも独りよがりだな、って反省するんだ。でもまた、同じことをしてしまう。光一のために、あいつが困ってるだろうからって、空回りして先回りして……俺はたぶん、卒業までそうやって、自己満足な行動を繰り返してたんだろうな。連休明け、海路からタイムリープの話を聞かなければ」

俺？ と、海路が小首を傾げると、蓮は同意するように微笑んだ。

「この一年は光一のために頑張る、あいつに尽くすぞって、そういう気持ちだった。そうすれば、それで光一が受験に成功したら、俺が背負ってるものも少し軽くなる。だから頑張るぞって。そういう気持ち……だったんだろう、未来から来た俺も。一番最初は」

まだタイムリープもしたことがない、光一が死ぬ未来を知らない世界線の蓮は、当然、今の蓮と同じ気持ちだったはずだ。

「でも、光一は死ぬ。また交通事故で。一度目は三月十八日だっけ？ 卒業式の後だ。何の心の準備もなく死なれたら、俺は気持ちの折り合いがつかないだろう。光一が死んで悲しいよりも、自分が二度と許されなくなったっていう絶望が先に立って、それでまた自分自身が許せなくなる。袋小路だ」

もしも光一が志望の大学に受かって、無事に高校を卒業したら。そうしたら、蓮の背負った罪は軽くなる。起こったことは消せないけれど、いわば刑期満了で釈放されるのと同じだ。

四月から新しい生活が始まり、光一も念願の医学生になる。それがゴールで、そうなればハッピーエンドになるはずだった。

しかし、そうなる前に光一は死んだ。蓮は永久に許されることはなくなった。

光一の両親をはじめ、一連の事情を知る周囲の人間は、生き残った蓮にどんな眼差しを向け、どんな言葉をかけただろうか。

蓮のせいではない。あなたは何も悪くない。光一のぶんまで生きて。

もしかしたら誰かが、蓮にそんな言葉をかけたかもしれない。しかし、蓮を慰めるはずのそうした言葉は、逆にじわじわと真綿のように蓮の心を締め上げただろう。

「絶望の後、たまたま偶然、時間が巻き戻ったとする。俺は泣いて喜んだかもな。これでもう一度やり直せる。今度こそ、って。でもまた、光一は死ぬ。二回、三回……同じ高校三年生の一年間をやり直す。でも報われない」

気が狂いそうだ。改めて当時の蓮の心情を想像して、海路は思う。

たった一人、誰にも真実を知られず、高校三年生をやり直し続ける。

好きな人を救いたいという純粋な気持ちではなく、自分が許されたくて修正を続けるのだ。

それは自己否定と自己嫌悪の混じった、暗い時間旅行だっただろう。

「俺は、もうやめようと思ったんじゃないか。海路と同じように。もうやめたい、やめよう。タイムリープのことは誰も知らないんだから、自分さえ気持ちに折り合いをつければ、光一を見捨てたことは誰にもバレない」

　一人だったなら、そうかもしれない。

「でも、俺が巻き込まれちゃった」

　海路はつぶやく。隣で蓮が微かにうなずいた。

「目撃者ができたわけだ。仕方ないからもう一年、我慢する。お前のタイムリープはたまたま、一回きりだって思ってたんだろ？　一回だけ我慢すれば、次は俺だけのターンだ。これでやっと終わらせられると思った……たぶん」

「でも、できなかった。俺がまた、くっついてきちゃったから」

　蓮にとって、自分は本当に心底、邪魔者だったのだ。考えて、海路は悲しくなった。と、不意に何かの気配を感じ、顔を上げる。蓮がこちらに手を伸ばしているところだった。海路の髪に指先が触れる寸前で、蓮は慌てたように手を引っ込めた。

「ごめん。なんか、逆に落ち込ませたみたいだったから」

　早口に蓮は言う。引っ込めた手で、うなじを何度か撫でた。それから今度はグラスを持ち、氷しか残っていないことに気づいてテーブルに置く。

「凹ませるようなこと言ったけど、最後まで聞いてくれるか」

　宙を睨んでまた、早口に言うので、海路は「わかった」と、小さく答えた。

　蓮は自身の心情と照らし合わせ、タイムリーパーの蓮の考えていたことを再現しようとしてくれているのだ。

あの人が何を考え、どう思っていたのか、海路も知りたかった。

「お前にタイムリープのことを聞かされてからこっち、未来の俺が何を思って行動したのか、ずっと考えてたんだ。誤魔化しなく言えば、海路のことを恨めしく思っただろう。邪魔だなと感じたかもしれない。せっかくタイムリープを止めようと思ってたのに、もっと露悪的に言えば、誰にも見られず光一を見殺しにしようと思ってたのに、お前が現れたんだから」

「うん」

海路が最初のタイムリープに巻き込まれた時のことを思い出す。五月六日の夜、カラオケ店で顔を合わせた蓮は、いかにも邪魔そうな、不機嫌な顔をしていた。

「邪魔者が現れたと思って、でも同時に、ホッとしてもいたはずだ。孤独な時間旅行を続ける中、仲間ができて、しかもその相棒がお前だったから」

意外な言葉だった。視線を上げると、蓮は海路を見てにこっと笑った。

「他の誰でもなく、お前でよかった。そう思ったはずだ」

「……俺？　だって、でも」

特に仲がいいわけでもなかった。一年生の時、たまたま親切にしてもらっただけ。

「蓮は俺のこと、大して知らないでしょ。四月に同じクラスになった時だって、名前も憶えてなかったのに」

「憶えてたよ」

「え、でも」

「憶えてた。わざと間違えたんだ。鈴木(すずき)海路。一年の時にお前がつっかえながら言った名前を、忘れたことはなかったよ」

まじまじと蓮を見る。蓮は一秒、二秒、こちらを見つめ、さりげなく視線を逸(そ)らした。

「なんで、憶えてないふりなんかしたの？」

本当に意味がわからなかったので、海路は尋ねてみる。蓮は目を逸らしたまま「何となく」と答えた。

「何となくって……」

「何となくは、何となくだよ。その時、咄嗟(とっさ)にああいうリアクションを取ったんだ。一年生の時のお前とのエピソードなんか、ろくに憶えてなんかないんだからな……っていう、アピール」

なんだそれは。ますます意味がわからない。

「……陰キャへの、マウント？」

「なんでだよ」

わからないなりに推測すると、すぐさまツッコミが返ってきた。

「いやでも、そういう意味ではマウントになるのかな。……まあ、この件はどうでもいいや。本題と関係ないし。……さっきの続きだけど」

勝手に話を脇にやり、また勝手に話題の軌道を修正するので、海路は「そういうところだよ！」と叫んだ。

「蓮のそういうところ！　何回タイムリープしても変わらなかった。都合が悪くなるとすぐ、話題を逸らしたり誤魔化したり、一方的に話を打ち切ったりするんだ。こっちは置いてけぼりでさ」

海路が睨むと、蓮自身も思い当たる節があるのか、「う」と呻く。でも、タイムリープ未経験の蓮はまだしも素直だった。「ごめん」とすぐに謝る。

「お前とほとんどしゃべったことなかったけど、でも、一年の時のことが印象的で、ずっと覚えてた。そのことを言いたかったんだ。俺がなんで名前忘れたふりしたのかは……話が込み入って、話が脱線したままになる。だからとりあえず、この話は後回しにしたい。いいか？」

下手に出て、海路の気持ちもちゃんと確認してくれる。仕方がないな、と海路は許すことにした。

「えっと、それでだ。タイムリープしてきた俺は、何年分もの時間を孤独に耐えてきた。お前が巻き込まれたのは誤算だったし、邪魔に思ったかもしれないけど、同時にお前で良かったとも思ったはずだ。そう思った理由は、さっきの話にまた戻るから割愛する。でもとにかく、お前が仲間に加わって、不味（まず）いなと思いつつ、ホッとしたりもした」

そこで蓮は、ちょっと苦笑した。

「きっとお前の存在に、ずいぶん悩んだり振り回されたりしたんじゃないかな。仲間ができて嬉しい。それも嫌な奴じゃなくて、俺の味方になってくれるだろう善良なクラスメイトだ。俺だったらたぶん、嬉しいしホッとする。でも同時に、お前がいなければ、と考えることも止められない」

海路は黙ってうなずいた。それは、海路自身も考えたことだ。

蓮がいなければ、海路だけなら、何度繰り返しても失敗するこのタイムリープから、そっと退場することもできた。

「たぶん俺は、やめるにやめられなくなっていたんだ」

正面を見据えて、蓮は言う。

「お前と話し合って、タイムリープをやめることもできた。でもそれは、お前と二人で罪悪感を分かち合うってことだ。これから一生、俺たち二人は光一を見捨てた罪を背負っていく。俺が忘れようとしても、お前が忘れない。お前もそうだろう。タイムリープをやめた後、俺たちはお互いに顔を合わせるたびに暗い過去を思い出す。自分たちの罪を。もしくは離れて二度と会わないか。それでも何かの時にお前の顔を思い出して、苦い気持ちになるんだろう」

そのとおりだと、海路も思った。好きな人の好きな人を救う、という純粋な願いは潰え、卑怯で利己的な選択をした自分と蓮との、苦く嫌な思い出だけが残る。

「光一への気持ちは、事故の罪悪感で歪んだ。次もまた、同じように嫌な記憶で終わるんだとしたら……俺はもう人と関わるのが嫌になるよ。死んだほうがましだ」

死んだほうがまし……そう考えていた頃の感覚が蘇って、海路は苦しくなった。

同じように、蓮も思ったのだろうか。苦しんで、でも誰にも助けを求められなくて。

海路は、蓮より自分のほうがつらいのだと思っていた。でも、蓮もつらくて苦しかった。

「思い出させて、ごめん」

蓮の手が伸びてきて、今度はそっと海路の髪を撫でた。

海路が顔を上げると、「ごめん」ともう一度、謝る。髪を撫でたことか、過去を思い出させたことか。

どちらへの謝罪かわからないけれど、海路はどちらに対しても緩くかぶりを振った。

「先のことを考えると、お前と話し合って二人でタイムリープを止めることはできなかったんじゃないかな。自分の考えを、海路に相談することもしなかったと思う」

「うん。蓮は俺に相談したりしなかった。俺が頼りないからだけど」

「いや、そうじゃないよ。俺が見栄っ張りで、人にいい恰好をしたがるからだ」

きっぱりと断定する。海路が目を見開いて蓮を見上げると、蓮はそっと手を伸ばし、海路の頬にかかった髪をかき上げた。

恋人にするみたいな親密な手つきに、どきりとする。蓮は微苦笑を浮かべ、「自分のことだからわかる」と言った。

「お前に、カッコ悪いところを見せたくなかったんだ、たぶん。自分だけが苦悩してるつもりで、自分だけが我慢すればいいと思ってたんじゃないかな。そうしてカッコよく光一を救って死を回避すれば、ハッピーエンドだ」

蓮が見栄っ張りだと思ったことはなかった。強引で身勝手だとは思ったが。でもそれも、一人で何もかも背負うつもりだったからだ。

「光一を救えば、とにかく何もかも丸く収まる。というか、ハッピーエンドを迎えるにはそれしかない。だから延々と同じ時間を巡り続けた。海路が死にたくなるほど疲弊してるのも、気づかないで」

「仕方ないことなんだ。俺だって、蓮に嫌な奴だって思われたくなくて、タイムリープをやめたいって言い出せなかったし」

蓮の声音が不意にきつくなったので、海路は庇うような口調になった。蓮ばかりが悪いわけではない。

それを言うなら、海路だって蓮の苦悩を理解していなかった。どうせ聞いたって答えてくれないと諦めていた。

何度か歩み寄ろうとして、失敗して、失望して。蓮を恨んだりもしたけれど、彼だけのせいではないのだ。

「話し合えばよかったんじゃないかって、思うんだよな。お互いに腹を割って話し合って、協力し合えばよかったんだ。光一にも打ち明けてさ。どうして未来の俺がそれをしなかったのかは、何度考えても謎だけど。でも、光一の死を回避できれば、すべてが丸く収まるっていうのは、今現在も変わらない真実だよな？」

そう、光一が生きていてくれさえすれば。そうすればタイムリープの必要もなくなる。大学に受かって、それぞれの新しい生活が始まる。

「あとは、光一が第一志望に合格すれば、言うことなしだ」

隣でつぶやかれる声に、そういえばと海路は思い出した。そういえば、この事実は伝えていなかった。

「光一君、第一志望に受かってたよ。恵桜の医学部」

「マジで？」

蓮は目を瞠った。

「うん。どのタイムリープでも受かってた。だからたぶん、俺たちがよっぽど邪魔しない限り、今回も受かると思う」

海路の言葉に、蓮は「おおお」と、大袈裟にどよめく。それから急にハッとした表情になり、

「あ、でも、俺の受験のことはいい。結果は言わないでくれ」

慌てた様子で言うから、海路は笑ってしまった。

「わかった。言わないでおく。これからの行動次第で、結果も変わるかもしれないしね。俺も前回は、大学受験をやめて引きこもってたし」

「そうだな。けど、そうか。タイムリープのことを光一に伝えたら、動揺させるだろうな」

そう言われればそのとおりだ。

「お前は死ぬ、って言われたら、勉強も手に付かなくなっちゃうよね。やっぱり、伝えないほうがいいのかな」

海路の言葉に、蓮も考え込む様子を見せた。しばらく真剣な表情で黙りこんでいたが、やがて「いや」と、つぶやく。

「本人に何も知らせないのは、やっぱりリスクが大きい。大学より、命のほうが大事だ」

「うん。俺もそう思う」

光一は長年、コンプレックスに悩まされてきた。できるなら雑念なく受験に集中させてあげたい。

でもそれも、生きていればこそなのだ。いくら勉強をしても、受験に勝ち残ったとて、死んでしまったら大学にも通えない。

タイムリープのやり直しができない今、本人にも注意してもらうべきだ。

「ゴールは、二〇二五年の三月二十二日だ」

蓮が言い、海路を見た。こちらが見つめ返しても、彼は目を逸らさなかった。

「この日を越えれば、死の運命を回避できる。もしそうでなかったら、この推測が間違っていたとしたら……その時は、もうどうにもできない」

「前にも言ってたね。俺たちのできることには限界があるって」

視線を合わせているせいか、蓮との距離がとても近く感じる。ここで目を逸らすべきではないけれど、つい逸らしてしまいそうになるくらい、蓮の視線が強くてどぎまぎした。

「そうだ。人の命が……大事な友達の命がかかってる。残されたチャンスはたぶん、今回一度きりだ。だから対策はすべて取るべきだし、何が何でも光一を救う覚悟を持つべきだ。そしてそれと同じくらい、割り切る覚悟をしておくべきだと思う」

ハッとして、蓮の瞳を覗き込む。蓮は苦しそうにまつ毛を伏せた。

「失敗した時の覚悟をしておくべきだ。それは、失敗してもいいってことじゃない。自分たちが壊れてしまわないように、心の準備をしておくべきなんだ。そうでなきゃ、お前も俺も光一も、誰一人救われないだろ」

何度もやり直して、ここまで来た。でも、この世は無情なことばかりだ。光一の言葉を思い出す。

努力をしたから望む結果が得られるとは限らない。苦労をした分だけ報われるわけでもない。すべてが虚しく終わる結末がある。救われない。でもそれが現実だ。

そんな無情に唯一、海路たちが抗えることがあるとすれば、それは心折れずに生きていくこと、それだけなのだ。

「うん。蓮の言うとおりかもしれない。覚悟はしておくよ。それでも俺たちは、生きていかなきゃならないもの」

答えながら、内心で海路は蓮に感嘆していた。

心折れない努力をする。その言葉の真意を、海路は理解できる。でもそれは、六度目の高校三年生だからだ。

今の蓮は一回目で、それなのにいわば、六つ年上の海路と同じように物事を考えることができる。蓮はすごいなと思った。

「覚悟はする。でもそれでもやっぱり俺、光一君に死んでほしくない。光一君を助けたい」

「俺も、助けたい。打算とか負い目とかぜんぶ抜きにして、大切な幼馴染みだから。だから、二人で助けよう」

「うん」

蓮の目を見て答えたものの、その距離がさっきよりもさらに近く感じられて、海路は咄嗟に目を逸らした。

ジュースを飲もうとして、自分のそれも氷だけになっていたのに気づく。

「あ、飲み物。お替わり、蓮のも持ってこようか」

「え？　あ、いや、俺も行く」

海路が急に話題を変えたので、蓮は戸惑った表情で自分と海路のグラスを見比べ、やがてぎこちなく立ち上がった。

二人でドリンクを取りに行く。海路はなんだか照れ臭いような感じがしていた。蓮がどう思っていたのか、わからない。

蓮も心なしか言葉少なで、ドリンクを手に戻った後、二人は黙々とハンバーガーやポテトを平らげた。

それから夏休みの計画について話し合い、海路が「せっかくだから歌おうか？」とマイクを指さしたところで、時間切れになった。

「そういえば。四月に俺の名前を忘れたふりしたの、なんで？」

部屋を出ようとした時、思い出したので聞いてみた。蓮はぎくりとしていたから、彼も覚えていたはずだ。

「また、はぐらかそうとしたな」

「違う、違う。はぐらかしてはいない」

蓮は宥（なだ）める口調で言ったが、怪しいものだ。

「言うよ。教える。でも、今じゃない」

「いつ教えてくれるの?」

「え……っと、三月二十二日とか?」

「そういうのを、はぐらかしてるって言うんだよ!」

海路は文句を言ったが、蓮は聞こえないふりをしていた。

三月二十二日を過ぎたら。

来年の今頃、自分たちはどうしているだろう。

どうか、笑って過ごせていますように。海路は祈った。

六

夏休みが始まった。高校最後の夏休みだ。これが正真正銘、海路にとっても最後の。

そして受験生にとって、「夏休みは天王山」だという。

光一は夏休みの始まりから終わりまで、塾の医大受験対策コースという夏期講習を受講しているのだそうだ。

週に三日は塾通い、八月の半ばには合宿まであるという。

塾以外の日も一日十時間は勉強だと聞いて、海路は震えあがった。

光一ほど成績優秀な人が、そうまでしなくては入れないのか、名門医大。

「人のこと心配してる場合なの？　あんたもちょっとは本腰入れなさいよ」

母に叱られて、海路も夏の間の夏期講習を受けることになった。これは前のタイムリープでも、何度か受けたことのあるコースだ。

でも、せっかくの夏休みなのだ。受験が終われば、いくらでも遊ぶ機会はあると、大人たちは言う。それはそうなのだけど、高校三年の夏休みは一度きりしかない。

それに海路は、この一連の出来事を、ホラーにはしたくない。できれば爽やか青春ドラマとして締めくくりたい。

ならばこの高校生最後の夏も、光一の死に怯えて戦々恐々とするのではなく、ハッピーエンドに向けた思い出作りをするべきだ。

夏休みに入ってすぐ、海路がそう言ったら、蓮も賛同してくれた。

「そうだな。俺もホラーは嫌だ。映画で観るのは好きだけど」

それから、

「花火やろうぜ、花火。光一と三人で集まって」

と、言い出した。そしてすぐさま、光一に連絡を取った。八月の最初に、泊まりがけで花火をすることになった。

場所は光一の家である。光一の母親が、うちでやったら？　と提案してくれたらしい。

泊まりで遊ぶことを考えていなかった海路は、びっくりするやら興奮するやら、感情の整理に忙しかった。

蓮と光一と泊まり。それも光一の自宅でだ。

「友達の家に泊まるとか、何気に初めてなんだけど。何を持って行けばいいのかな？」

興奮して、蓮に電話をかけてしまった。

『普通に、パンツとか持ってけばいいんじゃねえの』

電話の向こうで、蓮がぞんざいな口調で答えた。ちょっと声が笑っている。

「パンツ……そっか。パジャマは？　あと、バスタオルとか」

『バスタオルは、向こうで出してくれたな。海路は、パジャマ着て寝てるのか』

「うん。パジャマ、蓮は着ないの？　何着て寝るの？」

『俺、全裸』

「全……っ」

絶句していると、『嘘だよ』と、呆れた声が返って来た。からかわれた。

そんなふうに七月の間は、うろたえたり浮かれたりしていた。海路の母は、息子から泊まりの話を聞き、光一の母と蓮の母とに電話をしたようだ。

お泊まり会の前日に、母は会社の近くにあるという、有名な洋菓子店で菓子折りを買ってきてくれた。

「ちゃんとおうちの方にご挨拶して、最初にこれを渡すのよ。自分たちで食べちゃだめよ」

「わかってるよ。食べないよ」

息子を何だと思っているのか。文句を言ったものの、海路はやっぱり浮かれていた。

（だめだ。浮かれてないで、やるべきことはやらないと）

それでも、光一の家に泊まるなんて、以前のタイムリープではなかったことだ。光一とも蓮とも、今までのタイムリープで一番、距離を縮められているのではないだろうか。

この調子で、光一との距離を縮めて、信頼を得て、そうして三人で運命を乗り越えたい。

（神様、どうか――）

平和で浮かれた日々の合間にふと不安になり、海路は思わず神に祈った。

浮かれているうちに七月が終わり、八月になった。待望の花火の日だ。

海路は母に持たされた手土産を持って、いそいそと光一の家に行き、そしてすっかり気後れしてしまった。

光一の家、英邸は外観もそうだが、中に入ってもお金持ちっぽい家だった。

お金持ちっぽい。そんな語彙しか出てこないのは、海路が根っからの庶民で、これまで富裕層とは無縁な人生だったからだろう。

都内の一軒家だから、広大な敷地というわけではないものの、玄関からして広く高級感のある設えで、すべてがお洒落に感じられた。

光一の母が出迎えてくれたが、お手伝いさんがいると言われても驚かない。何もかもが清潔に保たれ、すっきりと整頓されている。

リビングではなく真っすぐに光一の部屋に通されたので、少しだけホッとした。

その光一の部屋というのも、二十畳ほどある大きな空間だ。天井が高く、ロフトなんてものまであった。

「以前は真ん中に仕切りをして、兄と共同で使ってたんだ」

そう言われれば、両側の壁にはどちらも、書棚と洋服簞笥が一つずつ置かれていて、名残りがある。

「お兄ちゃんのベッドは片づけちゃったのよ。お布団は用意してあるから、今夜は適当に敷いて寝てちょうだい」

光一の母親は海路を部屋に案内した後、あらかじめ用意していたらしい飲み物やお菓子を運んで、サッといなくなった。

海路は光一の母に対し、粗相はなかっただろうかと心配になる。しかし、蓮いわく、

「今日はおばさん、えらく機嫌がいいな」

とのことだった。光一は微笑みでそれを肯定し、

「海路君のおかげかな」

「お、俺?」

持参した手土産が好物だったのだろうか。と、思ったが違っていた。

「蓮以外の友だちを家に呼ぶの、初めてだからね。中学の時は友だちらしい友だちもいなくて、母も心配していたみたいなんだ。高校ではさすがに友だちができたけど、家に呼ぶほどではな

かった。蓮以外の友だちと遊びに行くってことも、そういえばあまりなかったな」

ものすごく意外だった。光一は明るいし優しいし、黙っていても人が集まってくるものだと思っていた。下級生だった時も、海路の学年で光一に憧れている生徒は多かった。

「光一は昔から、近寄りがたく思われるらしいんだよ」

蓮が言い、光一も、

「ほら僕、ハーフでしょ。この見た目がね」

と、自身を指差した。なるほど、と海路も納得する。

ハーフだから、と光一は言うが、そういうことではなく、あまりに精緻な美貌だから、近寄りがたく思われるのではないだろうか。

育ちの良さをうかがわせる上品な佇まいも、近寄りがたいイメージを増幅させているかもしれない。憧れるけど、なかなか近寄れない。そんなイメージだ。

「俺も以前は、近寄りがたいなって思ってた。蓮も光一君も陽キャで、キラキラしてて。陰キャの者など恐れ多くて話しかけられないっていうか」

「なんだそれ。陽とか陰とか関係ないだろ」

「僕、陽キャなんだ?」

蓮が呆れたように言い、光一は初めて知った、というように感心した顔をする。

「二人のそういう反応が、陽キャの証です」

陰キャは自虐的に己のことを「陰キャ」と呼ぶが、逆はない。リア充がリア充という言葉の存在すら知らなかったりするのと、同じことだ。

「確かに、そういう線引きをしてる部分は、多かれ少なかれみんなあるかもな。でも、今は関係ないだろ。俺らは俺らだ」

確かにそのとおりだ。海路は素直にうなずき、光一は「おお」と感嘆詞を口にしながら手を叩いた。

「蓮が大人だ」

蓮はバツが悪そうに、「うるせえ」と、光一を睨む。

海路はそんな二人を見て、幼馴染みらしいなあと微笑ましく思うのと同時に、胸の奥が小さく痛むのを感じた。

これは嫉妬だろうか。束の間、考える。三人グループの中で、二人の付き合いの長さを見せられた、疎外感。友人同士でも、ままあることだ。

今の明るく快活な元の蓮に対して、自分がどんな感情を持てばいいのか、海路はわからずにいた。

タイムリープしていた頃の蓮が好きだ。今の蓮も同じ蓮で、でもあまりにも違う。現在の蓮に好意を寄せることは、別の人を同時に好きになるような気がして後ろめたかった。

でもすぐに、そんな罪悪感に何の意味があるのかとも思う。

海路は蓮が好き。ただそれだけのことだ。今の蓮にも、タイムリーパーの蓮にも、何も求めてはいない。見返りなど、今さら期待しない。

今はただ、光一が生き延びてくれさえすればいい。そうすれば自分も、真っすぐ未来へ歩いて行ける。

自分の気持ちは考えないようにしよう。考えても仕方がない。すべては三月二十二日を過ぎてからだ。

「今さらだけど、ごめん。うち、ゲーム機とかないんだよね」

広いフローリングの窓際に据えられた、小さなカフェテーブルの周りにめいめいが腰を落ち着けると、おもむろに光一がそんなことを言った。

「夜までまだ時間があるのに、手持ち無沙汰(ぶさた)だよねえ」

光一は主に、初めてこの家を訪れる海路に気を遣っているようだ。

今日は花火をしようと集まった。午後の遅い時間とはいえ、まだ日暮れには間がある。時間を潰(つぶ)す遊び道具がなくて、光一は申し訳なく思っているらしい。

そんなの気にしなくてもいいのに、と海路は思う。海路も初めてのお宅訪問で緊張しているが、光一も気を遣っているのだ。

「せっかく集まったんだし、ゲームで時間を潰すほうがもったいないと思う」

「そうだよな。俺、ゲーム詳しくないし。ここでしゃべってたら、あっという間に時間が過ぎるよ」

海路が言って、蓮も助勢してくれる。光一はホッとした表情を見せた。

「あの、そういえば、前に話したタイムリープのことなんだけど」

今ならちょうどいいのではと、海路は話題を切り出してみる。光一はその話題について失念していたようで、一瞬の間を置いて「ああ、小説の」と思い出した。

「書き始めたの？」

「ううん、まだ。新しい設定を思いついたんだ。聞いてほしくて」

今日のこの日までに、蓮と何度か電話で話をした。

光一をタイムリープの話題に巻き込むために、いつどのタイミングで、何を話すべきか。

蓮は、光一に真実を知らせるのは、できるだけ遅いタイミングにしたいと言った。

誰だって、自分が半年以内に必ず死ぬ、と言われたら恐ろしい。たとえその話が信じられなかったとしても気持ちのいいものではないし、少なからずメンタルに影響があるはずだ。

海路も、真実は慎重に打ち明けたほうがいいと思う。

でも、打ち明けるにしても布石は打っておいたほうがいい。それに、タイムリープという事象について、光一の意見は聞きたい。

蓮と話し合って、真実は十一月の初めに打ち明けることにした。

今日、光一に話をするのは、そのための準備だ。まだ光一には話していないこと、現状のすべてを説明することにした。

すべての情報を開示しなければ、判断できないこともあるだろうと思ったからだ。

「主人公のカイロは、五回目のタイムリープの寸前、自分から橋を飛び降りて、トリガーが引かれる前に死んじゃうんだ」

海路は無為に繰り返される時間に耐え切れず、自分だけ輪を外れることを決意した。死んだと思ったけれど、海路の時間はまたも巻き戻っており、しかし蓮は戻ってきていない。

これが恐らく最後のやり直しで、そして今回だけが、いつものタイムリープと違う。

この違いが光一の死にどういう影響を及ぼすのか、考えられる可能性を明らかにしたかった。

「飛び降りちゃうの？　どうして？」

海路の「設定」に、光一はいくつか質問をした。海路が順を追って話すと、「なるほど」と納得してくれる。

「何度も高校三年生をやり直すなんて、考えてみたらゾッとするもんね。すごいな、リアリティがある設定だね」

自分で思いついたストーリーではなく、海路の体験を話しただけだ。

なのに光一は「才能あるんじゃない？」などと感心してくれるので、なんだか申し訳ない気持ちになる。

「才能があるかどうかはともかく、だ。どうして今回に限って俺……レンが戻って来ていないのかが気になるよな。トリガーはレンが握ってるんだろ」

海路が居心地悪そうにしているのに気づいてか、蓮が話を進めてくれた。

「うん。三月二十二日に、橋の上から花束を投げる。それがトリガーのはずなんだ。レン以外が投げても時間が巻き戻るのか、別の日にちでも時間は戻るのか、それはわからない。実験したことはないから」

「トリガーは、花束じゃないのかもしれないね」

光一が唐突に言った。

蓮と海路がハッと見つめると、光一はその真剣さに少し戸惑ったらしい。目をぱちぱちさせて二人の顔を見比べ、「だって、そうでしょ」と続ける。

「レンが花束を投げるより前に、カイロ君が橋から飛び降りた。トリガーは花束じゃなくてもいいし、トリガーを引くのもレンである必要はなかった、ってことじゃないかな。状況から考えるとさ」

「投げる物は何でもよかった、ってことか。自分自身でも。投げるのが誰でも」

蓮が慎重な口調で言う。光一も興が乗って来たのか、彼にしては厳しい顔で空を見つめた。

「それで考えてみたら、一番最初にカイロ君が巻き込まれた時も同じなんじゃない？　レンが身投げすると思い込んで、止めようとして一緒に落ちたんでしょ。その時は花束も一緒に落ちたから、花束がトリガーだと思い込んでた、ってことだけど。物理的に考えたらさ、花束より、人間二人のほうが先に落ちるはずでしょ」

「え、そういうものなの？　軽いのも重いのも、落下の速度は変わらないって、物理で習ったような……」

ガリレオがどうのと、物理の先生が言っていた気がする。理数系が苦手な海路は混乱した。

「落下の速度は、質量に関係しないってやつね。実際は空気抵抗とかあるからね。パラシュートを想像すればわかりやすいかな。花束みたいに軽くて、ひらひらラッピングされてるものは、空気抵抗も大きいから、少なくとも人間よりゆっくり落ちるんじゃないかなあ」

光一の説明を聞き、海路は最初にタイムリープに巻き込まれた時のことを思い出す。

体感として六年ほど前のことで、もうほとんど覚えていないけれど、花束が落ちるところは目撃しなかった。

「カイロ君がタイムリープに巻き込まれるようになったのは、レンと同時に落ちたから。その時、レンとカイロ君は紐づけられてしまった、と仮定する。ニコイチの扱いになってしまったってことだね。この紐づけを、レンが親で、子がカイロ君と考えてみたらどうだろう。親がトリガーを引くと、この下に紐づいた子も時間を移動する」

ちょっと待って、と光一は立ち上がり、ロフトの下にある大きな勉強机の上から、レポート用紙とボールペンを持って戻って来た。

テーブルに紙を広げ、親と子の相関図を描き出す。

「ただし、このトリガーの影響力は、親から子へだけ。子がトリガーを引いても、親には影響しない」

「今回は……カイロにとっての五回目、だな。そこに至る際には、子であるカイロがトリガーを引いた。レンとカイロは紐づけられて親子関係にあるけど、子から親へ力が影響することはないから、子の時間だけが巻き戻った。親は置き去りになった」

蓮は光一の説明を直ちに理解したらしい。勢い込んで話を引き継ぐ。光一も、そのとおりとうなずいた。

「状況からロジックを組み立てるとすると、そうなるかな」

「な……なるほど？」

海路は蓮と光一ほど頭の回転が早くないので、何度か光一の描いた図を眺め、二人の説明を反芻(はんすう)して、ようやく理解した。

「俺は、蓮を未来に置いてきちゃったんだ」

「そういうことになるんだろうね」

あくまで設定だと思っている光一が、明るい口調で言う。それを聞いて海路は落ち込んだ。

海路が勝手なことをしたせいで、蓮はタイムリープできなくなったのだ。

「タイムリープは、一度きりだと思うか？　もう一度、別のタイミングで、今度はレンが花束を投げても、タイムリープは起こり得るかもしれない」

蓮が取りなすような口調で、光一に質問を投げかけた。光一は「どうかなあ」と苦笑しつつも、また設定を考えてくれる。

「可能性はなくもない。いくらでも考えられるけど、取りあえずその、五回目のタイムリープでは戻ってきてないんでしょ。それなら、戻ってこれないってことなんじゃないかな」

「……ああ、そうか。だよな」

蓮も光一の言葉で気づいたようで、でもまだ可能性を考えているのか、難しい顔で黙り込んだ。光一はそんな蓮を見て、「僕なら」と口を開く。

「僕が作者だったら、救いは残しておくけどね」

「例えば？」

海路は思わず食いついてしまった。光一は、自分の小説なんだから自分で考えれば、なんてことは言わない。生真面目に首をひねる。

「鍵になるのは、何と言っても時間を巻き戻す条件だ。二〇二五年三月二十二日、橋の上から誰かが何かを投げると、投げた人の時間が巻き戻る。レンが置き去りにされたまま、過去に戻って来てないってことは、タイムリープが可能なのは一度きりとも考えられる」

「うん。だよね」

「でも、この一度きりっていうのは、厳密にいえば一日に一回だけ、あるいは週に一回だけ……なのかもしれない。あるいは年に一回、とか、はたまた一分間に一回とも考えられるけど。

この一定期間、クールタイムが終わったらリセットされて、タイムリープが可能になる、っていうのはどう？　実験したことはないって言うんだから、可能性はある」

それを聞いて、目の前が明るくなった気がした。光一は自身の意見を吟味しながら、「もっとも」と、付け加える。

「もっともその可能性っていうのも、置き去りにされて取り残されたっていうレンが、イレギュラーにチャレンジしたら、の話だけど。中がどうなってるのかわからない穴に飛び込むのって、勇気がいるでしょ」

「そ、そっか。不確定要素だもんね。同じ時間に戻れるとは限らないんだ」

「スタート地点もずれるわけだから、巻き戻り地点がずれる可能性は大いにあるね。そうなると、どの時間に到達するのかわからない。過去とも限らない。トリガーを引いたら数十年先の未来に飛んじゃって、自分の寿命が尽きる寸前だったり」

「やだよ、それは怖い」

海路は想像して、ぶるっと身を震わせた。光一が笑う。

「取り残されたレンが、果たしてそうしたリスクを冒してまで、タイムリープにチャレンジしようと思うかどうかだよね」

「すると思うよ」

蓮が声を上げた。海路と光一は、彼を見る。蓮は海路と光一へ順に目をやり、また海路に視線を戻した。

「俺ならチャレンジする。だって、目の前で海路が飛び降りたんだろ。大怪我か、最悪死んだかもしれない。それなら、たとえダメ元でもやってみるはずだ。海路と、光一を助けるために」

その言葉を聞いて、海路は不意に思い出した。

——俺は、もしお前がここで死んだとしても、やり直したりしないからな。

ひやりとするような冷たい声音と、苛立たしげな眼差し。

蓮は海路を嫌ってはいなかった、疎んじていなかったはずだと、今の蓮は言う。海路も一度は納得した。

しかし、あの時の声と表情を思い出すと、確信が揺らぐ。

「俺だったら、時間を巻き戻すよ」

過去の記憶に囚われた海路を、現在の蓮が引き戻した。海路は蓮を見る。現在の彼を。

「絶対に」

力強い眼差しは、逸らされることなく真っすぐに海路を見つめていた。

海路は、以前の冷たくて不愛想な蓮が好きだ。彼にもう一度、会いたい。

でも、もし光一の言うとおり、蓮がタイムリープをするチャンスがあったとして、そして蓮の言うとおり、リスクを負ってでもチャレンジしたとして、再会が叶ったら、海路はそれからどんな選択をすればいいのだろう。どうするべきなのだろう。

まずは、自分だけ退場しようとしたことを謝る。

でもその後は？　蓮はまた、光一を救うためにタイムリープを繰り返そうとするだろうか。やめるにやめられなくなっていたのではないか、と現在の蓮は言う。

再会できても、光一が救えなければまた、袋小路に陥ってしまう。元の蓮に会えても会えなくても、光一の救出は必要不可欠だった。

「夜になっても暑いねえ」

その光一が、英邸の庭先に出るなりぼやいた。

時刻は午後の七時を過ぎて、辺りもようやく暗くなってきている。

あまり遅い時間に花火をするのは、たとえ自宅の庭先であっても近所迷惑だから……ということで、早めに夕食を食べ終え、花火セットを持って庭に出たのだった。

花火は蓮と海路とで、行きがけにスーパーに寄って買ってきた。

光一の母が、花火用のバケツや着火用の蠟燭の他、虫よけスプレーなんかを出してくれた。

父はまだ仕事から帰ってきていない。いつも遅いのだそうだ。

「花火やるのなんて、子供の時以来かも」

光一がはしゃいだ口調で言う。

「俺も。うちはマンションだから、家族でキャンプに行って以来かなあ」

海路もテンションが上がっていた。花火がすごく好き、というのではなく、夏にみんなでやるから楽しいのだ。

「俺は毎年やってる。弟たちがいるからさ」

蓮が言った。そう言われればなるほど、準備の手際が慣れているように見える。花火を買う時も迷いがなかった。

「蓮は花火マスターなんだね」

「何だそれ、ダサ」

海路は褒め言葉のつもりで言ったのに、即座に切り捨てられてしまった。

「ひどいよ。これだから陽キャは」

「陽キャ陽キャうるせえな。いいから早く選べよ、ファースト花火を」

「そっちのセンスのほうが、ダサいよね？」

海路と蓮で言い合い、光一が笑いながらファースト花火を吟味する。花火初心者が二人いるので、手持ち花火から始めることにした。

火を付けると、シューッと意外に派手な音がして、海路はビビる。それを見た蓮が、へっぴ

り腰だと笑った。蓮もなんだかんだ言って、いつもよりはしゃいでいる。

独特の火薬の匂いが、子供の頃のキャンプの思い出を呼び起こす。

「さっきのタイムリープのことだけど」

弾ける火花を無言で見つめていた光一が、ふと口を開いた。

「カイロ君だけが戻ってきたって話。レンが戻ってきていない世界、レンがタイムリープの存在や、未来を知らない世界、とも言い換えられるよね」

海路は光一の言葉を、頭の中で転がしてみる。これだけではまだ、彼が何を言いたいのかわからなかったので、相槌を打つだけだ。

しかし、光一並みに頭の回転の早い蓮は、その言葉だけですぐさま気づいたようだ。「あっ」と、小さく声を上げた。

「……ここはゼロ回目の世界、ってことか」

「そう。これもまあ、言ってしまえば屁理屈なんだけど」

海路には何のことだかまだ、わからなかった。

「ゼロ回目？」

「俺、レンがタイムリープしたことのない世界。つまり、タイムリープ・ゼロ回目の世界、ってことだ」

目を白黒させる海路に、蓮が言い直してくれた。それは、そうとも言える。でもやっぱり、だからどうなのだとしか思わない。

「ゼロ回目の、コウイチの死亡日は三月、だっけ。三月十八日？　蓮が死亡一覧表を送ってくれたよね。一回目は二月の入試当日、三回目は十一月？　強風で転んで家族の車に撥ねられて死亡」

「送ったやつ、ちゃんと見てくれたんだな」

「うん。どれもリアリティがあるっていうか、あり得なさそうなところがあり得そうで、怖いなって思った」

二人の会話を聞いて、海路もようやく、光一が何を言わんとしているのかわかってきた。

「今ここはゼロ回目で……だから、前のゼロ回目と同じ日に事故が起こるってこと？」

そのとおり、と光一は、生徒を褒める先生みたいに、にこっと微笑んだ。

「ランダムで起こるように見えるコウイチの死に、何か法則性があるんじゃないかって探してただろ？　ゼロ回目、一回目、二回目って、日付はわかってる。ならまた、同じ回に戻ってくればいい。そうすればコウイチが死ぬ日付も原因もわかってるんだから、今度は防げるでしょ」

「なるほど！　光一君、天才！」

海路は膝を打ち、参謀を褒め称えた。光一は「いやあ」と照れ臭そうに笑う。

「まあ、こじつけ感はあるけどさ。そこは愛の力ってことで」

「愛の力?」

　ギョッとしたように聞き返したのは、蓮だ。光一は幼馴染みの表情には気づかないようで、

「だってそうでしょ」と、返す。

「前も言ったけど、超常現象は人間の願望だ。お盆に死んだおじいちゃんの霊を見たのは、おじいちゃんにもう一度会いたかったからだし、嫌われ者が変死したら、バチが当たったって言われる。神様は苦しい生活を救うために人間の願望が作り出したものだし、タイムマシンだって、そんな機械があったら楽しいなって人が考えたからだ」

　本当に無神論者なんだな、と海路は感心した。海路はまだ、心のどこかで神様はいると思っているけど、光一の口ぶりでは、本当に神も仏も信じていないみたいだ。

「呪いのビデオを観て、七日間後に死ぬのも?」

　揶揄(やゆ)する口調で、蓮は言う。でも、その目は真剣だった。光一の話の中に、どうにかして希望を見出(みいだ)したいのだ、というように。

「愛と欲望の力、かな」

　その真剣さに気づいているのかいないのか、光一の口調はおっとりしたままだ。

「総じて言えば、『願望』だよね。人の願いには、清らかで献身的なものから、利己的でよこしまなものまで多様にある。それを愛と呼ぶか欲望と呼ぶかは、人によって見解が異なるだろうね。でも今回の場合、友達を助けるためなわけだから。純粋で清らかな願い、一種の愛でし

よ。友情もさ」

屈託なくそう言った光一は、蓮がかつて自分に想いを寄せていたことに気づいていないのだろう。少しでも心当たりがあったなら、こんなふうにあっけらかんと「愛でしょ」とは言えないはずだ。

「友情パワーってわけか。愛とか言われると、恥ずかしいんだけど」

対して、蓮の口調にも屈託がない。本当に光一への片想いは、過去のものなのだ。

そのことにホッとして、そういう自分に驚いた。

恋とは厄介だ。以前の暗い蓮が好きだったのに、今の蓮にも惹かれている。

それから、蓮が光一への片想いから卒業したとして、海路を好きになってくれるわけでもないのに、蓮の光一に向ける視線に一喜一憂している。

「僕は友情パワーのほうが恥ずかしい。これはあくまで設定だからね。でもとにかく、タイムリープなんていう非現実的な、それこそ奇跡が現実に起こるとするなら、それはこの世の誰か、知性を持つ何者かの願望エネルギーなんじゃないか……という仮説。幼馴染みの死を悼んで、もう一度やり直したいと強く願ったから、奇跡が起こった」

「願い……」

海路は我知らず、つぶやいていた。

自分もいつか、願いはしなかったか。繰り返されるタイムリープに辟易していた時に。

「俺……カイロは願ったんだ。タイムリープに巻き込まれて、何回もやり直しをさせられて、もう抜け出したいのに抜けられなかった時に」

蓮が痛ましそうにこちらを見る。光一は、海路がただ小説の設定を語っているだけだと思っているのか、うんうん、と真面目に相槌を打っていた。

「時間が戻せるなら、タイムリープに巻き込まれる前に戻りたいって、思った。そうしたら俺、レンを追いかけたりしない。橋の真ん中で身投げしようが、もう止めたりしない。タイムリープの存在を知らない世界で、普通に暮らしていけるのにって」

言いながら、自分が嫌になった。何も知らずに普通に暮らす。光一が死んだ世界で。友人を救うために苦しみもがく蓮を放ったまま。

「僕が海路君だったら、レンを縛って監禁して、タイムリープできないようにするけどな」

海路の感傷を断ち切るように光一が声を上げたので、思わず笑ってしまった。

「俺もそれは考えたんだよね。橋から飛び降りないで、レンを監禁しちゃえばよかったんだって。レンは大柄だから、どうやったら監禁できるか、真剣に考えたりして」

「不意を突くしかないね。後ろから殴るとか」

「二人とも、怖えぇ」

蓮が情けない声を上げたので、光一と二人で笑った。

その時、庭に面したリビングから、ずんぐりした中年の男性がひょっこり現れた。縦にも横にも大きいが、丸い顔の輪郭の中にあるパーツは整っている。

「こんばんは」

光一が「おかえり」と言って、蓮が「お邪魔してます」と立ち上がり、海路も慌てて挨拶をした。

「あ、この人、うちのお父さん。こちら、同じクラスの鈴木海路君」

光一が紹介してくれて、海路はぺこりとお辞儀をした。光一の父も礼儀正しく、「息子がお世話になってます」と返してくれる。

光一と同じ、物腰が柔らかな人だった。それにどこか、ひょうきんな感じもする。

第一印象は気のせいではなかったようで、光一の父はそれから蓮に「久しぶりじゃない、元気だった？」などと気易(きやす)い口調で話しかけ、光一にも「何時から集まってるの？」「いいな、花火。父さんもやりたい」などと話しかけていた。

家の中から光一の母も顔を出して、「邪魔しないの！」と叱る。彼女はそのまま、子供たちを見回して言った。

「誰か、二階の部屋に携帯を置いていったでしょう。ずっと携帯が鳴ってるわよ」

蓮が「あ、俺かも」と言って、家の中へ入っていく。

タイムリープの話は、そこで中断された。

「悪い、ちょっとだけ家に戻ってくる。下の弟がぐずってるらしい。母親が残業で遅くなってるらしくて、弟たちだけなんだ」

しばらく家の中に引っ込んでいた蓮(れん)は、しばらくして庭に顔を覗(のぞ)かせて言った。

「弟君たちも、うちに連れてきなよ」

光一(こういち)がそう言ったけれど、蓮は「いや、あいつらが来ると収拾つかなくなる」と断って、慌ただしく家に帰って行った。

「就寝間際にお兄ちゃんがいないから、寂しくなっちゃったのかな。下の弟君、お兄ちゃん子なんだよ。お母さんがいなくても大丈夫だけど、蓮がいないとぐずるらしい。泊まりって聞いて、大丈夫かなって思ってたんだよね」

蓮を見送った後、二人きりになって、光一が教えてくれた。

「下の弟さん、まだ五歳だっけ」

物心つく前から、蓮が面倒を見てきたのだ。お兄ちゃん子になるのは当然かもしれない。

「そう。可愛(かわい)いよ。顔は兄弟三人そっくり。大中小って感じで……花火の続き、やろうか」

最初に火を付けた手持ち花火は、とっくに消えていた。三人ともタイムリープの話に夢中で、花火をやるのを忘れていた。

「そうだね。いっぱい買っちゃったし」

スーパーで蓮と盛り上がり、あれもこれもと買い込んできたのだ。

ロケット花火などの、打ち上げ系は蓮が戻ってきた時にやるとして、大量にある手持ち花火を片付けることにした。

二人でそれぞれの花火に火を付けて、闇の中で光が次々に爆ぜるのを眺める。

沈黙の中、何か話さなくちゃな、と話題を探していたら、光一が先に口を開いた。

「今日、誘ってくれてありがとう」

どういう意味だろうと相手を見ると、光一は困ったように笑った。

「僕まで仲間に入れてもらっちゃって。ほんとは、蓮と二人で遊ぶ予定だったんでしょ。なのに、うちに泊まりなんてことになったから」

それを聞いた海路はびっくりした。

「最初から、光一君もメンバーに入ってたよ？　っていうか、それを言うなら最初に二人の間に割って入ったのは、俺のほうじゃない。お昼を一緒にさせてもらって」

一緒にさせてもらう、とか、仲間に入れてもらう、なんて言い方をするのは、友達なのに他人行儀だとは思う。

でも実際、学校というところはそういう、水臭い人間付き合いが複雑に絡んだ場所ではないだろうか。

大人になれば違うのか、高校の間だけで、大学はまた違った付き合いがあるのか、海路にはわからないが、光一と蓮の間に割って入った新参者だということを心のどこかで気にしていたし、光一が言う「仲間に入れてもらった」という感覚も、よく理解できた。

海路と光一は、お互いが邪魔者ではないかと感じていたのだ。自分が、蓮と相手の間に割って入ったのだと。

恋愛感情の有無は関係ない。蓮はひょっとすると、二人いる友達の、どちらとどれだけ仲がいいかなんて気にしないかもしれない。

でも海路は、すごく気にするほうだ。自分がここにいていいのかな、なんてことをつい、考えてしまう。光一も気にする性格だとは、思わなかったけれど。

「俺のほうこそ、未だに蓮と光一君の仲間に入れてもらってるのが、夢みたいだよ」

本気でそう思っているのだが、光一は冗談を言っていると思ったのか、声を立てて笑った。自分の気がかりが杞憂だとわかって、ホッとした様子でもあった。

「光一君がそんなふうに思ってたなんて、意外だったな」

「陽キャなのに？」

いたずらっぽい目で、光一が海路を見る。海路はその上目遣いを眺め、やっぱり顔がいいなあと感心した。暗闇でも、どの角度から見ても美しい。

手に持っていた花火が終わって、二人はまた新しい花火に火を付ける。

「陽と陰で言うなら、僕も陰キャだよ。コミュ障だもん」

「ええっ、そうかなあ」

光一がまた意外なことを言うから、同意しかねた。光一は苦笑する。

「海路君は僕と蓮のこと、どんなふうに聞いてるの？」

「え、二人のこと？　えっと、幼馴染(おさななじ)みだって。幼稚園……いや、保育園？　からの、家族ぐるみの付き合いなんでしょ」

そして光一は蓮の初恋の人だった……ということはもちろん、胸の内に秘めておく。

「そう、家族ぐるみの。小さい時はよく一緒に遊んだ。小学校の低学年くらいまでかな。中学年から高学年になると、学校でそれぞれ気の合った友達ができて、そちらと遊ぶようになる。まあ、幼馴染みってそんなもんだよね。でもうちは親が……父親同士と母親同士、馬が合ったみたいでね。子供たちは昔ほど一緒に遊んだりしてないけど、どちらかの家に集まって夕食会なんてやってた。家もすぐ、目と鼻の先だから」

「親戚みたいだね」

海路の家も、海路が幼い頃、マンションに引っ越す前は、近所に住む父方の伯父一家とよく食事をしていた。

母はいささか気詰まりだったようだが、伯父の家には少し年の離れた従兄姉(いとこ)たちがいて、海路と海路の姉は、その従兄姉たちに遊んでもらうのがいつも楽しみだった。

「そうだね、親戚。まさにそんな感じ」

海路の言葉に、光一も大きくうなずいた。

「中学から別々の学校になって、一緒に遊ぶこともなくなった。僕は勉強勉強だったし。それがなくても、僕と蓮は毛色が違うと言うのかな。海路君風に言うなら、陽キャと陰キャで生息地域が違ってたんだよ。こう言ったらなんだけど、もしも幼馴染みで家族ぐるみの付き合いがなければ、蓮と僕は決して仲良くなるタイプじゃなかったと思う」

海路は言葉を失って、何度か瞬(まばた)きした。

その間にまたお互いの花火が消えて、光一がゴソゴソと新しい花火を袋から取り出す。一本に火を付けると、もう一本に火を移し、海路に渡した。

「花火、いっぱいありすぎて一晩じゃ終わらないかも。……海路君、意外って顔してるね」

「そりゃあ。だって二人とも、光の国の住人って感じで、キラキラした者同士なのに」

二年生までは、二人の関係をよく知らなかった。

三年になって同じクラスになった時、始業式の日に二人は一緒にいて、とても仲が良さそうだったのだ。静と動、剛と柔というか、完璧な一対だなと思った。

光一は海路の言葉に、あははと声を立てて笑った。

「光の国の住人……面白いこと言うね、海路君。僕はそんなに輝いてないよ。常に輝いてるのは蓮だし、我が家で言えば兄だな。兄こそ完璧な陽キャだ」

「あの……天才の？」

光一はそれに、「そう、天才」と、軽く唇の端を歪ませた。皮肉っぽい表情を見て、彼もこんな顔をするのだなと思う。

「凡人とは、頭の出来が違うんだ。兄が家で勉強してるところなんて、ほとんど見たことがなかった。なのにいつもトップなんだよ。僕が目指してる恵桜大の医学部って、内部進学もわりとシビアなんだ。成績が上位数パーセントでないと、医学部に入れないって言われてる。兄は初等部から高等部までずっとトップランカーで、危なげなく大学まで進んだ」

いつもゆったり喋る光一が、早口になる。鬱憤を吐き出すようで、海路の相槌など必要ないようだった。

「友達も多かった。すぐに誰とでも仲良くなれるんだ。蓮もそういうところあるでしょ。でもあんなものじゃなくて、なんていうか、化け物だな。お年寄りでも子供でも、最初は兄に反感を持っていた人でもみんな、兄とちょっと付き合うと彼のことが大好きになる。蓮だって子供の頃は、僕より兄のほうに懐いてたしね。僕はトロいから、二人によく置いていかれてた」

それは、長男の蓮にとっての兄代わりだったからではないだろうか。現に、蓮の初恋は光一だった。

しかしこの際、蓮が本当はどう思っていたかは関係ない。兄と蓮と三人でいる時、光一が疎外感を覚えていた、という話だ。

「蓮とお兄さんは、似たタイプ?」

「うーん、似てると言えば、似てるかも。でもまだ、蓮のほうが人間らしいね。兄はもう別次元の生命体って感じ」

「そこまで言われると、興味が出てくるな。光一君のお兄さん、見てみたいかも」

「やだよ。海路君まで取られちゃう」

光一の口調は、冗談半分、本気半分だった。

取られちゃう。その一言に、光一の兄に対する強烈なコンプレックスが集約されているようだった。

同時に、優秀な頭脳と完璧な美貌を持ち、周囲から常に羨望の眼差しを向けられてきたであろう光一が、なぜここまで控えめな性格になったのか、その理由がようやくわかった気がした。

海路は彼が、生まれながらに、何もかも持っている人間だと思っていた。

美しくて頭が良くて、そして海路の好きな人が好きだった人。

羨ましかったし、心の奥で妬んでもいた。同時に、その妬みすら届かない高みにいるのだと思っていた。

こんなに完璧な人を、羨んでも仕方がない。海路のいる場所からは遠い彼方にいる人なのだと。

でも今は、光一がとても身近に感じられた。彼の悩みや屈託が理解できる。

「兄のことは嫌いじゃない。尊敬もしてるけど、コンプレックスなんだ。まあそんな感じで、僕はかなりウジウジした暗い人間なわけ。動きも鈍いし、ガリ勉で、体育はもともと苦手だ」

「光一君はイケメンで、俺なんかよりうんと頭が良くて、それにすごく優しいよ」

海路は思わず言った。光一には、光一の良さがある。暗いと言うけれど、だからこそ今の光一は優しいのだ。

「俺がおかしなこと言っても、光一君は馬鹿にしたりしない。そういう優しさって、劣等感とか『持たない』側の惨(みじ)めさとかがわかるからこそ、でしょ。俺みたいな陰キャはそういうの、ほんとに嬉(うれ)しいんだよ」

海路の言葉に、光一は大きく目を瞠(みは)った後、「ありがとう」と破顔した。

「僕も、自分のコンプレックスをくだらないって言わないで、きちんと話を聞いてくれて、理解しようとしてくれるのが嬉しい。あまりこういうことって、人に打ち明けたことないんだ」

「蓮にも？」

「そうだね。さっきも言ったけど、中学からは別々で、両親たちも昔ほど頻繁(ひんぱん)に集まらなくなったんだ。蓮のお父さんが亡くなって、その時は行き来があったんだけど。うちで一時的に、蓮や弟君たちを預かったりね。高校に上がって、一年違いで蓮が入って来て。ダラダラと近所の親戚付き合いが続いてた感じかな。いずれにせよ、蓮と二人で遊ぶようなことはほとんどなかった」

花火が消えて、また新しい花火を出した。光一が「二本いっぺんにやっちゃおうか」と言い出して、二人は手持ち花火を両手に持つことになった。

子供の頃を思い出し、海路は花火を持った手を大胆に振り回したりする。光一が「大胆だなあ」と言いながら笑った。

「本当にね、蓮と二人で出かけることもなかったんだよ。だから、まったく偶然、たまたまだったんだ。去年の事故は」

光一も海路の真似をして、火の付いた花火を振り回す。宙に舞った火花は、庭の敷石に落ちてすぐに消えた。

海路は花火を振り回すのを止めて、光一を見る。光一が寂しそうに微笑んだ。

「海路君も聞いてるよね、事故のこと」

「う、ん。蓮を庇ったたって」

光一はそこで、「あれねえ」と、軽く顔をしかめる。

「目撃者のおばさんが、余計なこと言わなければ良かったのにな」

毒を含んだ声に、海路はまたもびっくりする。さっきから、意外なことの連続だ。

「あの日は学校の帰りに、たまたまドラッグストアで蓮に会ったんだ。何買うの、なんて話をしていて。僕は歯磨き粉を探してたんだったかな。別の棚に移動しようと思って振り向いたら、目の前に車が見えた。蓮を庇った記憶なんてないし、もし庇ってたとしても、何も考えてなかったただけだよ。蓮はバスケ部のエースで試合前だから庇わなきゃ、なんて判断が、一瞬でできるわけがないんだ。何しろその時は、これが事故で、命が懸かってるってことさえ気づかなかったんだから」

心のわだかまりを表すように、やたらと花火を振り回す。

「危ない、さすがにそれは危ないよ、光一君」

「次は片手に二本ずつ、持ってみようかな」

「いや、それも危ないから」

だんだん、光一が過激になってきた。花火を振り回しながら、彼は話を続ける。

「気がついたら病院にいたんだ。少しして、テレビのニュースなんか見るようになったけど、その時はもう何だか美談みたいなことになってて。びっくりだよ」

「蓮も、事故に遭った瞬間のことはよく覚えてないって言ってた。庇われたことも、ニュースで知ったんだって」

海路がおずおず告げると、光一は「だよね」と言ってから、「まったく、あのおばさんはもう」と、目撃者のおばさんを詰った。たぶん、おばさんも悪気はなくて、見たことをそのまま話したはずだ。

「だから周りにも、そう言ったんだよ。庇った記憶なんかない、たまたまだって。事故の直前に意図せず偶然、僕と蓮のいる場所が入れ替わったんだろうって……」

まだしつこく花火を振り回していた光一が、不意にぴたりと動きを止めた。

「光一君？」

声をかけると、光一はすぐに我に返った。

「あ、ごめん。なんか今の話、聞いたことがあるなと思ったんだ」

「交通事故に遭った話？」

「ううん、もっと部分的に……あ、落語だ」

「落語？」

「うん。一瞬、海路君の小説に使えるかなと思ったんだけど、あんまり関係なかったかも」

どんな話か気になったが、それより前に花火が終わり、光一が今度は四本いっぺんに火を付けようとしたので、それどころではなくなった。

「四本はやめとこ。ここは穏便に二本で」

「いやあ、火を見たらテンションが上がって、興奮しちゃって」

「光一君、ヤバいね」

爽（さわ）やかな笑顔で物騒なことを言うので、海路は慄（おのの）いた。

手持ちは一度に二本まで、と説得して、平和な花火に戻る。しかしおかげで、さっきまで何の話をしていたのか忘れてしまった。

「蓮が気の毒だった」

先ほどより穏やかな花火の火を眺めながら、光一がぽつりと言う。

「自分のせいで僕が怪我（けが）した、みたいな空気になっちゃって。僕を見るたびに申し訳なさそうな目をするんだ。僕への接し方も、昔よりうんと優しくなったような気がした。いや、気のせいじゃなくて、実際そうだったんだろうな」

海路は小さく「うん」と相槌を打って、花火を見つめた。

光一のために、何でもしようと思ったと——当時を振り返って蓮は、そう言っていたのだった。

「出席日数の関係で留年したら、学校側がこれまた余計な配慮をしてくれてさ。蓮と同じクラスになった。僕は、僕だけ、みんなより数日早く、クラス分けを聞かされてたんだけどね。学校側は何考えてるのかなって、怒りが湧いたよ。ありがた迷惑だ。そんなの、蓮がお世話係になるに決まってる。お互いに気を遣わざるを得ないじゃないかって」

光一の言うとおりだ。どうしてクラス分けをした先生たちは、そこに考えが及ばなかったのだろう。良かれと思って同じ組にしたのだろうが、どちらも窮屈に感じるに決まっている。

でも海路も含めて、そこまで想像できなかった。二人が幼馴染みで、家族ぐるみの付き合いがある、という事実があったせいかもしれない。

「案の定、蓮はすごく僕に気を遣ってくれた。僕はあまり、自分から友達を作るタイプじゃない。それがわかってるから、一緒に昼ご飯を食べようなんて誘ってくれて。でも、蓮の友だちは僕が苦手なタイプだったし、蓮とだって去年まであまり顔も合わせなかったんだよ？　幼馴染みで親戚みたいなものだから、仲良くはできるけど」

タイムリープを経験する以前、海路の目に、蓮と光一は本当に眩しく映っていた。

二人はスクールカーストの頂点で、海路が毎日感じているようなクラスの疎外感なんてものとは無縁で、人付き合いにも苦労をしていないのだろう。そんなふうに思っていた。

その人が本当は何を見て何を感じているのか、外側から見ただけではわからないものなのだ。

「正直なところ、蓮と二人きりでいるのは、ちょっと気詰まりだったんだ。蓮もそう感じてたと思う。といって、蓮の周りにいた小川君たちのグループも、ギスギスして気が休まらない。だから、蓮があのグループと離れて、代わりに海路君とつるむようになって、そうして僕も仲間に入れてもらえて、すごくホッとしたんだよ」

涙が湧きそうになって、海路は目を瞬いた。

自分は異物だ。ずっとそう思っていた。この世界は、タイムリープの物語は、蓮と光一の物語で、自分はその中に紛れ込んだ異物だと。

五回目のタイムリープ、この世界の蓮から気持ちを聞かされて、蓮に疎まれていたわけじゃないとわかっても、それでも頭のどこかで、自分は蓮と光一の間に割って入ったのだという思いがあった。

このタイムリープに、自分は本当は必要のない人間なのだと。

「俺、邪魔じゃない？」

何度も瞬きをして涙を引っ込め、花火を見つめながら、海路は尋ねた。

目の端で、光一がこちらを見るのがわかった。一瞬の間の後、彼は自分の花火に視線を戻し、そして力のこもった声で言った。

「邪魔なわけない。君がいてくれてよかった。おかげでこうやってまた、昔みたいに蓮と遊んだり、家に泊まったりすることができるようになったんだよ」

ぽつりと涙が落ちた。慌てて目を擦ったのを、光一は花火に目を向けたまま、見て見ぬふりをしてくれた。

「あのさ、光一君」

海路は涙を拭いて、彼を見つめた。花火の光に照らされた美貌がこちらに向けられる。

綺麗だな、と光一の美貌を眺めながら、海路は思った。柔らかな茶色の瞳は、憧憬を含んだ海路の眼差しを優しく受け止めてくれる。

こんな人が身近にいたら、それは好きになっちゃうだろうな、とも考えた。

蓮の気持ちが少しわかる。でも不思議と、苦しい気持ちにはならなかった。ただ、好きな人の好きだった人が、光一でよかった。

「光一君。高校を卒業して、別々の大学に入っても、俺と仲良くしてくれる？」

光一は大きく目を瞠り、続いてふっと笑いを漏らした。笑みが満面に広がる。

「うん。もちろん。大学に入ってから、お互い忙しくなるかもしれないけど、たまには会って遊ぼうよ」

「大学卒業して、社会人になっても？」

「大人になっても。夏には花火をやろう」

そうだ、大人になるのだ。蓮と海路と光一と、三人で。誰一人欠けることなく、来年の四月には進学して、年を重ねて社会に出る。

高校時代のことを思い返し、そういえば光一君の家で花火をやったよね、なんて話をして。

「来年の夏も、光一君と蓮と、三人で遊ぶ」

「うん、そうしよう。約束だ」

絶対に、願いを叶(かな)える。花火を見つめ、海路は決意した。

願いの力が奇跡を起こすと、光一は言っていた。それならば、強く願おう。光一を死なせたくない。

救いたいと思った蓮の願いがタイムリープを起こして、やがて海路を巻き込んだ。

海路は蓮の話を聞いて、自分も協力すると言ったのだ。好きな人の好きな人だから。

でも今は、あの時よりもはるかに強い気持ちで、光一の生存を願っている。

光一が、海路の大切な友だちになったからだ。友だちを死なせたくない。

「うん、絶対」

三人でハッピーエンドを迎える。

花火の光に強く誓った時、玄関の方角から蓮が現れた。

「悪い、遅くなった」

光一と海路は、お帰り、と蓮を迎える。

それから三人で、手持ち花火以外の花火もやった。

火を付けるまで燃え方がわからない花火もあって、わあわあ騒ぎながら火を付けたり、吹きあがる火花に大袈裟(おおげさ)に逃げまどったりする。

大量にあった花火も無事にやり尽くすと、光一の母がスイカを切って持ってきてくれて、庭先のテラスでそれを食べた。冷たくて甘くて美味(おい)しかった。

「さっき海路君と約束したんだ。大学生になっても三人で遊ぼう、花火やろうって」

光一が思い出し、蓮に告げる。大きな口でスイカにかぶりついていた蓮は、一瞬、無言のまま相手を見つめ、次に海路を振り返り、やがてどちらにともなくうなずいた。

「そうだな。来年の夏、集まろうぜ」

「うん。絶対ね」

海路も答える。

「友情パワーだな」

蓮がぼそりと口にしたそれは、海路にだけ聞こえていたようだ。光一はスイカを齧(かじ)りつつ、

「受験、早く終わらないかな」なんてぼやいている。

海路は、来年の今頃、三人でスイカを食べている風景を想像する。今より少しだけ大人びた、三人の姿を。

それは簡単に、そして鮮明に、海路の脳裏に浮かんだ。

夏休みの間に三回、蓮と会った。光一も誘ったのだけど、夏季講習や合宿が忙しくて会えなかった。

三回会ったうちの二回は、「受験勉強の息抜き」と称して、ただ近場のショッピングモールやゲームセンターをブラブラしただけだ。

最初に遊んだ時、待ち合わせに現れた蓮はなぜか、ぎこちなかった。

「いや。いつも光一がいたから。二人って初めてじゃないか」

なんかいつもと違くない？　と尋ねたら、そんな答えが返ってきたので、思わず「大丈夫？」と聞いてしまった。

「二人きりでカラオケ屋に行ったこと、何度もあったでしょ」

記憶でも失ったのか。心配になるレベルだ。しかし蓮は、

「そうなんだけどさ。遊びと話し合いは違うだろ。俺、お前より繊細なんだよ」

意味のわからないことを言う。まるでこちらが無神経みたいな口ぶりだ。わけがわからずにいると、「わからないならいいや」と、例のごとく、肝心なところをはぐらかされた。

なんなんだよ、と不貞腐れてはみたものの、いざ一緒にあちこちを回ると、最初のそうしたモヤモヤも忘れてしまった。

何をしたというわけではない。手持ちのお金がそんなにあるわけではないから、ひたすらブラブラして、フードコートで安いラーメンを食べ、ショッピングモールの屋上で休み、屋外の暑さに辟易してまた屋内をブラブラする。そんな一日だった。

でも楽しかった。蓮がいきなり「プリクラやるか」と、言い出した時にはびっくりしたが。

「男二人で？」

それより何より、蓮がプリクラを撮ると言い出すなんて、意外も意外だ。

「多様性の時代だぞ」

蓮は胸を張って嘯いてから、「嫌？」と、急に弱気に尋ねてきた。

「ううん」

嫌ではない。蓮とツーショットの写真が手に入るのだ。プリクラを写真と言っていいのかは、わからないが。

ともかく二人でショッピングモールの裏手にあるゲームセンターに行き、プリクラを撮った。

夏休みだからか、プリクラ機の周りには女の子のグループ以外に子連れの客もいた。しかしやはり、男二人は目立つ。おまけにどちらもプリクラに疎かった。

複数あるプリクラ機の違いがわからず、空いていた機械の内側にそそくさと入った。

「目、でかっ」

「気持ち悪いね……」

なんだかわからず撮って、機械に催促されるまま適当に加工し、出来上がった画像は目だけがウルウル大きいし、唇が口紅を引いたみたいで気持ちが悪い。

二人で大笑いした。シールを半分こして、家に帰って姉にプリクラを見せ、どんな場所を巡ったのか話したら、「カップルかよ」と言われた。

「まんま、付き合いたての高校生カップル、って感じ」

ゲラゲラ笑われて、「そんなわけないでしょ」と文句を言ったけれど、内心でドキドキしていた。

けど、本当にそんなわけはない。あり得ない夢は見ないよう、自分を戒めた。

二度目に会った時も、似たようなコースだった。ブラブラして、ファストフード店でおしゃべりをして、そしてやっぱり、プリクラを撮る。

「今度は加工なしにしよう」

蓮に言われて、海路も普通の蓮の写真が欲しかったので、賛成した。未加工の二人の、ぎこちなく笑うプリクラができた。

三度目、夏休みの終わりにカラオケ店で会った。光一の救出について、相談するためだ。

「泊まりの時に光一が言ってた、ゼロ回目の世界って話。海路はどう思う?」

まず話題に挙がったのは、そのことだった。

「そうだったらいいと思うよ。確かにここは、蓮がタイムリープをしていない世界なわけだし」

「回数がリセットされて、ゼロ回目になった、とも言えるよな。俺もこの案に縋りたい。というか、そうでなかったら話が振り出しに戻る。もし光一に真実を伝えて、本人に警戒してもらったとしても、突発的に起こる事故に対処するのは難しい」

蓮が七回やり直しをして、すべて失敗だったのだ。

「ただ、光一の案にだけ縋って、他の対策を練らないのも不安なんだ。ここがゼロ回目の世界だっていう、確認が取れればいいんだけどな」

「確認なんて、そんなことが可能なのかな」

どうかな、と蓮は考え込む仕草をした。

夏休み前の打ち上げの時と同じ、繁華街の安いカラオケ店だが、今日は前回より狭い部屋をあてがわれ、こぢんまりしたI字型のシートに横並びで座っていた。

蓮は考え込む様子のまま、海路に視線を投げる。海路も彼の妙案を期待して、相手を見つめ返した。

この頃、というか夏休みの間に一緒に蓮と遊ぶようになって、ここ最近のことだけど、蓮は海路と目を合わせても、前のようにふいっと視線を外すことはなくなった。

海路と一緒にいることに、慣れてきたのかもしれない。

海路自身も、以前は蓮にいきなり距離を詰められるとどぎまぎしたし、カラオケボックスの狭いシートですぐ隣に座られたりすると、なんだか落ち着かなかった。

でも今は、わりと平気だ。二人でいることに慣れてきた。蓮の隣に並んでも、リラックスしていられる。まだ時々、ドキッとすることはあるけれど。

「精神だけが過去に戻ってくるんだから、本来この世界は、ゼロ回目も八回目もまったく同じはずなんだ。同じ日に同じことが起こるはず。なのに、結果を見るとどうだ？　光一は毎回、違う日に違う理由で死ぬ。すべて事故死だが、逆に言えば事故死であることは確定してる」

「病死は一度もない」

「そう。病気の原因が光一の中にないからだ。少なくとも今のところ、この一年以内には。だから病気では死なない。ただ、風邪とかインフルとか、伝染性の病気はわからないけどな」

「え、どうして」

話に付いて行けず、海路は尋ねた。こういう時、光一ならばいちいち説明されなくても理解できるのだろう。少し前なら拗ねた気持ちになっていたかもしれない。

でも今は、あまり気にならなかった。俺って頭悪いなあ、と自嘲するくらいだ。

光一に、海路君がいてくれてよかったと言われた。

海路には、海路なりの役割がある。そう思えるようになって、誰かと比べて拗ねたり、くよくよしたりする気持ちは以前よりぐっと少なくなった。

「どうしてか。俺が言いたいのは、そこのところだ。基本的に、何度タイムリープしても同じことが起こる。けど海路や、タイムリープを経験した未来の俺は、以前とは別の行動を取るだろう？　光一の死を回避するために」

「それはそう」

「レンの三回目のタイムリープで、お前がタイムリープに巻き込まれたのも、レンがそれ以前と違う行動を取ったからだ。前にそう説明したよな」

「うん。……あっ。バタフライ効果」

これも以前、蓮が言っていた言葉だ。タイムリーパーの蓮が言っていたのだったか。

「そう。かく言う俺も、お前からタイムリープの話を聞かされて、今ここにいる。以前のタイムリープの時は、夏休みにお前とプリクラ撮ったりしなかっただろ」

海路はその言葉で、ブラック蓮とプリクラを撮っているところを想像し、ちょっと笑ってしまった。

「うん。光一君の家に泊まって、花火をやることだってなかった」

そう考えると、今回が一番、充実した夏休みだったと言える。

「未来から来て、未来を知ってるレンやお前の行動が、少しずつ周囲に影響を及ぼしていく。だから同じように見えて、毎回少しずつ違う。そう考えたら、光一の死ぬ日付や原因が毎回変わるのは、他ならぬタイムリーパー、レンの行動のせいなんじゃないか」

「蓮の、せい？」

その考えが受け入れられず、海路は言葉を失った。

「言い方が悪かったな。光一が死ぬのはレンのせいじゃない。毎回、死亡日と事故原因がランダムになる理由が、タイムリーパーの行動の影響なんじゃないかって言いたかったんだ」

海路は回転が早いとは言えない頭で、必死に考えてみる。蓮の言うことは理解できたが、すぐにはうなずけない点もあった。

「でも、家族旅行の最中に転落死したり、煽り運転に巻き込まれたりするんだよ？」

「そこが正に、バタフライ効果ってやつだ。蝶のわずかな羽ばたきが、思いもよらない影響をもたらす。誰かが違う行動をして、その誰かによって例えば、インフルエンザウイルスが光一にもたらされ、光一がインフルに感染するって可能性もゼロじゃない」

蓮は一度言葉を切り、手元のコーラを飲んだ。その間に海路も目まぐるしく考える。

「ここは、蓮がタイムリープを経験したことのない世界、っていうのは納得できる。でも、でもさ。だいぶ変わっちゃったよ。俺が蓮に何もかも教えちゃったから、未来のことも知っちゃったし、花火もやった。プリクラだって撮った」

もう、取り返しがつかないのではないか。せっかくゼロ回目だったのに。死亡日も死亡原因も確定していたかもしれないのに。

教えなければよかった。いや、蓮に打ち明けて、さらに蓮が光一に小説の設定として伝え、光一が「ゼロ回目の世界」という発想をしなければ、今のこの話もなかったのだ。

「結局、振り出しに戻っちゃったってこと?」

海路はうろたえた。自分のせいだ。いや、そうじゃないかもしれないけど。オロオロしていると、「落ち着け」と、蓮に笑いを含んだ声で窘められた。

「まだ希望はある。少なくとも、十一月一日まで、光一は死なない」

蓮は以前にもそう言っていた。そうなのだろうか。

こちらの内心が表情に出ていたのか、蓮は海路の目を見てうなずいた。

「毎回、レンはタイムリープのたびに行動を変えて、ついには海路っていうもう一人の人物までタイムリープに巻き込んでしまう。光一の死因も死亡日もコロコロ変わる。なのに十一月一日だけは変わらない。どう行動を変えても、この日まで光一は生きてる」

「でも、十一月二日以降はわからないよ。現に、その直後の十五日に亡くなったことだってあった」

「強風の日な。そう、十一月二日以降はわからない。けど、一日は生きてる。それならやっぱり、十一月一日がキーの一つなんだよ。タイムリープは必ず、二〇二四年五月六日からスタートし、同年の十一月一日を中間地点とする。中間地点では絶対に光一は生存してる。そしてそれ以降のどこかで光一は死亡し、二〇二五年三月二十二日の『お別れの会』に終着する」

「それは、理解できる。けど」

どんな希望があるというのだろう。

「この十一月一日には、きっと何か意味があるんだ。さっき、バタフライ効果って言っただろ。この日の行動が、それ以降の光一の死に関わってくるとしたら？」

「それなら……まだ、ここはゼロ回目の世界と言える。だからまだ、間に合う？」

誘われるようにして答えてみたけれど、自信がなかった。蓮はそんな海路に、大丈夫だというようにうなずいてみせる。

「もちろん、十一月一日だって、それ以前の過去の流れに影響を受けている。そういう意味ではもう、この世界は純粋にゼロ回目の世界とは言えないんだろう。でも、十一月一日が一つの基点でその日の行動に意味があるなら、まだ間に合う。十一月一日に、ゼロ回目と同じ行動を取ればいいんだ」

「そうすれば、光一君の死亡日は変わらないまま、三月十八日のままになる？」

「理屈ではな」

海路は、蓮の説明を一生懸命、考えてみた。希望はあるように思える。

「でも、ゼロ回目と同じ行動って、どうすればいいのかな。蓮にとってのゼロ回目でしょ。その時は俺、まだタイムリープしてなくて、どんな状況だったのかわからない」

蓮がどんな行動を取ったのか。それは、タイムリーパーの蓮にしか知るよしのないことだ。

海路の疑問に、蓮も「そこなんだよな」と、考え込む仕草をした。

「基本的には、俺は俺なんだから、同じ行動を取るはずだ。でもきっと、何かあるはずなんだ。ゼロ回目でレンがしたこと。それ以降のタイムリープではしなかったこと。もしくは、ゼロ回目でしなかったけど、それ以降にはしたこと、とか。何か、レンから話を聞いてないか?」

そう言われても、ブラック蓮が自分のことを話す機会は稀だったのだ。

「たぶん、ないと思う。過去のタイムリープの話だって、ほとんどしてくれなかったし」

たまに、本当にたまにぽつりぽつりと打ち明けてくれることはあったが、それは過去の出来事というより、自身の感情やその経緯を教えてくれたのだと記憶している。

「だよな。難しいことを言ってると思う。ただ、できる限り思い出してくれ。レンと話したことがあるのは、お前だけなんだ。今日、家に帰ってから、何でもいいからレンについて思い出したことを片っ端からメモしてほしい。お前が気づいてないことでも、客観的に見れば何か手掛かりになるかもしれない」

雲を摑むような話だが、海路はうなずいた。

「わかった。やってみる」

できることをぜんぶやる。そう決めたのだ。

「リミットは、十一月一日だ。もちろん、それだけに頼るつもりはない。同時に別の対策も練る。プランBだ。こっちは、これまでのランダムに見える死亡日と死因をもう一度検証して、法則を見つけるんだ」

「そっちも難しそうだね。そこは、光一君の英知が欲しいな。蓮はともかく、俺は頭脳に自信がない」

記憶力以上に、発想力が乏しいことは自覚している。ない知恵を絞るより、ある所から持ってきたほうが確実ではないのか。

「まあ、光一の知恵は借りたいよな。俺も考えてみるけど。とにかくプランAもBも、リミットは十一月一日だ。この日までに俺とお前で何も思いつかなかったら、一日のうちに光一にすべて打ち明ける。その上で、死亡日を特定する方法がないか、本人に考えてもらう」

「うん。準備の居残りの後に、光一君に話そう」

光一を救うと言いながら、本人の知恵頼みというのが何とも情けないが、この際、使えるものは何でも使うべきだ。

期限は十一月一日。できれば光一には、心穏やかに受験に専念してほしい。自分に死の危険が迫っているなんて知ったら、怖くて受験勉強どころではなくなってしまう。

第一志望だって受からないかもしれない。でも、光一には生きていてほしいし。

「もし、今回も失敗したら、どうしよう」

不意に想像して、恐ろしくなった。今まで何度も何度も、数えるのが嫌になるくらい光一の死を経験した。

感覚が麻痺するくらいだった。光一の死にもはや悲しみも感じなくなっていたのに、今は想像するだけで、こんなにも苦しい。

「慣れたはずなのに、怖い」

光一がいなくなってしまうかもしれない。大切な人が。

海路に、君がいてくれてよかったと微笑み、存在意義を教えてくれた友だちが。

彼は友だちで、好きな人の好きな人では、もうない。

打算的に近づいて、タイムリープを終わらせるためだけに仲良くなろうとしていた時とは違う。そんな、海路自身にとっても大切な人を失ってしまったら、どうすればいいのだろう。

自分にもタイムリープのトリガーが引ける可能性があることを、今は知ってしまった。

（諦めきれなくて、また繰り返して、成功するまでずっと繰り返して、それから……）

周りの風景も感情も、やり直すごとに色褪せていく。花火の大切な思い出も擦り切れ、重荷だけが残った時、海路は光一を疎ましく思ってしまうかも――。

「大丈夫だよ」

恐ろしい想像にギュッと目をつぶった時、隣から優しい声が囁いた。

ふわりと石鹸の香りが鼻先を掠め、抱きすくめられる。クーラーで冷えた肌に、人の温もりがじんわりと染みた。

「大丈夫だ」

つむじの辺りで声がする。また、抱きしめられている。

海路は恐怖も忘れてドキドキした。

「蓮……」

身じろぎすると、海路が離れようとしていると思ったのか、腕の力が強くなる。

相手が大きく息を吸い込むのが聞こえて、海路は緊張にぐっと身を縮めた。

「きっと大丈夫だから」

言い聞かせるように、蓮は同じ言葉を繰り返した。

「うん……」

「光一を助ける方法を見つけよう。それから三人で協力して、来年の三月を乗り越える。四月からは、三人とも大学生だ」

「……うん」

そうなればいい。いや、絶対にそうしよう。強く願って、奇跡を起こすのだ。

海路はおずおずと、蓮のシャツの裾を握った。嫌がられるかなと思ったが、応えるように海路の背中を大きな手でさすってくれた。

抱きしめられるって、気持ちがいい。海路はうっとりし、さらにうっとりを通り越して、身体の奥が熱くなるのを感じた。

これ以上は、まずいかもしれない。海路が握っていたシャツの裾を離すと、相手の腕も緩まる。そのまま離れようとして顔を上げたら、目の前に蓮の顔があった。

「あ」

すごく近い。そう思った時にはもう、唇が重なっていた。

一瞬、頭が真っ白になった。いや、意識が遠のいていたかもしれない。それくらいの衝撃があった。

「ん……」

自分の声で意識が戻ってくる。

(キ、キ……ス?)

偶然、唇がぶつかった、というわけではない。明らかに意図的に、キスをされている。

海路は混乱した。疑問符が頭の中でグルグル回っている。

蓮の唇が、海路の唇を食む。彼の高い鼻が海路の鼻と擦れた。鼻先と唇が、じゃれるみたいに何度も触れ合わされる。

「ん、あ……」

キスの濃厚さに困惑して、海路は眉根を寄せた。

「嫌か？」

海路の瞳を覗き込むようにして、蓮が尋ねる。

「嫌じゃな……けど、あの」

また唇を食まれた。何度か乱暴にキスされた後、蓮は海路を抱きすくめた。はー、と大きな息を吐くのが耳元で聞こえる。

「お前の身体、小せぇなあ」

「な」

何をこんな時に、と海路はムッとした。それから、こんな時とはどんな時だと自問する。これは、何の時間なのだろう。

「蓮が大きすぎるんだよ」

クスッと笑うのが聞こえた。抱擁が解かれ、また顔を覗き込まれる。

「俺、大きいんだ？」

意味深な声音で聞かれて、かあっと顔が熱くなった。

「かわいい」

チュッと唇をついばまれる。Tシャツの裾から蓮の手が潜り込んできて、天変地異が起こった時くらいびっくりした。

「な、や」

何が何やらわからない。どうして蓮は、そんなところを撫でるのだろう。なぜさっきからキスをしたり、甘い言葉を囁くのか。

「なんで」

「お前の腹、すべすべしてる」

ちゃんと理由を尋ねようと思ったのに、蓮が次々にキスをするので声が出せない。

おまけに裾から入ってきた手は、無遠慮に腰や腹を撫で回し、さらに後ろに回ってズボンの中に入ろうとしていた。

「だ、だめ、それ……」

「……ああ。これ以上はさすがにヤバいな。カラオケ屋だし」

ドアから見えるし、とくぐもった声が聞こえて、ようやくここがカラオケ店だと思い出した。

廊下を人が通ったら、見られてしまうかもしれない。

「や、あ……」

「それ、可愛い」

駄目だと言っているのに、蓮はキスも愛撫も止めてくれない。身体の中心が芯を持ち始めて、海路は涙目になった。

と、それに気づいた蓮が、慌てて身体を離した。

「悪い。がっつきすぎた。ごめん。ごめんな」

「急に、こ、怖いよっ」

海路はうつむいて、自分のTシャツの裾をぎゅっと引っ張った。下半身が反応している。ゆったりめのズボンを穿いてきたので、あまり目立たないと思うけど、気づかれたらと思うと恥ずかしくて死にそうになる。

こちらの抗議に、蓮は「だよな」「ごめん」と、何度も謝っていた。

「励ますつもりでハグしたんだ。けど」

「けど？」

顔を上げると、蓮は眉をハの字に下げて情けない表情をした。

「……お前の顔が近くにあったんで、つい」

「つい？」

つい、でキスしたのか。海路は目を剝いた。

「ひどいよ。俺、初めてだったのに！」

「ごめん。……てか、え、マジ？　キス、初めてだった？」

本気で驚いたように目を瞠るから、悔しくなってバシバシと蓮の腕を叩いた。蓮は「痛い痛い」と顔をしかめながらも、何やら嬉しそうに笑っている。

そのうち、振り回している海路の手を取って、「ごめんな」と真面目な顔になった。

「ほんとに最初は、純粋に励ますつもりだったんだよ。けど抱き締めたら、なんか胸がモヤモヤしたっていうか」

「モヤモヤ」

「いや、モヤモヤは違うか。ムラムラ、だとやらしい感じだな。もっとこう、純粋な感じ？」

なぜそこで、疑問形なのか。からかわれている気がして、海路は相手をじろっと睨んだ。

蓮は困ったように微苦笑を浮かべ、「ごめん」と、また謝る。

「一回やったら、止まらなくて。これ、柔らかいし細いけど男の身体なんだよなって思ったら、グワーッときて」

「グワーッと」

「恥ずかしいから、繰り返すなよ」

照れ臭そうに視線を逸らして言う。照れ臭いのはこっちの方だ。でも、それを言う前にまた蓮が、「すみませんでした」と謝ってきて、今度は頭を下げた。

「さっきのあれは、やりすぎだった。ごめん。もう二度とやらない。お前の許可がない限りは」

最後に付け加えて、ちらっとこちらを見るから、仕方なく海路も乗ってあげた。

「許可があったら？」

「またやるかも」

「もう！　ぜんぜん反省してない！」

思わず叫ぶと、蓮は声を上げて笑った。

「そっか。海路は初めてのキスだったか」

おまけに、余計なことまで言う。

「そうだよ。初めてだったよ。そう言う蓮は、やりまくってるんだ？　光一君が好きだったとか言っておいて、別の人と付き合ったことあるんだ」

海路はやけ気味に言い返し、それからどさくさに紛れて気になっていたことも聞いてみた。

蓮は「やりまくってはいないよ」と、おかしそうに肩を揺らして笑う。

「男とキスしたのは、俺も初めてだな。中学の時は、女と付き合ってたから」

衝撃の発言だった。海路が驚愕に目を見開くと、蓮は「すげえ顔」と、また笑う。彼は笑顔のまま、遠くへ視線をやった。

「ゲイだって、中学の時に自覚した。……っていうのは、お前も知ってるんだよな。俺も最初は悩んだんだよ。女もイケるんじゃないか、女と付き合えるなら、ギリセーフかな、とか色々考えて。何人か……三人くらいと付き合った」

「中学の時も、モテたんだね」

三人とは、かなりのハイペースではなかろうか。みんながどれくらいのペースで別れたりくっついたりしているのか、海路には皆目見当もつかないが。

海路は感心して言ったが、蓮は笑って首を捻ったただけだった。

「キスまではできるんだけどな。それ以上はやっぱり無理だった。やりたくないって気持ちのほうが強かった。最後に付き合ってた奴と別れて、もう無理して女と付き合うのはやめようって思った。相手にも失礼だろ。それでもうやめるって決意したら、すごくスッキリして清々しい気持ちになったんだ」

「それだけ、無理してたってことだね」

以前は自分を「勝ち組」だと思っていた、という蓮の言葉が記憶に蘇った。それまでの蓮は、人生すべてイージーモードだった。

それだけに、自分の性指向が少数派だと自覚した時の衝撃は大きかったのかもしれない。

海路の場合は、恋愛対象が同性でも異性でも、どうせモテないから変わらない、と最初から諦めているし、割り切っている。

周りだって、海路にわざわざ「彼女いないの？」なんて聞いてくる人はいない。どうせいないでしょ、と思われているのだろう。

それでもごくたまに、友達と恋愛の話になる時、決まって窮屈な気持ちになる。

自分も友達と同じ話題ではしゃぎたいのに、どうやってこの話題を切り抜けようか、無難な回答を頭の中でひねり出す。そうやって誤魔化す自分が嫌になる。

蓮の周りは、もっとその手の、恋愛や性に関する話題が豊富なはずだ。きっと中学生の時から幾度となく「蓮はモテるよね」と、言われ続けてきただろう。

女の子にモテてるんでしょ。もう彼女とか、いるんじゃない？

もしくは、そんなにモテるのに、どうして誰とも付き合わないの？　とか。

「ああ、そうだな。無理してたってことに気がついて、もう認めざるを得なかった。そうしたらその後すぐ親父が死んじゃって。悪いことばっかり続くみたいで、軽く絶望した」

口調は軽いが、当時はつらかっただろう。海路は何か、どうにかして慰めたくて、でも言葉が見つからず、隣の蓮を見上げた。

蓮がしてくれたみたいに、彼に触れて慰めたい。

手をちょっと上げて、でも何をする勇気もなくて、すぐに下ろした。思いついたらすぐに行動できる蓮とは違って、自分は意気地なしだ。

蓮は、一度ならず何度も海路を慰めてくれたのに。

もう一度、何かせめて声をかけようと隣を見ると、蓮がこちらを見ていた。ソファに投げ出された海路の手を見る。

「手、握ってもいい？」

「えっ、え？」

直した。

大きな手が海路の手の先の方をキュッと握る。それからもう一度、今度はしっかり手を握り
なんで、という言葉は、温かい手の感触に飲み込まれた。

「い、いいけど」

言って、海路の手の近くに、自分の手を置いた。

「手」


「ちょっとだけ、こうしててもいいか」

どうして、という問いかけができないまま、海路はぎこちなくうなずく。

「う、うん」

「お前の手、冷たいな」

「……冷たい飲み物、飲んでたから」

言ってから、理由になってないなと口をつぐんだ。それなら蓮の手も冷たいはずだ。

でも、海路の手を包む蓮のそれは温かい。体温が伝わって、手がポカポカしてくる。

「一年の時、お前とちょっと話したこと、あっただろ」

「あ、傘を取り返してもらった時」

うん、と蓮が前を見たままつぶやく。

「お前を見た時、すぐ気がついた。俺と同類なんだなって」

「……その時、俺の気持ちにも気づいた？」

海路も、前を見たまま尋ねた。目の端で蓮が小さくうなずいたのが見えて、温かく膨らみかけていた心がヒュッと萎んだ。

蓮は海路の内心を察したように、握った手に力を込める。

「はっきり確信があったわけじゃないけど、何となくわかった」

「だから俺の名前、憶えてたんだね」

蓮が一年の時に一度話したことがあるだけの陰キャの名前を、三年まで憶えていた理由がわかった。

「それもある。けど、それだけじゃなかった。お前、俺が傘取り返した時、すごく喜んでくれただろ」

言われて、海路は「もちろん」とうなずいた。

「めちゃくちゃ感激したよ。蓮がヒーローに見えた」

思い出して言うと、蓮はなぜか気まずそうに呻く。

「あれは、お前のために引き返したわけじゃない。ちょうどお前の教室の前を通りかかった時、バカップルの女のほうが『傘盗ってきた』って、手柄みたいに話してたんだ。それにムカついて、意趣返しのためだったんだよ」

そうだったのか、と海路はあの時の蓮の行動を思い返し、納得した。

わざわざ衆目を集めるようなやり方で、女の子を糾弾していた。蓮ならもっと、上手く治めるやり方もできそうなのにと、思ったものだ。

穏便に済ませる気なんて、もともとなかったのだ。

「そんなんだから、お前からの反応も期待してなかった。同級生の、同じ男に助けてもらうのって、微妙だろ。自分が弱いのを暴かれるみたいでさ。お前のプライドを傷つけたかもなって思ってた。逆に恨まれる可能性も考えて、身構えてたんだ。そういうこと、以前にもあったから。いじめられっ子を庇ったら、いじめられっ子に詰られたり。けど蓋を開けてみたら、お前はすごく喜んでくれた。泣きそうな顔して、つっかえながらお礼の言葉を返してくれて」

「本当に嬉しかったんだもん」

みっともなくオドオドしていた自分を思い出し、恥ずかしくなる。不貞腐れ気味に言うと、蓮はくすぐったそうに笑った。

「お前はそうだよな。物事を真っすぐ受け止めて、素直に反応する。俺はすぐ斜めに物事を考えるから、そういうお前の性格は眩しいし、いいなって思うよ。あの時も、真っすぐ感謝の気持ちを返してくれて、嬉しかったんだ。だからお前のこと、忘れなかった」

蓮は言い、言葉のとおり嬉しそうに海路を見る。

一年生の時の、海路が蓮に恋をした瞬間の思い出を、蓮も綺麗な記憶として憶えていてくれた。海路に対して、好意を抱いていてくれていた。

それは海路のような恋心ではなかったが、それでも嬉しかった。蓮にとって自分は、取るに足らない石ころみたいな存在ではなく、心のほんの片隅にでも置いてもらえていたのだ。

「ありがとう。嬉しい。あの時のこと、俺にとって大事な思い出だったから」

照れ臭くて、うつむきながら言うと、握られた手に力が込められた。海路もうつむいたまま、握り返す。

ドキドキして顔が上げられなかった。

それからしばらく、二人は黙り込んだまま手を繋いでいた。

六度目の高校三年の夏休みは、カラオケ店での甘酸っぱい思い出に彩られて終わった。

二学期が始まると、高橋さんと高山さんが蓮に絡んでくることはなくなり、取り巻きグループはバラバラになった。

この辺りの夏休み明けの流れは、以前のタイムリープと変わらない。最初のゼロ回目の世界は、どうだったのだろう。

海路は蓮に言われた通り、夏休みから毎日、以前のタイムリープの記憶を辿っては、ノートに書き綴っている。

九月の半ばにはそのノートは三冊分にもなり、海路はシルバーウィークの最終日、蓮とそのノートについて話し合うことにした。

場所は、海路の家の近くの公園だ。

以前、授業をサボって早退した時の小さな公園ではなく、近隣住民の散歩コースにもなっている大きな公園だった。

頻繁にカラオケ店に行くのは、おこづかいが厳しい。その点、公園は無料である。

子供連れがピクニックをしたり、春には花見客がシートを広げるような場所だから、海路と蓮もビニールシートと弁当を持参することにした。

昼は混むし、まだ暑いだろうということで、朝の八時に待ち合わせた。この時間、ジョギングや散歩をしている人たちをちらほら見かけるが、まだ人はまばらだ。

場所をあちこち吟味して、大きな桜の木の近くにシートを敷いた。もっと木に近いほうが涼しいのだけど、木の根っこがゴッゴッして痛いのだ。

「公園でレジャーシート敷くなんて、何年ぶりかな。光一君も来れたらよかったんだけど」

朝はだいぶ涼しくて、シートの上はひんやり気持ちがいい。受験勉強の息抜きになっただろうになと、この場にはいない友人を思ってつぶやいた。

今日この場に、光一も呼んでみたのだ。

夏休みの花火の夜、海路は光一も、自分と似た疎外感や遠慮を覚えていたことを知った。相手の気持ちがわかるから、光一にももう、自分が邪魔者だなんて思ってほしくない。もし光一が来られるなら、ノートは蓮に預け、タイムリープの話は電話で話し合ってもいいかと考えていた。

それで声をかけたのだけど、彼はこの連休中もやっぱり、勉強漬けとのことだった。

もう二学期に入ったし、本番まで時間がないから、と言う。同じ受験生として耳が痛い。しかし、それでも光一はもう少し、息抜きをしてもいいと思うのだ。

「それは仕方がない。あいつにとっては、大学受験が最後で最大のリベンジなんだからな」

「それはそうなんだけど。身体を壊しちゃわないかなって心配で」

言ってから海路は、そんなことはなかったのだと思い出した。

「そっか。このまま勉強漬けでも、身体は壊さないんだった」

何度も未来を見て、受験の結末を知っているはずなのに、あり得ない心配をしてしまった。

俺って馬鹿だなあと、頭を掻いていたら、蓮にクスッと笑われた。

「そ。あいつは受験に成功するんだろ。それなら、俺たちは黙って見守るだけだ」

「だよね。俺たちが勉強の邪魔したら、受かるものも受からなくなっちゃう。……あっ」

自分の言葉で不意に思い出したことがあって、海路は声を上げた。

「俺、すでにもう、かなり邪魔しちゃってるかもしれない。スマホにメッセージ入れたり、くだらない写真送ったりしちゃってる」

光一とは夏休み前にすでに、お互いの連絡先を交換していた。夏休みの花火で距離が近づいて、それからちょくちょく連絡を取り合っていたのだ。

となると、夏休みからもうすでに、結構な邪魔をしていたことになる。

青ざめる海路に、蓮は怪訝そうに眉をひそめた。

「光一と？　二人で連絡取り合ってたのか？」

「う、うん。俺、光一君と友だちになれたのが嬉しくて、つい」

「どれくらいの頻度で？」

「平日でもわりと、頻繁に。週に二、三回とか」

未来が変わってしまったらどうしよう。海路はそのことだけが心配だった。縋るように蓮を見る。蓮は眉間に皺を寄せたまま、軽く口の端を引き上げて笑いの形を作った。

「それくらいの頻度なら、それこそ気晴らしになると思うけどな。あいつからも返事が来るんだろ？」

「うん。こんな感じで」

海路はスマホのメッセージアプリを呼び出し、蓮に見せた。

本当にくだらない、どうでもいいやり取りだ。光一が猫が好きだと言っていたので、通りすがりに猫の姿を見かけると、写真を撮って送ったりしている。あとは、好きなアニメの話とか。

海路がオタク趣味を披露しても、光一は馬鹿にしない。今こんなアニメが流行っていて、リアルタイムで観てるよ、なんて話題を送るのだ。

光一はたまに、自分の好きな小説を布教してくる。

「……楽しそうだな」

思いのほか、じっくりと光一とのやり取りを読んでから、蓮がつぶやいた。そうして、じろっと海路を睨む。

「俺には猫の写真なんて、送ってくれないのに」

それが拗ねた口調だったので、海路は驚いた。

「蓮も猫、好きなの？」

「……あのな」

蓮はすぐには答えず、そっと嘆息した。

「嫌いじゃない。猫も犬も嫌いじゃないぞ。けどな、そういうことじゃない」

そこまで言われて、ようやく鈍い海路も気づく。

「もしかして、仲間外れにされたとか、思った？」

メッセージアプリで三人のグループを作ったのに、光一と海路だけで、メッセージのやり取りをしていた。

蓮はそういうことを気にしないタイプだと思っていたし、蓮とは別にタイムリープのことで頻繁に連絡を取っている。くだらないメッセージを送るとウザがられるかなと思っていたのだ。

「仲間外れにされてるとは、思ってない。けど」

語尾を濁し、蓮は言葉を探しあぐねるように、自分のうなじを撫でた。気まずそうにこちらを見る。

「お前と光一の間には、必ず俺が挟まってると思ってたから、いつの間にか二人だけで仲良くなってて、ちょっと複雑」

それはやっぱり、仲間外れだと思っているのではないか。

しかし、海路はあえて口にしなかった。三人グループで、二人が仲良くしていて疎外感を覚える、なんてことはよくあることだ。

よくあるのだけど、正面からそれを認めるのはちょっと照れ臭いし、自分のその感情が子供じみている気がして恥ずかしい。

海路もそれはよくわかる。だから、わかっているよ、という気持ちを込めてにっこりうなずいてみせた。

「今度から、三人のグループに送るね」

「……いや。別にそれはいいんだけどな。まあいいや。俺の大人で繊細な心の機微は、お子様で鈍感な海路にはわからないだろう」

こちらが一歩引いてあげたのに、唐突に喧嘩を売って来た。

「言っとくけど。俺、今の蓮より精神的には年上なんだからね」

何と言っても、六年分の経験があるのだ。ムッとして言い返したら、今度はニヤニヤ笑われた。

「キスは初めてだったけどな」

その言葉で、夏のカラオケ店での記憶が、瞬時に蘇った。何と切り返せばいいのかわからない。目を白黒させて言葉に詰まる海路を、蓮は楽しそうに見つめた。

「な、ば……もう！　どうしてそういうこと言うの」

「くく、焦ってる、焦ってる」

からかって笑うから、海路はますます頭や顔に血が上った。言い返す言葉が見つからないので、胡坐（あぐら）をかいている蓮の膝を何度も平手で叩いた。蓮はそれに、ますますニヤニヤする。

「恥ずかしいから、公園でイチャつくのやめようぜ」

「イチャ……ついてない！　言葉選びがおかしいよっ」

海路がむきになると、蓮は余計に喜ぶ。

海路はそんな蓮を子供みたいだなと思い、それから自分もじゅうぶん子供っぽいことに気づいて、恥ずかしくなった。

タイムリープについて、真面目な話をするべく公園に来たのに、くだらないことで時間を費やしてしまった。

「ノート。俺たちは、ノートの話をするためにここに来ました」

顔が熱いまま、海路は表情を引き締める。蓮はまだニヤついたまま「そうだな」とうなずいた。それでも、海路がリュックからノートを取り出すと、真面目な表情に切り替える。

「結構な量になったな。サンキュ。ここで読んでもいい？」

「うん。お願いします。って言っても、役に立ちそうなことは思い出せなかったんだ。どうでもいいことばっかりで」

「いいよ。俺が何でも書いてって言ったんだから。読んでみる」

蓮は言い、三冊のノートを受け取ると、さっそく読み始めた。

その間、海路はすることがない。ちょうどいいやと、リュックの中からゴソゴソ、朝ご飯のおにぎりを取り出した。

「ご飯、食べます」

いちおう、断ってみる。途端に蓮が、プッと噴き出した。

「何の宣言だよ。どうぞ。それ、昼メシじゃないの」

「朝ご飯。出かけるギリギリに起きちゃって、食べてないんだ。昼は別に持ってきた」

水筒のお茶に、ペットボトルの水も二本、持ってきた。それから塩飴。友達と公園に行くと言ったら、熱中症予防にと、父にあれこれ持たされたのだ。おかげでリュックが重い。

「おにぎりも、お父さんが急いで作って、無理やり持たされたんだ。朝ご飯は抜いちゃ駄目だってうるさくて」

「へえ、マメなお父さんなんだな。うちの親父はそういうこと、全然しなかった。仕事ばっかりで、共働きなのに家事をやらないって、母親がよくぼやいてたな。今は俺と上の弟と、母親三人で分担してる」

今日の弁当も自分で作って来たと聞いて、海路は「すごい」と目を瞠った。

「ただのサンドイッチだよ。パンに具を挟んだだけ」

蓮は照れ臭そうに言う。家族の分もまとめて作って、家を出てきたのだそうだ。休日だから母親も家にいるはずだけど、仕事に子育てに忙しい母を気遣ってのことだろう。

同じ高校三年で、おまけに海路なんて六年分の経験を積んでいるはずなのに、家の手伝いなんてほとんどやらない。タイムリープのことで頭がいっぱいだったこともあるが、これからは蓮を見習って、もう少し手伝いをしようと思った。

その決意を蓮に伝えたら、

「その前に、受験勉強を頑張ったほうがいいんじゃないか？」

などと言われてしまった。反論できない。

「俺も人のこと言えないけど、お前もこの夏、ほとんど勉強してなかっただろ」

「う……」

それを言われるとつらい。

「まあ、俺は何しろ六回目の受験ですし。前回は受けてないけど。今年も定員割れで合格することはわかってるし」

入試でどんな問題が出るのか、だいたいわかっている。言い訳をしてみたが、自分で言って情けなくなってきた。

「やっぱ、俺だけずるいよね。カンニングと同じだもん」

どうせ受かるから大丈夫、なんて蓮に軽蔑（けいべつ）されるだろうか。

そう思ってちらりと隣を見たけれど、蓮は柔らかな表情のままだった。おかしそうに目を細め、くすりと笑う。

「ずるいとは思わないよ。受験以外に大変な思いをしてきただろ。受験どころじゃなかった、って時もあっただろうし。それは今もそうなんだけど」

「でも、蓮は受験勉強してるでしょ」

「それなりにな。けど、自分で自分のことずるいと思うんだったら、もう少し上の大学も受けてみれば？　いつもの大学は、絶対合格するってわかってるんだから、挑戦するだけしてみればいいんじゃないの」

「あ……そっか」

進路の変更なんて、それも上を目指すなんて、少しも考えたことがなかった。目からぽろりと鱗(うろこ)が落ちた気持ちだった。

「そうすればいいんだ。そしたらずるじゃないもんね。今より偏差値が上の大学は、都内にもいっぱいあるし」

自分の進路については、受験シーズンに差し掛かるたびに気になって、靴の中に入った小石のような存在だった。

何の志望動機もなく、ただ漫然と同じ試験を受けるのが心苦しかったし、これでいいのかとも思っていた。でも、大学どころではないという気持ちもあり、また途中のやり直しからは進路などどうでもよくなってもいた。

でも今、新しいことに挑戦しようとしている。不安もあるけれど、喜びと共に停滞していた物事が動き出したような、そんな爽快(そうかい)感があった。

「俺、頑張る」

決意を込めて力強く言いきる。蓮が目を細めて微笑(ほほえ)んだ。

「海路も、実家から通える大学を狙(ねら)うんだろ？　俺も同じだから、大学に行っても会えるな」

蓮は高校卒業後も、海路と友達付き合いを続けるつもりなのだ。海路は嬉(うれ)しくなって、何度もうなずいた。

「蓮は国公立狙いなんだよね。ほら、ゴールデンウィーク前の体育の授業で、言ってたでしよ」

海路にとってはうんと昔のことだけど、よく覚えている。

「そういえば、お前とそんなこと話したな。そうだよ。建築学科のある大学を受けるつもり」

「あ、建築って……」

思い出してつぶやくと、蓮は照れ臭そうに顔をしかめた。

「そう、親父と同じ。親父の母校も考えたんだけど、そっちは私立で、学費がバカ高いんだよ。うちは三人兄弟だし、たとえ親父が生きてても躊躇する金額だった。そんで、近場を受けることにしたんだ」

そうして蓮が教えてくれた第一志望の大学は、国立理系の最高峰と言える難関大学だった。

「確かに家からは近いけど。すごいね、蓮」

海路は、つくづくと蓮を見つめた。今の蓮は人生一周目なのに、すでに海路より大人だ。家のこと、弟たちのことも考えて、自分にできる最大限の挑戦をしようとしている。自分も見習わなくちゃ、と海路は思う。

そんな海路に、蓮は笑いながら「別にすごくないよ」と言った。

「そこが第一志望で、他にもいちおう、滑り止めは受けるつもり。けど、俺の志望大学は、レンから聞いてたんじゃないの」

「ううん。聞いたことない。受験の結果を、噂で聞いたことがあるだけ。本人の口からは、何も。お互いに、受験の話はしなかった。彼……タイムリーパーの蓮は、俺がどの大学を受けたかも知らないいんじゃないかな」

だんだんと、あの暗い蓮と過ごした日々が夢のように思えてくる。今の明るい蓮と過ごす時間が長くなってきているからだ。

過去五回の高校三年生より、今回の一度きりのほうがずっと、蓮と過ごす時間は長く濃密だった。

海路は蓮を見つめながら一瞬、過去の記憶に思いを馳せていた。だが蓮は、別のことを考えていたようだ。

ふうん、と鼻を鳴らし、手元にある海路のノートをパラパラとめくった。

「どうかした？」

何か思いついた様子だったので、海路から水を向けてみる。

「いや、自分の志望大学と、レンについて考えてたんだ。俺がタイムリープして、光一を救うとしたら、どういう行動を取っていただろうって。レンは、タイムリープをして以降、本来の第一志望の大学は受験しなかったんじゃないかな」

「そうかもしれない。俺も蓮も、受験どころじゃなかった」

学校の外ではほとんど蓮に会わなかったから、彼が放課後、どんなふうに過ごしていたのかわからない。

「蓮は、四月からの自分の大学生活のことなんて、まるで考えてないみたいだった。とにかく光一君のことだけを気にかけてた」

自分のこと、自分の家族のことは、どうしていたのだろう。そういえば、タイムリープ中に蓮の口から、家族の話題は一度も出なかった気がする。

「光一のことだけ、か」

過去の蓮の、陰鬱な表情を思い返していた海路は、現在の蓮のやや皮肉っぽい声音で我に返った。

蓮を見ると、彼は声音のとおりのひねくれた微苦笑を浮かべていた。

「それじゃあ、お前が誤解するのも無理ないな」

「誤解?」

「俺がまだ、光一のことを好きだっていう誤解。いや、俺自身、今年のゴールデンウィークが明けるまでは、自分の気持ちに気づいてなかったんだ。お前から未来の俺の話を聞かなかったら、ずっと光一に対して窮屈な感情を抱えたままだった」

彼はノートをまためくり、それから芝生の向こうにあるサッカー場へ目をやった。

「俺の初恋は、去年の事故の時に終わってた。でも俺は自分で、それを認めようとしなかった。初恋の相手の人生が自分のせいで台無しになったのに、負い目を感じて相手のことが好きじゃなくなるなんて、身勝手だ。以前の俺はそう考えてた。でもこれも、自己満足なんだよな。窮屈な考え方で、自分も相手も幸せにしない」

「そうかもしれない。でも、蓮が感じたことや考えたこと、無理ないと思うよ。自己満足だってなんだって、その時はそう考えるしかなかった」

事故に遭って苦しんだのは、光一だけじゃない。蓮も苦しんできた。

蓮が悩んだこと、自分だけではなく光一やその家族のことも考えて苦しんだことを、誰も責めることはできない。

そこまで考えて、ブラック蓮もまた、何かに悩んでいたのかもしれないと思いついた。

海路には言わなかったこと、言えずにいた何か。重大な真実を抱えて、彼はずっと一人で苦しんでいたのだろうか。

「ああ。だから」

海路が過去に思いを馳せるのを、現在の蓮がまた引き戻す。蓮は不意に、こちらを覗き込むように首を傾けた。

「だからお前に、タイムリーパーの海路に会えてよかった」

ふわりと目元を和ませて、蓮が明るく笑う。海路は息を吞んだ。なぜここで自分が出てくるのか、意外だったし、間近に蓮の甘やかな笑顔があって、どぎまぎもした。

「えっ、俺？」

オタオタしながら聞き返すと、蓮は笑ってうなずいた。

「俺はこのとおり、一つのことをぐちゃぐちゃとめんどくさく考える。素直じゃないんだ。あと、男らしくしなくちゃとか、長男だからしっかりしなきゃとか、親にも言われたことないのに、自分で勝手に自分を縛ってるところがある。お前と仲良くなってなかったら、俺は以前の俺のまま、高橋や小川のグループから抜け出せないままだったし、光一に下手なお節介を焼き続けて、あいつにも嫌な思いをさせていただろう」

「俺は、何もしてないよ？」

ただそこにいただけ。タイムリープをしてきて、蓮を平手でぶっただけ。

「ずっと、何もしてこなかった」

「させてもらえなかったんだろ、レンに。でもお前は何とかしようとしてた。今回だってそうだ。一人になっても光一を救おうとした。いい奴だなって思うし、お前の真っすぐ素直に考えて受けとめるところに、ホッとするし救われる。海路と仲良くなれてよかった」

思わぬ言葉に込み上げてくるものがあって、海路は慌てて自分の膝に顔を伏せた。

光一といい蓮といい、どうしてこう、不意を突いてくるのだろう。

「そんなこと言われたら、泣いちゃうよ」

顔を伏せたまま声を上げると、あはは、と隣で声がした。くしゃりと髪を撫で回される。

「泣いたらまた、抱きしめて慰めるよ。ここだとちょっと、恥ずかしいけど」

「……俺は、カラオケ屋でもどこでも、抱きしめられたら恥ずかしい」

素直なところがいいと言ってもらったので、素直に吐露してみた。蓮がまた笑った。

「受験、がんばろうな。お互いに」

しばらく顔を伏せていたら、蓮がつぶやく声が聞こえた。涙がようやく引っ込んできたので、海路はそろそろと顔を上げる。蓮はノートをめくっていた。

「俺は、最初の予定どおり第一志望を受ける。ゼロ回目の世界の俺は、そうしていたはずなんだ。未来のことを知らなかったんだから。だから俺も、第一志望を受ける。結果はわからないけど」

「きっと受かるよ。……って、俺も、ゼロ回目の時の結果は知らないけど」

最後の言葉を、冗談めかして付け加えた。蓮もおかしそうに声を立てて笑った。

「お前もいつもと違う大学を受けるから、未来はわからないわけだ。いいね。やっぱり、未来はわからないほうが楽しい」

蓮の言うとおりだ。結果がわからないからこそ、自分の望む結末のために努力できる。

「うん。三人とも、志望の大学に受かるといいね」

「そうだな」

「それで、大学生になっても三人で遊ぶ。光一君とも約束したんだ。大学生になっても友達でいようって」

海路は言った。蓮はこれに同意をせず、振り返ってじっとこちらを見る。

「お前と光一って、そういう青春ぽい臭いセリフを、よく恥ずかしげもなく言うよな」

真顔でそんなことを言うので、海路は「は?」と目を剝いた。

「臭くたっていいじゃない。今は実際、青春なんだから」

胸を張って返すと、蓮は笑いながら身を捩り悶えた。

「青春!」

その態度が小学生じみていて、海路は呆れてしまう。

「子供みたい」

「子供だよ。けど」

蓮は言葉を切ると、胡坐をかいた膝の上に肘をついて、海路を見た。

「大人っぽくて、暗いレンが好きなんだよな。海路は」

不意を突かれ、海路は返す言葉を失った。蓮がどういう意図で話を向けてきたのかわからないが、海路が今でもタイムリーパーの蓮を好きでいることを、今の蓮は気づいている。

「もう、そのことは忘れてよ」

あの時、感情のまま自分の気持ちなんて口にするんじゃなかった。うっかり打ち明けてしまったことを、今は激しく後悔している。

「忘れない」

肘をついて、笑みを浮かべたまま蓮が言うので、海路は恨めしく思った。海路の気持ちを知った上で、余裕たっぷりに見えたのだ。

しかし、口元は笑いを浮かべていても、蓮の目は真剣だった。

「お前は、俺じゃない俺が好きなんだ。たぶん、今も。俺を見る時、お前はその向こうに違う俺を見てる」

海路はまた、返事をすることができなかった。確かにこれまで、そういうことがあったかもしれない。

影を背負ったような、大人びた蓮が好きだった。でも元々は、明るい蓮に恋をしたのだ。

そして今、元の蓮と仲良くなって、知らなかった一面を知り、また彼に惹かれはじめている。

過去の気持ちがなくなったわけではない。どちらも好きだ。

でも、今ここでそれを打ち明けたとして、どうなるというのだろう。蓮が何を思ってこの話題を口にしているのか、わからない。

下手な期待はしたくなかった。期待すること自体が馬鹿馬鹿しいと思えるし、勝手な希望を持って、一人で裏切られたような気持ちになるのも嫌だった。

蓮はしばらく、何の言葉も返さない海路を見つめていたが、やがて目を逸らして視線を遠くへやった。

「それでもいいさ、今は」

その時、彼が何を考えてそうつぶやいたのか、海路にはわからない。

聞いてしまえばよかったのかもしれない。でも、海路はそうしなかった。

過去のタイムリープみたいに、蓮にはぐらかされるかもしれないから、という諦(あきら)めからではない。

ただ、今この時間が心地よかったのだ。

誰が誰を好きなのか、どんなふうにどれくらい好きなのか、明確な形にする前の、ふわふわと楽しいばかりの浮かれた気持ちが、自分と蓮の周りに漂っている。

今ははっきりと言葉にしなくてもいい。二人の間にある曖昧(あいまい)で甘い空気を、もう少し味わっていたい。

だから海路はそれ以上、蓮に尋ねることはしなかった。

芝生の上で二人、秋へと向かう爽(さわ)やかな風を黙って感じていた。

七

九月が終わって、十月もするすると流れるように過ぎていく。

シルバーウィークの公園で、海路が書き出したタイムリープの記憶ノートを蓮に読ませた。

それ以降、二人はこのノートをもとに何度もゼロ回目の世界について検証したのだが、ゼロ回目について確認する手がかりはまだ、見つからないままだ。

特に、蓮が重要な日だと仮定している、十一月一日の文化祭準備日について、海路は懸命に記憶を呼び起こそうとしたけれど、ノートに書いた以上の事柄は思い出せなかった。

今がゼロ回目と同じルートを辿っていて、光一の死亡日に影響がないと確証が持てれば、光一の死亡を回避できる可能性は今よりずっと高くなるのだが、希望は見えない。

こちらをプランAとして、プランB……すなわち、過去八回の光一の死亡日と死因のデータをもとに、何らかの規則性を見つけ出そうとする方法……についても、蓮と海路で頭をひねってはいるものの、規則も法則も見つかっていなかった。

そもそもが、今の蓮が規則性を見いだせるものなら、タイムリーパーの蓮にもできたはずだ。

そうできていないということは、蓮の知識や発想では、見つけ出すことはできないのかもしれない。

そこで二人があてにしていたのが光一なのだが、彼の知恵を借りるという案も、実行に移せてはいなかった。

というのも、二学期に入って以降、光一の様子が以前と変わってきているからだ。

「っつ……」

その日の昼休み、弁当の卵焼きを口に入れた光一が、小さく呻いてそれきり、食べるのをやめてしまった。

「口内炎、まだ治らない？」

光一が卵焼きを咀嚼せず、無理やり飲み込むのを見て、海路はそっと尋ねてみる。光一は困ったように微笑んだ。

「うん。どんどんひどくなる」

十月も下旬になったのに、日中はまだ日差しが強い。海路たち三人は、校舎の中庭にある芝生で、日差しと反対方向を向いて弁当を広げていた。

雨の日は第二校舎の音楽練習室を使っているが、それ以外は何となく、外で食べるようになった。

外の方が気持ちがいいから、というのが理由だったが、それはすなわち、日々、常に閉塞感を覚えているということの表れでもある。

誰しも、受験が近づいてくれば焦燥を覚えるものだ。受験生は六度目の海路でさえ、今回はちょっぴりプレッシャーを感じている。

蓮が言ったように、偏差値が上の大学を受けることにしたからだ。

両親も塾の先生もこのチャレンジを喜んでいて、その時は海路も嬉しかったのだけど、だんだんとこれまでにない緊張と重圧を感じるようになった。

海路ですらこうなのだから、蓮や光一は推して知るべしだ。蓮も気が重いとぼやいていたが、とりわけ、光一の焦燥は顕著だった。

二学期に入って最初に顔を合わせた時、笑顔が減ったなと思った。

休み時間も以前に比べて口数が少なくなったように感じられ、十月に入った辺りから、体調を崩しがちになった。

頭痛がするとか、風邪っぽい、という程度だが、口内炎がなかなか治らないという話を最初に聞いたのも、その頃だ。

「ちゃんと病院に行けって。卵焼きも食べられないくらいつらいんじゃ、勉強にも差し障るだろ」

蓮が言う。今までに何度も病院に行けと言っているのだが、光一は「すぐ治るよ」と笑って聞かない。

「先日、風邪で病院に行ったばかりだし。また母さんに心配させちゃう」

「食欲ないほうが心配するだろ」

「そうなんだけどさ」

蓮も光一を心配してのことだし、正論なのだが、光一はそれに少し、苛立ったように苦笑した。

「病院に行く時間も惜しいとか、そういう感じ？」

海路はさりげなく、間に入ってみる。光一は自分の内面を振り返るように、目をぐるりと回した。

「……うん。そんな感じ。いや、病院に行ったほうが早く治るし、勉強も捗るっていうのは、わかってるんだけどね。気が焦るっていうか」

答えてから、深いため息をつく。

「今からこんなんじゃ、先が思いやられるな。僕ってほんと、メンタル弱いんだよね」

食欲も減っていて、体調も崩しやすいようだった。最近よく、マスクをしている。

「やっぱ病院行こっと……」

温かい水筒のお茶をくぴりと飲んで、光一は悄然とつぶやく。背中を丸めてうなだれる光一を見て、海路と蓮は思わず顔を見合わせた。

光一がそんなふうだから、昼休みに「小説のネタ」として意見を聞くのもためらわれた。

聞いたところで、妙案は出なかっただろう。それくらい、光一からは一学期の頃の朗らかさが消えていた。

こんな光一を、海路は初めて見る。たぶん、以前のタイムリープの時も、光一はストレスで体調を崩し、余裕のない状態だったのだろう。

けれど、海路がそれに気づくことはなかった。

蓮と光一と、教室で弁当を広げたことはあったが、彼は口内炎が痛いとも、顔をしかめて食欲がないとこぼすこともしなかった。

蓮には弱音を吐いていただろうか。考えてから、いやきっとかつての光一は、蓮にさえ愚痴をこぼすことはなかっただろうと思い直した。

この五回目のタイムリープで、蓮と光一、それぞれから話を聞き、二人の関係は海路があらかじめ、勝手に想像していたものとはだいぶ違っていたのだとわかった。

お互いが大切な幼馴染みで友人だということに変わりはない。けれど、過去のしがらみが複雑に絡み合って、前回までのタイムリープでは二人をよそよそしくさせていたことだろう。

でも、今回の蓮と光一の関係は、それとは少し変わってきているはずだと海路は思う。

「十一月一日がタイムリミットだ。その日に、光一に何もかも打ち明けよう」

十月も終わりに近づいた夜、蓮がスマホの向こうで決然と告げた。

あらかじめ対策を立てようとしていた、プランAもBも、うまくいっていない。光一の知恵も借りられないとくれば、本人に告げる以外に対策の立てようがない。

「文化祭の準備の後、あいつに本当のことを言おう。最初は信じてもらえないかもしれないけど、俺とお前の二人がかりで説明する」

「俺もそれしかないと思う。……けど、光一君は今もうあんな状態なのに、大丈夫かな」

お前は死ぬ、何をどうしても死ぬ運命にあるのだと言われて、今すでに精神的に追い詰められている光一は、さらに追い込まれはしないだろうか。

日々、光一がプレッシャーを感じている様子を目の当たりにしている海路は、それが心配でならなかった。

夏休みが明けるまでは、光一に告げることをこれほどためらうようになるとは、考えもしなかった。

蓮も海路と見解は変わらない。電話の向こうで、低く唸る声がした。

「説得して、俺たちの話を信じたとして、だ。当然、メンタルに影響は出るだろうな。俺が光一の立場でも、不安だし怖い。タイムリープなんて非常識なことを本気で言い出した友人二人にも不安を覚える。受験勉強なんか手に着かなくなるかもしれない」

それでも、と蓮は続けて言う。

「何も対策をしないままでいるより、ずっといい。無策でいるよりは」

大学受験に失敗することより何より、光一が死んでしまうことのほうが、ずっと怖い。

「まあどうせなら、何もかも成功するほうがいいけどな。だから、俺たちが守るってことも、あいつに伝えよう。メンタルも含めて、俺とお前でフォローするって」

「うん。そうだね。俺たち、三人で『光一君守り隊』だから」

答えながら海路は、蓮が以前と変わったように感じていた。

振り返ってみれば夏休み前の蓮は、光一に対して一歩引いていた。いかにも幼馴染みらしく親しげに振る舞いながら、決して一定の線より内側には踏み込まない。

当時は海路も、そんなことを感じたことはなかった。今の蓮を見ていて気づいたのだ。

今の蓮は、遠慮も気後れもなく、光一を大切な親友として扱っている。

初恋や事故の負い目といったしがらみを乗り越えて、対等な友人として見るようになったのだ。少なくとも、そばで蓮を見ている海路はそう感じる。

「海路。前から思ってたんだけど。一つ言っていいか」

蓮が改まった声で言うから、海路も勉強机の前で居住まいを正した。

「うん。何？」

「『光一君守り隊』って名前、クソカッコ悪い」

海路は肩透かしを食らってがっくりした。

「真剣な声で、なんだよもう！」

「いや、何かもう少し、ましな名づけ方があるだろ」

それから二人で、ネーミングについてくだらない談義を続けた。

くだらないけど、でも蓮とのこういう雑談はホッとする。

以前のタイムリープより悲愴な気持ちにならないのは、こうやって蓮と協力ができて、くだらない冗談を言い合えることだろう。

今回が一番、希望が持てる。

けれど嵐はもう、すぐそこまで来ていた。


十月三十一日、朝のホームルームで文化祭委員二人が教壇に立ち、

「明日の放課後、残れる人は残って準備を手伝ってください」

と、クラス全員に呼びかけた。ざわざわと、クラスメイトたちはお互いを確認し合う。どうする、手伝う？　そこかしこで声が聞こえる。

海路にとっては、何度も繰り返し目にした光景だ。

それから昼休みになり、光一が、

「僕、文化祭の準備に残ろうと思うんだ。息抜きと、あと高校最後のイベントだから」

と言い出したので、海路は内心でホッと胸を撫でおろした。

毎回、こうなることはわかっているのだけど、今回は特に、準備が終わった後に重大な話をするつもりだったから、予定通りになって安心した。

「おばさんには、言ってあるのか？」

蓮のほうは、いつもと何ら変わらない表情で光一に尋ねる。

「うん。むしろ、僕が息抜きって言い出したから、ホッとしてるみたいだった。遅くなる時は迎えに来てくれるって」

答えてから、光一は眉を引き下げて、困ったような笑顔を海路に向けた。

「学校行事とか塾とか、遅くなる時はいちいち母が送迎してくれるんだ。うち、過保護でしょ」

海路は咄嗟に、そんなことないよ、と口にしかけたが、それより早く光一が、笑顔を保ちながらも早口に続けた。

「もちろん、事故のことや足の怪我もあるんだけど。それ以前に、僕は昔から兄に比べて手がかかる子供でね。母も、世話を焼くのが染みついちゃって。僕と同化しちゃうっていうのかな。受験のことも、僕がプレッシャーを感じると、母も同じように追い詰められちゃう。親離れ子離れできてないってことなんだけど」

誰かに何かを言われるのを恐れるみたいに、一息にまくし立てる。もしかしたら、過保護だと誰かに言われたのかもしれない。

海路は夏休みに光一の家に泊まった時の、光一の母の様子を思い出した。いっぱい、もてなしてもらった。お茶やお菓子がたくさん用意されていて、ご飯も美味しかった。決して子供たちの邪魔はせず、でも放っておくわけでもなく、さりげなくいろいろなものが用意されているのに、海路は感心したものだ。

なんて細やかな気遣いをしてくれるんだろう、と、上品な光一の母親を見て思った。繊細で、細かいところに気のつく人なのだろう。息子のことをいつも気にかけていて、そして光一の言うように、気にかけるあまり同化してしまって、同じように息苦しさを感じてしまうのかもしれない。

それを過保護や過干渉という一言で断じるのは、ちょっと乱暴な気がする。

こういう時、どういうふうに言えば光一は傷つかないのだろう。海路は悩んで、言葉に詰まった。

「いいんじゃねえの、別に。まだ子離れ親離れしてなくても。何しろ俺たちは高校生で、親のすね齧ってる身だからな」

海路が考えあぐねているのに気づいたのだろう、蓮が先に言葉をかけた。

「おばさんが迎えにきてくれるって言うなら、過保護に甘えとけ。風邪引いたり、学校帰りに変なのに絡まれて怪我したり、そういうリスクを避けられる」

蓮がきっぱり言い切るのを聞いて、光一はいささか面食らっている。たぶん、今までの蓮ならこんなふうに、光一に対して踏み込んで意見をすることはなかった。

海路は一瞬、そんなことを考えたが、すぐさま我に返り、蓮の言うとおりだと思った。

過保護でも過干渉でもいい。光一の身の安全を考えるなら、送迎は有効だ。

「そうだよ、光一君。安全第一！　これからも受験が終わるまでは、お母さんにどんどん送迎してもらったほうがいいと思う」

海路が力説すると、蓮がすかさず「安全第一って、工事現場かよ」とツッコミを入れた。光一は一瞬、きょとんと驚いた顔をして、それから破顔した。

「安全第一か。うん、そうだね」

「息抜きなら、俺も準備に参加するよ。海路はどうする？」

蓮に水を向けられたので、海路も慌てて「俺もやる」と、手を挙げた。

これで、いつもどおり三人で文化祭の準備に参加することが決まった。

その日の夜、蓮と海路は家に帰った後、電話で翌日の打ち合わせをした。

「おばさんが迎えに来るなら、それより前にタイムリープの話をしないとな」

明日の放課後、何をどのように光一へ伝えるのか。二人でしばらく話し合った。

光一の脆さを見るにつけ、真実を告げることをやめたくなる。でも、今のところ他に方法がない。

「これから毎日欠かさず、光一君のおばさんが送迎してくれたら安心なんだけど」

「やっぱり、そうなんだな」

海路の何気ないぼやきに、蓮がよくわからない言葉を返した。

「やっぱりって？」

聞き返すと、「わかってて言ったんじゃないのか」と言われた。何のことだかわからない。

「光一の死因だよ。あいつはいつも決まって事故に遭うけど、死ぬのはあいつだけだろ」

「確かに、他に死人は出てなかった」

「だろ。酔っ払い運転とか煽り運転とか、あと、電車のホームの事故だっけ？　下手したら他にも死者が出たはずなのに、誰も死んでない。理不尽なくらい、あいつだけが死ぬ。逆に言えば、周りを巻き込むような事故は起こらないってことじゃないかな。だから、おばさんの運転する車に乗ってる間は、むしろ安全なんじゃないかと思う。まあ、おばさんも事故に巻き込まれて軽傷、光一は死亡、って可能性もなくはないが」

言われて、なるほどと納得した。光一以外に死亡者がいないことに気づいてはいたけれど、あまりその事実に注目したことはなかった。

「そっか。だからタイムリープしてた時の蓮は、光一君に張り付いてたのかな。いつも二人一緒にいれば、光一君も事故に遭いにくいから」

「かもな。いや、あいつの考えてることなんてわからないけど」

海路がブラック蓮の名前を出した途端、急に蓮の口調が素っ気なくなった。

「あいつ、って。自分のことでしょ」

　こちらが笑いながら返すと、「違うね」と、不貞腐れた声が言う。

「俺だけど、俺じゃない。俺はお前の言うレンみたいに暗くないし、自己中じゃない」

　どういうわけか蓮は、タイムリーパーの自分が嫌いみたいだ。彼が「レン」と自分の名前を発する時、棘のある声音になる。

「確かに暗かったし、まあ自己完結はしてたけど」

「だろ」

「でも、優しかったよ」

　そこは今の蓮と変わらない。そう言おうと思ったのに、ふうん、とつまらなそうな相槌が返ってきて、続きが言えなくなった。

「お前、ダメな男に引っかかるタイプだな」

「ダメ……って。だから、自分のことでしょ」

「俺は紳士だよ」

　自分で言ってる。くだらないやり取りは、その後もしばらく続いた。

翌日の十一月一日は、文化祭の前日ということもあって、朝から学校中が浮かれていた。三年生はともかく、一、二年はわりと、文化祭に力を入れている。前の日からすでに準備を始めているクラスもあって、その日は一日、校舎の中がバタバタと忙しない雰囲気だった。

放課後になって、海路たち三人は教室に居残る。

他に居残ったクラスメイトの顔ぶれも、当たり前だが過去のタイムリープと変わっていなかった。

光一はポンポン……ペーパーフラワーを作る花係になり、蓮もいつも通り、看板の係だ。

そして海路は、光一と同じ花係になった。

これはやはり、蓮と光一、陽キャのクラスメイトと仲良くなったからだろう。

海路がかつて任されていた案内板係には、これも以前と同じ地味目な女の子が身代わりに就いていた。

教室の隅に向かう女の子を、海路は以前と同様に呼び止める。替わってほしいと申し出たら、女の子はやっぱり泣きそうな顔でお礼を言った。

「ありがとう」

「いや、こちらこそ、ありがと。あの俺、花係よりこっちのほうが好きなんだ」

気にしないで、感謝なんてしなくていいのだと、伝えたかった。もともとこれは、海路の係だったのだ。

「俺、一人で黙々と作業するのが好きで……あ、でも、君も一緒にやる？」

何か気の利いたフォローを入れようとして、滑ってしまった。Ａ４サイズの画用紙に文字を書くのは、どう考えても二人作業に向いていない。

言われた女の子も、海路がどういう意図でそんなことを言い出したのかわからず、戸惑った表情をしていた。

「ご、ごめん。いや、どうしても一緒にやりたいとか、そういうんじゃなくて」

言ってから、これではまるでナンパみたいだと気づき、パニックになりかけた。

「おい、海路！」

その時、蓮が大きな声で海路を呼んだ。

「どさくさでナンパしてんじゃねえぞ。さっさと案内板書けよ」

正直、その言葉にホッとした。でも恥ずかしくて、思わず情けない声を上げてしまった。

「ナンパじゃないよお」

蓮が笑い、海路が声をかけた女の子も含め、クラスメイトたちも笑いに沸いた。

「今薗（いまぞの）さん、こっち」

こういう時にさりげない気配りができる光一が、空いている席に女の子を誘導する。女の子、今薗さんがホッとした様子で花係のテーブルに着いたので、海路も胸を撫で下ろした。

ふと視線を感じて振り返ると、蓮がこちらを見ている。笑みを浮かべたまま、目だけで海路を睨（にら）み、「バーカ」と、声には出さず口だけを動かした。

（バカってなんだよ、もう）

海路も冗談めかして相手を睨むふりをする。

でも、蓮が咄嗟にツッコんでくれて助かった。あのままだったら海路は、とんだナンパ野郎になるところだった。

気を取り直し、案内板作りに取り掛かる。この作業もかれこれ五度目になるだろうか。慣れているから、作業もサクサク進む。

「鈴木（すずき）、文字書くの上手（うま）いね。それに作業が早い」

しばらくして、文化祭委員の男子が海路の手元を覗（のぞ）き、感心したように言った。

「ふふ、俺は案内板作りのプロですから」

海路も調子に乗って答える。案内板作りが早くに終わり、今度は蓮たちがやっている看板作りを手伝った。

光一は恒例どおり、女の子に囲まれて楽しそうにしながら、せっせと花を作っている。おしゃべりに盛り上がっているし、今日のこれは、いい息抜きになったようだ。

「光一君、ちょっと元気になったみたいでよかったね」

隣で作業をする蓮に、海路はこそりと囁（ささや）いた。

「やっぱ、気晴らしは重要だよな」

蓮も小さな声で同意する。海路にとっても、恐らくは蓮にとっても、存外に楽しい放課後になった。

でもこの後、光一には重い話を打ち明けなければならない。昨夜、蓮と話し合って手順は決めたけれど、光一の反応を思うと今から憂鬱だった。

「あ、なくなっちゃった。もう、ストックがないよ」

花係をしていたグループの誰かが声を上げたので、海路は「来たか」と振り返る。

いつものとおり、ホチキスの針がなくなったのだと思った。毎回、ホチキス針が足りなくなって、海路と蓮はコンビニへ買い出しに行く。

今回、海路と蓮はこの買い出しに、光一を誘うつもりでいた。

三人でコンビニに行き、そこで話したいことがあると切り出す。文化祭の準備が終了した後、音楽練習室で話がしたいと誘うのだ。

重大な打ち明け話をするのに、段階を踏んだ方がいいと言い出したのは蓮だった。

音楽練習室にしようと、海路が提案した。あそこは言わば、三人のホームグラウンドだし、文化祭の準備で忙しい今日は、滅多に人も上がってこない。込み入った話をするのにちょうどいい。

海路はちらりと隣の蓮を見る。蓮が、海路にだけわかるように、小さくうなずいた。

「ねえねえ、花の材料がなくなっちゃったんだけど。どうする？」

花係をしていた女の子の一人が、文化祭委員に声をかける。看板作りに没頭していた委員の二人が同時に顔を上げた。

「え、材料?」

と、男子の文化祭委員が返す。「そうなの」と、花係の女の子。

いつもとまったく変わらない、二人の会話だった。しかし、次に聞こえた声に、海路は耳を疑った。

「紙がなくなっちゃった」

海路は顔を上げた。

「予備もぜんぶ使っちゃった」

「すごい、早いじゃん。いっぱいできたね。てか、作りすぎ」

「だよねえ。これだけあれば足りるでしょ」

「じゃあ、花を作るのはこれで終わり。案内板もできたし、あとは飾り付けと看板だけだね」

クラスメイトたちが話すのを、海路は呆然(ぼうぜん)と見つめていた。

いつもと違う。今までのタイムリープで、こんなことはなかった。

「ホチキスの針は?」

ぼんやりしている海路の隣で、蓮が声を上げた。その場にそぐわない真剣な口調に、はしゃいでいたクラスメイトたちが一瞬、鼻白んだ。

「えっと、ホチキスの針はまだ、あるよ」

光一が答え、机の端に置いてあったプラスチックのケースを掲げて見せた。

そのケースは、百円ショップで売っているような、ただの長方形で蓋のないケースだ。可愛らしくもちょっとダサい、猫のキャラクターがプリントされている。

今までのタイムリープでも、常にそこにあった。海路は特に気にもしなかったけれど、『国語科』と、ケースの一面にマジックで書かれていたことに、たった今、気づく。

しかし、そんなことはどうでもいいのだ。

重要なのは、いつもの十一月一日と違う展開だという事実だ。

「いつもは、ここでホチキスが足りなくなるんだよな?」

蓮も困惑していた。海路が言っていたことと違うからだ。海路も混乱している。

「そうだよ。これだけは変わらなかったんだ。ホチキスの針は絶対、足りなくなるのに」

そして、ぼっちの海路が買い出しを押し付けられる。見かねた蓮が付いてきてくれて、買い出しの行き帰りに二人きりの会話を交わす。

いつもいつも。海路が知らない、海路がタイムリープする以前もそうだったのだと、蓮が言っていて——。

「……あ」

不意に、忘却の底にあった記憶がぷかりと浮かび上がった。

どうして忘れていたのだろう。彼はあの時、確かに言ったのに。

——最初だけだな。俺がまだタイムリープをしたことがない、一番最初だけだ。

大人びて落ち着いた、暗い蓮の声が蘇る。

——ホチキスの針は足りていて、お前が途中で買いに行かされることもなかったのは。

彼は言った。そう、確かに言っていた。

「あ、あ」

海路の頭の中で、過去と現在の蓮の言葉が次々に蘇る。

十一月一日、今日は何も変わらない日。

光一が必ず生きている日。何か意味があるはず。

この日、ホチキスの針はいつも必ず足りなくなった。蓮がタイムリープをする以前、一番最初、ゼロ回目の十一月一日以外は——。

——バタフライ効果ってやつだろうな。

「蓮が……レンが言ったんだ。バタフライ効果……ゼロ回目だけだったって」

我ながら要領を得ない言葉だと、海路は思う。しかし蓮は、何かを感じ取ったらしい。息を呑み、大きく目を瞠った。

紙は途中でなくなったけど、花はじゅうぶんな数を作ることができた。ホチキス針を買い出しに行く手間もなくなった。

みんなでおしゃべりしながら紙の花を飾り付け、最後は蓮の発案で、できたばかりのフォトスポットの前で、居残った生徒全員の集合写真を撮った。

買い出しに行かなかった分、準備は毎回のタイムリープの時よりも早く終わったのだが、そうやって集合写真だの記念撮影だのをしていたら、帰りはなんだかんだと同じくらいの時間になった。

光一は、母親が迎えに来て、車で帰っていった。海路と蓮も送って行くと言われたのだけど、断った。

「この後、小説のネタについて話し合おうと思うんだ。さっき、海路が何か思いついたみたいだから」

教室を出て、校舎の階段を降りながら蓮が説明した。光一は一瞬の後、小説がなんだったのか思い出したようだ。

「ああ、タイムリープの」

「ネタがネタだし、おばさんが運転する後ろで話すのもどうかと思って。縁起でもないだろ」

光一がまたもや事故に遭い、今度は死ぬ話だなんて、いくらフィクションだと言ったって母親の前ではできない。光一も苦笑してうなずいた。

「なるほど。キャラクター名がそのまんまだものね。じゃあ、また明日」

光一が言って、校舎の入り口から校門がある方へと歩いて行こうとする。海路はそこで、

「光一君」と、呼び止めた。

「あの、また光一君に、小説の相談してもいい？　受験生だし、それどころじゃないのはわかってるんだけど。光一君の知恵を借りたくて」

咄嗟に声をかけたのは、もちろん言葉のとおり、光一の聡明さを頼りたかったこともある。

もう一つの理由は、去り際の彼が寂し気に見えたからだ。

勉強とは関係のない話をするという海路と蓮を見て、少し羨ましそうにしていた。

仲間外れにしたわけじゃないよ、というのをわかってほしくて、声をかけてしまったのだ。

「俺からも頼む。なるべく勉強の邪魔はしないようにする。今日は遅いからやめとくけど、また学校で、昼休みなんかに話すからさ。相談に乗ってくれよ」

例によって蓮が、海路のおぼつかない言葉を補強してくれた。

「もちろん。僕でよければ」

光一も、海路と蓮の言いたいことはすぐに理解したみたいだ。その美貌にふわりと柔和な微笑を浮かべた。

光一を見送った後、海路と蓮は第二校舎へ向かった。

「光一君、本当に誘わなくてよかった？」

最初の予定では、文化祭の準備が終わったら光一にすべて話す予定だった。さっき、何か思い出したらしい海路を見て、蓮がスマホにメッセージを送って来たのだ。

『とりあえず、光一に打ち明けるのはやめて、二人で話そう』

海路も、自分の思いついたことについて確信は持てない。まずは蓮に相談したいと思っていた。でも光一を帰してしまうと、これで良かったのだろうかと不安が過る。

「お前の話を聞いてみて、もし必要なら、この後で光一の家に行く。アポなしで迷惑とか、言ってられないしな」

普段は静かな第二校舎も、今日は文化祭の準備で人の出入りが多い。文化部の展示に使うらしい、マネキンを運ぶ生徒たちの脇をすり抜けて三階まで上がると、幸いなことに音楽練習室は無人だった。

「それで。何か、思い出したんだろ」

ドアを閉めるなり、蓮が尋ねた。彼も早く聞きたかったのだろう。海路も、一刻も早く話したくてうずうずしていた。

「今まで忘れてた。だからノートには書かなかったんだけど、さっき思い出した。何回目かのタイムリープの時に、蓮が言ってたんだ。毎回、ホチキスの針が足りなくなって買い出しに行く。ホチキスの針が足りていて、買い出しに行かなかったのは、一番最初、蓮がまだタイムリープをする前のゼロ回目の時だけだったって」

「今回、ホチキスの針は足りてた」

蓮がどこか呆然とした表情でつぶやき、海路は「うん、だから」と続けた。

「だから、今回はゼロ回目の世界なんじゃないかって、思ったんだ。今日は特別な日なんでしょ。光一君が必ず生きてる、ギリギリの境界。何か意味があるんじゃないかなって思ったんだけど」

蓮が一度つぶやいたきり、何の反応も示さないので、海路は段々と心細くなってきた。

「けど、ホチキスの針なんて、どうでもいいことかもしれない」

そんなことで光一の死亡日が変わるとは、冷静に考えるとあり得ない気がしてきた。

しかし蓮は、宙を見つめたまま、「いや」と海路の言葉を否定した。

「それこそがバタフライ効果の言葉の意味だろ。蝶(ちょう)の羽ばたき程度の小さな現象が、大きな変化に繫(つな)がる。実際、ホチキスの針程度のことで、俺とお前は毎回コンビニと学校を行き来し、二人でいろんな会話を交わすわけだ。お前がタイムリープに関わるようになったのだって、その買い出しの時の会話がきっかけかもしれない」

言いながら、蓮は練習室の床に胡坐をかく。そこでようやく瞳が焦点を結び、海路を見た。

「それに、たぶん、五月七日なんだ」

「時間が巻き戻った、翌日?」

海路が腰を下ろしながら答えると、蓮が薄っすらと喜色を浮かべてうなずいた。

「そう。ホチキスの針が足りなくなる理由は、五月七日にあるんだよ。俺もさっき、教室で思い出したことがある。花係の机にあった備品を入れるケース、覚えてるか？　プラスチックで、猫の絵が描かれてる」

海路はそれを、すぐに思い出せた。海路も教室で目に留めていたからだ。

「ホチキスの針を入れてたやつ？　『国語科』ってマジックで書いてあった」

「そう！」

蓮の声が急に大きくなったので、海路はびっくりした。いつも冷静なので、こんなに興奮している蓮は珍しい。でもこれは、それだけ大きな発見なのだ。

「今日、教室に居残りした最初から、あのプラスチックケース、クソダサ猫の絵が気になってたんだ。どこかで見たことがあると思って。花紙が足りなくなって、お前が何かを思い出して慌て始めた時に、俺も思い出した。五月七日の朝に、俺はあのプラスチックケースを見てる」

それを聞いて海路は、今回の五月七日について思い返してみた。

「あの日の朝、俺が学校の前でバスを降りると、光一と一緒に登校しているはずの蓮がいなかった。いつも、今までのタイムリープの時にはいたのに」

「それはタイムリーパーのレンだったからだ。一方の俺は、五月七日の朝の時点では、光一が死ぬ未来のことなんて知らない。母親に普段の朝より早く起こされて、文句を言いながらも早く家を出た。学校にも早い時間に到着した」

そう、海路が光一と教室に着いた時には、蓮はすでにそこにいたのだ。

「あの朝、早くに学校に着いて、教室に向かう途中、事務員さんに呼び止められたんだ。担任に渡しておいてくれって、ホチキスの針の予備を三箱渡された」

ゴールデンウィーク前、海路たちのクラス担任が、事務職員に備品の補充を依頼していたらしい。

そして五月七日、事務職員が備品を職員室に届けに行く際、蓮がちょうど通りがかり、多忙な職員はこれ幸いと蓮にお遣いを頼んだのだろう。

「どうせホームルームの時に会うだろうから、そのついでにってさ」

蓮は学校の有名人だし、明るくて気さくで、たぶん事務職員も声をかけやすかったはずだ。

「けど俺は、ホームルームまで待たずに、ホチキスの針を持ってすぐ職員室に行った。特別な理由があったわけじゃない。ポケットに入れて忘れそうだったし、早めに教室に着いて、また高橋(たかはし)たちにベタベタされるのがウザいなと思っただけで」

蓮は職員室で担任教師を見つけ、ホチキスの針を渡した。

「先生は、俺の目の前でそのホチキスの針を文房具入れに放り込んだ」

「それがあの、猫の絵のプラスチックケース」

『国語科』と書かれていた。海路たちの担任は、国語の教師だ。国語科教員の共有の備品入れなのだろう。

「五月七日の朝に、俺が事務員さんに頼まれてホチキス針を担任に渡したから、備品入れのホチキス針は十一月の今日まで足りてた。でも、タイムリープを始めたレンは、光一を心配して連休明けのあの朝から一緒に登校することになる。その時の事務員さんはたぶん、備品を担任に届け忘れたんだろうな」

「だから、蓮がタイムリープを始めた後は、いつもホチキスの針が足りなくなってたのか」

一見、実に取るに足らない、些細なことのように思える。でも、こうして小さな点と点は繋がっている。過去から未来へ。

蓮は海路の内心を読んだように、にやりと笑う。

「一つ一つは小さな、記憶に残らないくらいの些細な出来事だ。けど、タイムリープで巻き戻った翌日の朝から、すでに蝶の羽ばたきは始まってた。それは十一月一日っていう基点に繋がってる。これがただの偶然の一致とは考えられない」

夕方の薄暗い音楽練習室で、蓮の瞳は高揚に輝いて見えた。海路も希望の火が灯るのを感じて、わくわくしてくる。

「『情報』の授業でプログラムを習ったよな。ゲームでもあるだろ。選択肢が複数あって、ルート分岐するやつ。最初の選択肢が、五月七日の朝だったんだ。そしてそこでの選択が、今日の十一月一日に生きてくる。これまで、未来を知ってる俺が決してやらなかったこと、ゼロ回目の俺だけが取った行動」

「蓮が早く学校に来るか、光一君と一緒に登校するか」

「そうだ。それによって今日の、文化祭準備の内容が変わる」

「そして今日の内容がまた、未来に繋がって、それで光一君の死亡日とか死因が変わってくる？」

海路の言葉に、蓮はためらいなくうなずいた。

「俺は知らずに……知らなかったからこそ、ゼロ回目と同じ選択をした。光一が言ってた、ゼロ回目の世界。ここがそれだ」

ゼロ回目の死亡日はわかっている。三月十八日。

今度こそ、光一の死を阻止できる。


蓮と話し合って、光一に真実を告げることは当面の間、見送ることにした。

事故に遭う日は確定できた。今度はその事故を、どうやって回避するか考えるべきだ。

「打ち明けるのに、段階を踏もう。三月十八日以前に起こる出来事を、光一の前で予見してみせるんだ」

蓮が提案した。

「最初は十一月十五日、強風の日だ。次は来年、一月の大学入学共通テストの日。受験会場に自転車で入って来た奴がいたんだったか？　その次は二月、あいつの第一志望の入試日。電車のホームでサラリーマンが喧嘩をする。どのタイムリープでも毎回、出来事そのものは起こってるはずなんだ。ただ、光一がそれに巻き込まれず、死が回避されるだけで」

「そっか。俺たちはそれを、言い当てればいいんだ。予言者になるんだね」

そういうこと、と蓮は答える。

「さすがに七回も予言が当たれば、あいつも信じるだろ。万が一、事故に巻き込まれたりしないように、注意喚起にもなる」

「一石二鳥だね」

「気をつけるに越したことはないからな。それで、自分が死ぬ運命にあるかもしれないって、光一が気づく頃には、受験も終わってるだろ。結果も出てる頃だ。そこで真実を公表して、十八日の本番には三人で備える」

蓮がいてくれて、本当によかったと、つくづく海路は思った。海路一人ではそんなこと、とても思いつけない。

まずは十一月十五日の注意喚起について話し合い、そこで十一月一日は解散となった。

結果として、この日に光一に真実を知らせず、ギリギリまで先延ばしにした判断は、正しかった。

文化祭が終わった直後から、光一は以前にもまして悄然として、暗い表情を見せ始めた。

文化祭の最中は、むしろ楽しそうで吹っ切れた様子を見せていたのに、である。

聞けば、光一の母親が心療内科に通い始めたという。その話に、海路も蓮も驚いた。

「ぜんぜん、大したことじゃないんだ。ただ、夏頃から体調がよくなくて、でも病院を回っても異常は見つからなくてね。それで父が、心療内科を勧めたってだけ」

文化祭が終わった翌週、はじめの昼休みだった。少し肌寒くなって、三人は音楽練習室で弁当を広げていた。

何でもないことのように光一は言うが、母親の不調は彼も心配なはずだ。

「おばさんの体調は？　薬飲んだりしてるのか？」

「それが、僕には詳しく教えてくれないんだ。受験に専念しろって。父にはちゃんと話してるみたいだから、問い詰めないようにしてるけど。余計に心配になるのにね」

光一は少し悲しそうに、不満をこぼす。

親としては、受験生の子供に心配をかけたくないのかもしれない。心労の原因は恐らく、光一の受験が関係しているだろうから、なおさらだ。

それでもやっぱり、詳しく教えてほしいと海路も考える。

「まあ、この受験さえ終われば、母も回復すると思うけど」

力なく肩を落として言う光一に、やはり真実を告げなくてよかったと思った。

そんな光一を見ていると、海路もしょんぼりしてしまうのだけど、その点、蓮は引っ張られずに空気を変えてくれる。

「そうだな。泣いても笑っても、高校生活はあと少しだからな」

突き放したような口調に、光一もハッとして顔を上げる。パチパチと瞬きする彼に蓮は、

「というわけで」と続け、海路を指さした。

「残り少ないから、今日から俺たちと帰りたいんだって。電車通学にするってさ」

だよな、と言われて、海路も慌ててうなずいた。休日の昨日、蓮と打ち合わせていたのだ。

昼休みに光一に説明するつもりで、すっかり光一の母親の話に感情移入してしまった。

「いつもバス停で解散するでしょ。昨日で定期も切れたし、ちょうどいいから電車通学に切り替えようと思って」

今回の光一の死亡日は、ゼロ回目と同じ三月十八日。

とはいえ、これは推測にすぎない。光一の身辺について、気をつけておくに越したことはなかった。

ボディガードは、蓮一人より海路も含めて二人いたほうがいい。

海路の家からは電車の駅よりバス停が近いのだけど、全体の通学時間はそれほど変わらなかった。道路の混雑状況で時間が変わるバスより、電車のほうが正確だ。

そんなわけで、十一月十五日が週末に迫った今日から、電車通学に切り替えることにしたのである。

「蓮には、女々しいって言われるかもしれないけど。でも、三人で帰れるのもあとわずかって思ったら、名残惜しくて」

海路はちらりと、蓮を見て言う。卒業前の残りの時間を、できるだけ三人で過ごしたいから……という光一に向けた口実は、しかし半分、海路の本心でもあった。

三学期はほとんど授業がないから、こうやってお昼を食べるのも、残り一か月ちょっとだ。

「高校生活って、もうこれが終わったら、一生ないんだよね」

海路が言うと、光一もうなずいた。しんみりした表情になる。

「そうなんだよね。まあ、蓮辺りは何も感じないかもしれないけど」

「何で俺だけ、無神経みたいに言うんだよ」

蓮が不貞腐れるので、海路と光一は笑った。

一日一日が、いつの間にか過ぎていく。学校の授業は、一時間がとんでもなく長く感じるのに、振り返ると三日くらいがあっという間に経っているから不思議だ。

そうしているうちに、十一月十五日になった。

とあるタイムリープで光一が死んだ日、強風の日だ。

海路はその日、普段の通学では途中で蓮と光一と別れるところを、一緒の駅で下車して、二人について行った。

「蓮に貸してもらう本があるんだ。学校まで持ってきてもらうの、悪いからさ」

事前の打ち合わせで決めたとおり、光一にはそんな口実を伝えたが、もちろん、光一を無事に家まで送り届けるのが真の目的だ。

「颪、すごいね」

駅のホームに降りると突風に見舞われて、光一が怯(ひる)んだ声で言った。本当にいつもながら、すごい颪だ。

蓮と海路はこれも事前の打ち合わせどおり、光一を間に挟み、前後左右を注視しながら先へ進む。

「光一。お前もぽけっとしてないで、注意して歩けよ。颪にあおられて転んで頭打ったり、颪にあおられて転んで通りがかった車に轢(ひ)かれたりするかもしれないからな」

蓮が冗談半分、半分は本気でまくし立てる。

「ぽけっとなんか、してないけど、注意するよ。……颪にあおられて転ぶのが前提なわけね」

光一は、冗談めかしてのんびりと返す。

ここがゼロ回目の世界なら、光一は今日、死ぬ恐れはない。でも、可能性はゼロではない。

海路は素知らぬふりを装いながら、内心では戦々恐々としていた。

しばらく住宅街の坂を上ると、見覚えのある瀟洒(しょうしゃ)な家が見えてきた。英(はなぶさ)邸だ。

「それじゃあ、また来週ね」

自宅の門が見えて、光一がサッと前に出る。その時、ひと際強い風が吹いた。光一の左足がぐにゃっとバランスを崩し、その身体が道路側に傾いた。

「光一！」

「危ない」

海路と蓮が、ほとんど同時に声を上げる。海路が光一の腕を引き、蓮が傾いた光一の身体を支えて、どうにか転倒を免れた。

「ほら見ろ。言っただろ」

三人揃ってホッと息をついた後、蓮が怖い顔をして光一を睨む。光一も、バツが悪そうに笑った。

「ごめん。ありがとう」

その時、光一の家の門から、ひょっこりと光一の母が顔を出した。

「お帰りなさい。あら、蓮と海路君。こんにちは」

海路は驚いてしまった。これまでのタイムリープでは、光一の母親は光一が自宅に到着した後、車で帰宅していたからだ。

蓮も軽く目を瞠ったが、すぐに気を取り直した様子で光一の母に挨拶をし、光一には「さっさと中に入れよ」と、いささか乱暴な口調で呼びかけた。

「階段もゆっくり上れよ。手すりに摑まって」

「わかったってば、もう。一度転びかけたからって、何度もいじるんだから」

光一が苦笑するので、海路は慌てて「いやいや」と否定した。蓮は光一の失敗をからかったのではない。本気で心配しているのだ。

「怪我や事故に気をつけてね。今日だけじゃなくて、明日も明後日も」

玄関前の階段を上りかけた光一が、意外そうな表情で海路を振り返る。海路は懸命に、注意喚起の言葉を探した。とにかく、本人にも気をつけてもらいたい。

「俺たち受験生は、安全第一なんだから。無病息災……そう、合言葉は無病息災だよ！」

一生懸命、考えて言ったのに、蓮が隣でぶっと噴き出した。

笑わないでよ、と海路は蓮を睨む。

「いや、馬鹿にしたわけじゃない。悪い。そうだよな。安全第一、無病息災だ。光一、お互い気をつけようぜ」

柔らかい口調で、光一に呼びかける。今度は光一も、素直にうなずいた。

「うん、そうだね。僕ら身体が資本だもの。いいね、合言葉。無病息災か」

ふふっと楽しげに笑う。そんな息子を見て、後ろにいた光一の母親がホッとしたように微笑んだ。

それじゃあ、また来週、と別れを告げ合い、光一は自宅の門の内側に入って行く。

何事もなく、十一月十五日は終わった。

「おばさんは今日、病院に行って帰って来たところだったってさ」

その夜、蓮が電話で教えてくれた。

メッセージアプリでそれとなく、光一に確認したところ、光一の母親は今日、確かに車で外出していたそうだ。

心療内科に行き、帰りがけにスーパーで買い物をして帰った。ちょうど、車庫に車を入れて中に入ろうとしたところ、息子たちが帰って来たのだそうだ。

「俺たちが帰るのが遅かったのか、あるいはおばさんの用事が、これまでのタイムリープの時よりも早く片付いたか。どっちかだな。いずれにしても、タイミングがずれたわけだ」

光一は強風にあおられて転倒しかけたが、母親の車はそれより早くに戻っていたから、事故が起こることもなかった。

「ゼロ回目も同じだったのかな」

海路の疑問には、「どうだろうな」という曖昧な答えが返ってくる。

「レンにもわからないんじゃないかな。ゼロ回目の時はたぶん、レンと光一は別々に帰ってただろうから」

「あ、そうか」

十一月十五日の帰宅時の事故は、今回は起こらなかった。

でも、本当に今がゼロ回目と同じ条件でルートが進んでいるのか、確証が持てたわけではない。誰にも確かめようがないのだ。神様にしかわからない。

もし、自分たちの推測が間違っていたら。また死亡日がランダムに起こって、光一が死んでしまったら？

十一月一日を越えてから、不安は増す一方だ。

「なあ、海路」

不安に呑まれて考え込んでいたら、電話の向こうで蓮の呼ぶ声が聞こえた。

「お前は、もしも今回失敗したら、またやり直そうって考えてないか？」

それは問い詰めるのではなく、海路を案じるような口調だった。

しかし、海路はぎくりとする。もしも失敗したら。そのことは何度も考えていた。

「俺も、考えたか考えてないかって言われたら、考えたよ」

海路の心に添わせるような、柔らかな声が言う。

「お前のタイムリープにくっついていくか、一人でやれるか試してみるか。それとももう、ここですっぱり諦めるか。もしも光一の救出に失敗したらどうするのか、今も考えてる。でも、答えは出ない」

「……うん」

どれほど考えても、最良の答えは出てこない。何を選択しても後悔するだろう。光一が死んでしまったならば。

「なあ、だからさ。今はやめようぜ。失敗したらって考えるのをやめよう」

「うん……」

わかっている。もしものことは、今は考えない。考え続けても、どうせ答えは出ない。わかっているが、光一の顔を見るたびに考えてしまう。

「いや、そう言っても考えるよな。悩むけど、決断するのはそれが起こった後だ。もし、もしも失敗したら……その時は、俺とお前で考える。二人で決断しよう」

「二人、で」

「俺が始めたタイムリープなんだろ。……いやでも、そういうことじゃなくて。レンのことはこの際、関係ない」

またも辛辣（しんらつ）な声音で、蓮はもう一人の自分を名前で呼ぶ。

「もし失敗したら……その後にする選択は、どれも苦しいものになる。苦しんで、その苦しみから逃げるんじゃなくて、俺たちは乗り越えなきゃならないんだ。だってそうじゃなかったら、俺たちが生きてる意味がない。生きて、何かを選び取った意味が。時間を巻き戻そうが戻すまいが、何しろ俺たちは生きてるんだから」

その言葉は、海路の心にぽとりと落ちて、波紋のように広がった。

ずっと、同じ時間を生きてきた。

自分の過去のあらゆる選択を後悔し、呪い、もうつらい思いはしたくないと怖気づいて立ち止まってしまった。

今、蓮がそんな海路の手を取って、一緒に歩こうと言ってくれている。

「蓮……」

涙が出て、それをそっと拭った。

「うん。そうだね。蓮の言うとおりだ」

「失敗したら、一緒に考えよう。それまでは、成功させることだけを考える」

うん、と海路は答えて、見えない相手にうなずいた。蓮の低い声の余韻が耳に心地よく響く。

蓮が好きだ。

暗くて大人びた蓮も好きだった。今の蓮も好きだ。

どちらかなんて選べない。どちらも同じ人物で、根っこの部分に変わりはないから。

後ろめたさもなく、今ははっきりと言える。蓮が好き。

蓮を好きになってよかった。

それからの二学期の後半は、一瞬のうちに過ぎ去った。

冬休みに入っても、ホッとした気持ちにはならない。クリスマスも、受験勉強の夜食にケーキを頬ばりながら過ごした。

高校を受験した時も勉強を頑張ったけれど、今はその時よりもさらに頑張っていると思う。

実に、人生で六度目の高校三年生にして、海路は初めて本気の大学受験に臨もうとしていた。

泣いても笑っても、この一度きり。そういう気持ちで進む。

光一を救うことも、受験のことも。そうでなければ、心のどこかでまたやり直せると思っていたら、気持ちが緩んでしまう。

久方ぶりに勉強を頑張ったので、大晦日(おおみそか)は気疲れしてしまい、ちょっとサボった。

日付が変わる頃、リビングで姉と一緒にだらだらとテレビを見ていたら、蓮と光一からメッセージグループに元旦の挨拶が届いた。

海路も三人のグループに、挨拶とスタンプを返す。

『明けましておめでとう。今年もよろしく』

数か月後、自分たちがどうなっているのかわからない。でも、失敗した姿は想像しないようにした。

来年もまた、蓮と光一と新年を祝おう。みんなで楽しく過ごしている姿だけを想像する。

新年の挨拶に続けて、蓮から『三人で初詣に行かないか』と、メッセージが来た。

『無病息災と合格祈願にさ』

海路としてはもちろん、行かない手はない。ただ光一からは、人混みはやめておくと断りのメッセージが返ってきた。

これから受験の本番で、大事を取るということだろう。彼のメッセージから少し、余裕のなさが窺えたが、今はむしろそれくらい慎重でいてくれたほうが安心できる。

初詣は蓮と二人で行くことになり、元旦の午後、蓮と待ち合わせて近場の神社へ向かった。

「海路、髪が伸びたな」

新年の挨拶をするなり、蓮が言った。

「そうかな？　そうかも。そろそろ切らなきゃって思ってたから。でも、蓮も伸びたよね」

二学期の終わり、最後に蓮と会ってからまだ一週間しか経っていない。電話では何度か話したけど、実際に会うのは久しぶりという感じがした。

そうして改めて相手の姿を見ると、髪がだいぶ伸びたな、という感じがする。

もともと蓮の髪は、ハーフアップにできるくらい長かったが、今はさらに長くなっている。見慣れた長さでもあった。冬のこの時期、どのタイムリープの回でも、蓮はこれくらいの髪の長さになっている。

ゼロ回目も同じだったのだなと感慨深く思っていたら、目の前の蓮が軽く眉間に皺を寄せた。かと思うと、海路の額を指でパチンと弾く。

「痛っ、何だよ?」

それほど痛くなかったけど、抗議した。蓮は、ふん、と面白くなさそうに鼻を鳴らした。

「また、俺を見てレンのこと考えてただろ」

海路は目を丸くした。

「どうしてわかったの……痛っ」

今度は、ちょっと強めに額を弾かれた。

「痛いってば。なんだよ、もう」

睨んだら、ぷいっとそっぽを向かれた。「早く行こうぜ」などと勝手なことを言うから、海路も目を吊り上げる。

「そういうとこ、やっぱ蓮は蓮だね。ブラック蓮と変わらないな」

蓮が攻撃を宣言するように人差し指を掲げた。海路は額を押さえて防御したが、そこで蓮は、怪訝そうに首を傾げた。

「もしかして、ブラック蓮て、タイムリーパーのレンのことか?」

海路はハッとして自分の口元を押さえた。うっかりしていた。いつも心の中でだけ呼んでいたのだが、声に出てしまった。

「レンのこと、ブラック蓮って呼んでるのか？」

「う、うん。だって、頭のなかがごっちゃになるから」

　モゴモゴと言い訳する。

「じゃあ、今の俺は？」

「……ホワイト蓮」

　蓮は眉をひそめた厳めしい表情のまま、「ぶっ」と吹き出した。

「やべえ。海路、お前のセンス、ヤバいぞ」

　ヤバすぎる、と蓮は繰り返した。肩が震えている。

「うるさいなあ。わかりやすいほうがいいでしょ」

　海路は額を弾かれた仕返しもあって、蓮の背中に何発もパンチを繰り出した。蓮が応戦する。

　神社へ向かう道は混雑していて、ちょっと迷惑だった。年配のご夫婦に眉をひそめられたので、蓮と海路は慌てて小学生みたいなじゃれ合いを止めた。

　神社に近づくにつれ、人はいっそう多くなった。境内の入り口から参拝客の列が伸びていて、蓮と海路はそこに並んだ。

　近隣で一番大きな神社とあって、かなり長い列だ。公道に並ぶので、みんな行儀よく道の端に寄っている。

「前から思ってたんだけどさ。蓮は、タイムリーパーの自分の話をされるの、嫌？」

海路が隣を見上げて尋ねると、蓮は不機嫌そうな顔で「別に」とつぶやいた。それから、後ろを振り返って、車道側に並んでいた海路と自分との立ち位置を入れ替える。

後ろから、車が徐行して通り過ぎていくところだった。蓮は優しいな、と感心すると同時に、彼氏が彼女をエスコートするみたいで、ドキドキしてしまう。

「ありがと」

海路がお礼を言うと、蓮は「いや」と照れ臭そうに目を逸らし、すぐにまたこちらを向いた。

「寒くない？」

「へ、へーき」

寒いと言ったら、手を握られそうだった。いや、そんなことはしないかもしれないが、それくらい、甘い雰囲気を感じたということだ。

「別に、嫌なわけじゃない」

蓮がそう言ったのは、列に並んでしばらく経ってからのことだ。

「ブラック蓮の話。やっぱ、口にすると恥ずかしいな。この呼び名」

海路がきょとんとすると、蓮が前を見たまま、ぶっきらぼうで早口に言った。

「嫌じゃないよ。ただ俺の顔を見て、別の男のこと思い出されるのが、なんかムカつくってだけで」

海路は蓮の横顔を見つめた。相変わらず精悍（せいかん）で整っている。滑らかな頬が少し、赤かった。

「自分のことなのに、ムカつくの？」

その問いに、蓮は目だけをこちらに向けてじろりと睨んだ。

「俺だけど、俺じゃない。自分が俺の立場だったら、って置き換えて考えてみろよ。俺がお前のこと見つめながら、『ブラック海路のほうが大人っぽくて頼りになったし、エロ可愛かったよな～』とか言ったら、ムカつくだろ」

「俺、そんなこと言ってない」

エロ可愛いってなんだ。

「だいたい、それを言ったら今の俺は、ブラック海路なんですけど」

「あ、そっか。お前は人生六回目なんだよな。ぜんぜん大人びてないから、置き換えると頭が混乱するわ」

とぼけた口調で蓮が言う。絶対にわざと言っているのだ。海路は無言で、蓮にパンチを繰り出した。

「ごめんて。周りの迷惑になるからやめろ」

応戦する蓮は言うが、楽しそうにニヤニヤしていた。

その後も、子供じみたくだらないやり取りをしていたので、列に並んでいる時間もあっという間だった。

拝殿の前に立ち、二人並んで手を合わせた。

（光一君が、今度こそ生き延びますように。蓮と俺と光一君の三人で、大学に合格しても友達でいられますように）

奇跡は人の願いの結果だと、以前に光一が言っていた。

だから真剣に祈った。光一が生き延びること、来年もその次の年も、できるだけ長く、三人で仲良くいられますように、と。

ずいぶん長いこと、手を合わせていた。蓮も同じくらい長く祈っていて、顔を上げて目を合わせた時、彼は少し照れ臭そうに微笑んだ。

「神様にいっぱい、お願いしちゃった」

海路が言うと、「俺も」と、答える。

「でも、いいだろ。願いの強さが奇跡を起こすんだから」

蓮も、同じように光一の言葉を思い出していたのだ。くすぐったい気持ちになって、海路は笑った。

「友情パワーだね」

「だっさ」

蓮はふいっと恥ずかしそうにそっぽを向いて、憎まれ口を叩いた。

お参りをした後、授与所に寄って二人でお守りを買った。『学業成就』と、『無病息災　厄除け守』と書かれたお守りの二種類だ。

それぞれ自分の分と、二人で割り勘をして光一の分も買った。

境内で振る舞われている甘酒を飲んだ後、帰りに光一の家に寄ってお守りを渡した。

ポストにお守りを入れて、インターホンで伝えておくだけのつもりだったのだが、光一とさらに光一の両親まで揃って玄関に出てきてくれた。

「ありがとう、二人とも」

光一はモコモコした分厚いカーディガンを羽織り、マスクをしていた。暮れから風邪を引いているのだそうで、声が少し掠(かす)れていた。

海路と蓮は、それを聞いて慌てた。

「呼び出して悪かった。早く中に入れよ」

「受験終わったら、みんなで打ち上げしようね」

蓮と海路とで口々に言い、光一とその両親に見送られながら、急いでその場を立ち去った。

「今日、楽しかった。誘ってくれて、ありがとう」

光一の家から離れた後、すぐに海路は言った。蓮の家は光一の家を通り過ぎてすぐ先だ。

この場で解散かと思ったのだが、蓮は「駅まで送るよ」と言って付いてきた。

「俺も楽しかった。受験が終わって、何もかも無事に終わったら、また遊びに行こうな」

「うん。三月十八日の事故を回避して、それから二十二日まで無事に過ごしたら。……そうしたら、もう呪いは解けるよね」

「ああ。きっと、いや絶対。俺とお前で神様にお願いしたから」

「友情パワーだ」

海路が冗談めかして言うと、蓮も笑って「ださ」と返した。

駅に着いて、海路が別れを告げようとした時、蓮が思いついたように言った。

「海路。さっき買ったお前のお守り、見せて」

「え、お守り？　いいけど」

海路は斜め掛けにした小さなボディバッグから、お守りを取り出した。蓮はそれを受け取ると、ダウンジャケットのポケットから自分の分のお守りを取り出し、海路に渡す。

「交換しようぜ」

差し出されたお守りを、海路は思わずまじまじと眺めてしまった。『学業成就』も『無病息災』も、それぞれ一種類ずつしかない。色違いですらなく、まったく同じものだ。

ほら、と差し出されて、蓮のお守りを手に取った。

「同じお守りなのに？」

「同じでも。お前のを俺が持って、俺のをお前が持っててほしいんだよ」

そう言われると、蓮のポケットにあったこのお守りが、特別なものに思えてくる。

「わかった。大事にする」

答えると、蓮はホッとした顔になり、続いて嬉しそうな微笑に変わった。

そんな蓮の表情を見て、可愛いなと思う。胸がきゅうっと切なくなった。海路は二つのお守りを、両手の中に握り込む。

「じゃあな。また、連絡する」

「うん。俺も連絡する」

また、連絡する。別れ際の寂しさを、それらの言葉が優しく拭い去る。

何度か別れの言葉を口にして、海路は駅の改札を通った。ホームに向かう階段を上る際、振り返ると、まだ蓮が改札の向こうにいて、手を振ってくれた。

嬉しくなって、海路も何度も手を振り返した。

蓮と別れ、電車に乗った後、ボディバッグにしまったお守りを取り出して眺める。

その日、海路は家に帰ってからも、蓮と交換した二つのお守りを何度も眺めてはニヤニヤしていた。

三学期が始まるとすぐ、大学入学共通テストがある。

前回のタイムリープまで、蓮と光一だけがこのテストを受けていたが、今年は海路も受験した。今回は今までよりランクが上の大学を目指し、公立の大学を受けることにしたからだ。

共通テストの試験会場は、光一と蓮は過去のタイムリープと同じで、別々だった。海路は蓮と同じ会場になった。

光一は一度、共通テストの会場で死んでいる。二日間ある日程の、二日目の出来事だった。まだ不安は残るものの、決められた試験会場を変更することはできない。

共通テストの一日目が終わった夜、海路と蓮は、メッセージアプリで注意喚起することにした。

『光一君。おかしなこと言うようだけど、共通テストの会場では、自転車に気をつけてね。大学構内でも、自転車を乗り回してくる人がいるから』

『明日、テストが終わって会場の建物を出る時は、一度立ち止まって左右を確認するように。絶対だぞ。自転車に気をつけろ』

『合言葉は無病息災。明日は自転車に気をつけて』

ちょっと、いやだいぶ不自然である。光一も『自転車?』と、訝しんでいたが、それでいい。印象付けることが一番の目的で、入試が終わった後、真実を光一に打ち明けるための布石でもあった。

二人がかりで繰り返し注意したこともあって、光一からは『わかった、気をつける』と返ってきた。

当日の朝も、海路と蓮は『気をつけて』と、『テスト終了後は周りに注意する』『特に自転車』

と、しつこくメッセージを送った。

二日目のテストが終了したその日、光一から報告があった。

『今日のテスト、僕が受けた会場で自転車を乗り回してた大学生がいたよ。警備員に捕まってたけど、知らずに歩いてたら危なかったかも』

やはり今回も、共通テストの会場に自転車を乗り回す輩が現れたらしい。

何回目かのタイムリープでは、光一が運悪く通りかかってしまい、事故に遭い死亡した。けれど今回は、光一が近づく前に警備員が取り押さえ、光一が自転車に接触する機会はなかった。

二つ目の難を逃れ、やはり蓮の推測は正しかったのだと海路は思った。

毎回、どのタイムリープでも基本的には同じことが起こる。その中で違う行動を起こすことができるのは、タイムリープをしてきた蓮や海路だけだ。

タイムリーパーが話したこと、起こした行動が、緩やかに世界に作用し、光一の死亡日と死因が都度、変わっていった。

でもたぶん、今はゼロ回目と同じルートを辿っている。そのはずだ。

確信をした後、でももし違ったら、という不安を覚えるのが、もはや習慣となっていた。

感情が揺さぶられる。けれど、もう前に進むしかない。

共通テストが終わると、海路は少し気が抜けて、余計にあれこれ考え込んでしまった。

蓮もそれは同じだったようだ。二月に入るまでの間、海路と蓮は理由を付けて電話をかけ合い、よく話をした。

不安を払拭しようと、くだらない話がほとんどだった。ネットで見た面白いネタとか、テレビの話題とか、他愛のない話だ。

気づくと時間が経っていたりするので、途中からは蓮の提案で時間を決め、タイマーをセットして通話をするようになった。

そんな自分たちを時おり顧みて、海路は不思議なものだと感慨を覚える。

高校三年になるまで、いや、今回のタイムリープで仲良くなるまで、蓮とこんなふうに雑談をするようになるなんて、考えてもみなかった。

共通の話題なんてないと思っていたし、タイムリープをする前の海路は、たとえ蓮と二人きりになったとしても、話題を探すのに必死だったはずだ。緊張して、言葉が出なかったこともある。

それなのに今はこうして、蓮と時間が経つのを忘れるくらい、会話を楽しんでいる。

そうした感慨を蓮に告げたら、蓮の声音も「そうなんだよな」と、しみじみしたものに変わった。

「確かに俺とお前は、別のグループって感じだったもんな。五月の連休明け、お前にぶん殴られるまで、こんなに仲良くなるとは思ってなかった」

「ぶん殴るってほど、強く叩いてないと思うけど。でも一応、ごめんなさい」

一応なんだ、と、蓮が笑った。

「俺の前でいつもオドオドしてたのに、あの時はめちゃくちゃ睨んできただろ。すごく新鮮だった。お前に殴られて、新しい扉が開いたのかも」

蓮の言葉に、今度は海路が笑ってしまった。

ゴールデンウィーク明けの、怒りと悲しさが一瞬にして込み上げてくる。

でもその波は、今の自分からはだいぶ遠い場所に打ち上げて、そしてまた引いて行った。残るのは懐かしさだけだ。

「早く受験が終わって、三月二十二日も終わって、頭空っぽにして遊びたいな」

電話の向こうで、蓮がぼやく。海路も同じ気持ちだ。早く何もかもが無事に終わってほしい。

「俺は今すぐ、頭を空っぽにしたい」

海路もぼやくと、蓮は笑い、それからふと語調を変えた。

「けど、どうしてこんなに何回も、光一は死ぬんだろうな」

海路が言葉の意味を問い質すより早く、「前から気になってたんだ」と、彼は言った。

「バタフライ効果で、毎回死因が変わるっていう仮説は、ほぼ正しいみたいだ。けど、なんで毎回、光一は死ななければならなかったのか。この疑問は、まだ解決してない」

海路も蓮も、ランダムに訪れる、光一の死亡を回避することばかり注力してきた。

「俺は、呪いみたいだって思ってたけど。でもそう言われれば、どうして光一君に呪いが降りかかったのか、わからないね」

「そうなんだよ。呪いって言ったら、呪いにかかる理由があるはずなんだよな。怖い系の話だと、悪霊を封じていた封印を剝がしたとか、祟り神を祀ってた社を壊したとか」

「蓮のほうが、小説書くのに向いてるかも」

海路は例によって、そんな疑問を覚えなかったので、感心してしまった。

さすが落語部、という光一の言葉を思い出す。それを口にしようとした時、長電話防止にかけておいたアラームが鳴った。

「タイムリミットだな」

ため息まじりの蓮の声が聞こえ、海路も寂しい気持ちになる。

「勉強しなきゃ」

「……したくねえ」

ぼやいて笑って、その日の電話は終わった。

翌日も電話をしてしまったが、呪いの話題が二人の口に上ることはなく、それから日が経つごとに、海路はそうした話題があったことも忘れがちになった。

月が変わって二月になると、中だるみしていた気持ちも再び張り詰めてきた。

海路は、吹き荒れる嵐の中にいるような、そんな心持ちで二月の日々を過ごした。

二月の上旬、滑り止めの私立大学を受験したのを皮切りに、海路の入試日程も佳境に入った。滑り止めは、これまでのタイムリープで受験していた大学で、こちらはよほどのミスがない限り、合格することがわかっている。

中旬、共通テストの結果から、海路も蓮も第一志望の大学の個別試験を受けられることが決まった。

下旬に入ると、海路の滑り止めの私立大学の合格発表があり、こちらはいつものように合格になった。

ホッと息をつく間もなく、光一の第一志望の大学の受験がある。

この受験の日にも一度、光一は死んでいた。

試験会場に向かう駅のホームで、サラリーマンの喧嘩に巻き込まれてホームから転落するのである。

海路と蓮は、光一には内緒で試験会場まで付いていくことにした。

翌週には二人とも、第一志望の大学の試験を控えているが、こちらは人の命がかかっている。

光一の受験の当日、蓮が家から光一の後をつけた。蓮が事前に、光一の母から家を出る時間を聞き出したのだ。

海路は蓮とメッセージアプリでやり取りをしつつ、事故現場となる駅のホームで待ち伏せをした。

光一は路線を乗り換えて、海路が待ち構えるホームに降りて来た。耳にイヤホンを付け、うつむき加減でスマホの画面を一心に見つめている。

周りなど見ていない様子で、離れた場所にいた海路はヒヤヒヤする。蓮は光一のすぐ後ろに付いていたが、光一は気づいていないようだった。

駅のホームはかなりの混雑だ。海路が普段、使っている私鉄の路線とは雰囲気が違って、人も多く慌ただしくて、全体に殺伐としている。

にもかかわらず、ホームには安全柵が設けられていなかった。光一はスマホの画面を見つめたまま、人の流れに乗ってホームの前方へ向かっていく。

やがて来た快速電車を一本、見送ると、光一が列の最前になった。

相変わらず光一は、後ろにいる蓮には気づいていない。マスクをしているが、その顔は青白く、思い詰めているようでもあった。

海路は蓮に目配せし、光一に近づいた。

「光一君、光一君」

何度か呼びかけて、ようやく光一が顔を上げる。海路の顔を見て驚き、背後から蓮が呼びかけると、さらにびっくりして身を引いた。

そのままホームから落ちそうな勢いだったので、海路と蓮とで慌てて光一を引っ張った。

「光一君、こっちに移ろう」

「一番前に並んでも、どうせ座れないだろ」

そんなことを言いながら、列の最後尾へ三人で移動する。

「何で？　どうして二人がいるの？」

光一はキョドキョドして海路と蓮とを見比べている。まあ、無理もない。海路と蓮は顔を見合わせ、同時に口を開いた。

「光一君の付き添い」

「光一のボディガード」

焦げ茶色の長いまつ毛をしきりに瞬いて、光一は瞳を大きく見開いた。

「付き添い、ボディガードって」

「まあまあ。細かいことはいいからさ。勉強するなら集中しろよ。周りは俺らが固めとくから」

蓮が言えば、海路も追随する。

「ホームの一番前だと、安全柵がないから危ないよ。おじさんたちの喧嘩に巻き込まれたり、するかも」

その時、海路たちが並んでいる列からわずかに離れた場所で、男性の怒号が聞こえた。

大きな声にそちらを振り返ると、サラリーマン風の男性二人が言い合いを始めるところだった。一方も負けじと言い返し、もう一方が相手の胸を軽く押すと、つかみ合いに発展した。

二人とも、海路の父親くらいの年齢だ。頭に血が上っているのか、線路のすぐ間際で胸倉を摑んだりしている。周りは誰も止めようとしない。

「電車が来ます！　危ないですよ！」

海路は大声で怒鳴った。この人たちに光一が殺されたのかと思うと腹が立つが、線路に落ちて電車が遅れるのも困る。

サラリーマン二人は海路の声など意に介さなかったが、電車がホームに入ってくるタイミングで周りに並んでいた人たちが動き出し、二人を止めたりホームの内側に引き寄せたりした。

異変を察知した駅員がどこからか走り寄り、二人の仲裁に入る。

電車は何事もなくホームに停止した。

「誰も喧嘩に巻き込まれなくて、良かったな」

蓮が誰にともなく言い、海路もうなずく。光一がサラリーマン二人を目で追いつつ、「本当だね」とつぶやいた。

「僕がさっき、あのままホームの前にいたら、危なかったかもしれない」

実際は、喧嘩をしていたサラリーマンたちと光一が並んでいた場所には距離があった。あのまま並んでいても、恐らく巻き込まれることはなかったはずだ。

光一が巻き込まれた以前のタイムリープでは、並ぶ位置が違っていたのかもしれない。

「心配だから、会場まで付いて行ってもいい？」

三人で電車に乗り込みながら海路が言うと、光一はぼんやりした様子でうなずいた。

「嫌って言っても、付いいてくけどな」

蓮が付け加える。光一はちょっと笑った。

「母が付き添うって言うから、断ったんだ。なのに、友達に付いてきてもらうなんて」

「いいだろ。安全第一だ」

「そうそう。無病息災だよ」

蓮と海路が交互に言うのに、光一はまた笑う。試験会場まで三人で行った。大学キャンパスの途中まで付き添って、光一を送り出す。

「二人のおかげで、リラックスできた。あとは実力出し切ってくる」

ありがとう、と手を振った光一は、今朝最初に見た時より、血の気が戻っていた。

大丈夫、絶対に合格する。その言葉を飲み込んで、海路は「頑張って」と、手を振った。

翌週、二月の終わりの週、まず蓮の第一志望の試験があり、その翌日が海路の第一志望の試験日だった。

それから、前の週に海路たちが会場まで付き添った、光一の一次試験の合格発表も同じ日にあって、試験の前後は忙しなかった。

光一の一次試験は合格だった。スマホのビデオ通話を使って三人で通話をして、光一の一次通過を喜んだ。

「週末は小論と面接だから、まだ気は抜けないんだけどね」

入試の日程がすべて終わっているのは、今の時点では海路だけだ。蓮も、第一志望が落ちた場合はもう一つ、別の大学の後期試験を受ける予定になっていた。

「けど、光一は明日、家族で食事に行くんだろ」

蓮がさりげなく、話題をスライドする。今回の通話の目的は、明日訪れる死亡フラグへの注意喚起だった。

家族で食事に出かけた際、レストランの駐車場で光一は事故に巻き込まれて死んでいる。それが明日なのだ。

「その予定だけど。どうして蓮が、そのことを知ってるの？」

スマホのディスプレイの中で、光一が不思議そうな顔をしている。隣に表示された蓮の顔は、ニヤッと悪そうな笑顔になった。

「さあな。なんでだと思う？」

「わかんないよ。食事することが決まったのは、ついさっき、この通話の直前だったのに」

海路たちと通話をする直前、光一の父が仕事から帰ってきて、一次試験を通過したお祝いと息抜きに、明日食事に行こうと言い出したのだそうだ。

そんな経緯は海路も知らなかったし、蓮も知らないはずだ。

「トリックは、来月になってから明かすよ。光一の合格発表があって、その三日後に俺と海路の第一志望の合格発表だから……その翌日」

蓮は「トリック」という言い方をした。現実主義者の光一に合わせたのかもしれない。

「ずいぶん引っ張るなあ」

「けど、気になるだろ。もっと気になることを言ってやる。明日の食事会が終わったら、帰るまで事故に気をつけろ。特にレストランの駐車場はアンラッキー・プレイスだ」

「何その、アンラッキー・プレイスって」

光一はクスクス笑った。でも心なしか、画面に見える彼の表情は不安そうに見える。

「海路のダサいセンスに感化されたんだ」

「ひどい。なんで俺のせいにするの」

海路は抗議をしたが、「でも気をつけてね」と、光一に念を押すことは忘れなかった。

「今週で光一君の受験も終わるでしょ。全力出し切るために、つまらない怪我（けが）とかしないように」

「気をつけて、食事を楽しんでこい。アンラッキー・プレイスは駐車場だ」

蓮も畳みかけ、光一は二人の勢いに押し切られるように「わかったよ」とうなずいた。

「気をつけて、でも楽しんでくる。特に気をつけるのは駐車場だね」

翌日の夜、海路が光一に安否を確認しようか迷っていたら、向こうからメッセージが送られてきた。

『今、食事から帰ってきました。レストランの駐車場で、アクセルとブレーキを踏み間違えたおじいさんがいて、ちょっとした事故が起こったよ。幸い怪我人はなく、僕も無事です』

メッセージはそれだけだった。この事故を蓮が予測していたのか、という問いかけもない。

簡素な文面から、光一の戸惑いが窺(うかが)えた。

海路も、何事もなくてよかった、と返すにとどめた。蓮からも同様に、無事でよかったとメッセージがあった。

これまでの死亡ルートを乗り越えて、無事に二月が通り過ぎた。

八

三月の最初の週の半ば、光一から第一志望の大学に受かったというメッセージが送られてきた時、海路は自宅で思わず快哉を上げた。

またも三人でビデオ通話を繋げ、よかった、おめでとうと言祝いだ。

結果はわかっていたけれど、それでもホッとしたし嬉しかった。光一の頑張りや苦悩を、間近で見ていたせいだ。

それから三日後、海路と蓮の合格発表があった。

二人とも合格だった。蓮は難関と言われた国立大学に受かったし、海路も思い切ってチャレンジした都立の大学に受かったのだ。

光一と三人でまた通話をして、全員合格を喜び合った。

海路の家族も、ものすごく喜んだ。海路の受験に気にかけている様子もなかった姉までもが大興奮で、そんなにすごい大学じゃないんだけどな、とこちらが申し訳なくなるくらい、両親も姉も喜んでくれた。

「だって海路、高校に入ってから、わりと無気力だったでしょ。高校生活を謳歌してるって感じじゃなかったし。それが三年になって変わって、前向きになったみたいだから。母さんたちも喜んでるんだよ」

姉が言っていた。三年になって変わった、というのは、タイムリープを経験したからだろう。はじめは光一を救うためだった。今も一番の目的は変わらない。でも、その目的のために必死になっているうちに、海路も変わったのかもしれない。前向きになれたのだとしたら、今の蓮、ホワイト蓮のおかげだ。

合格発表があった夜、蓮から連絡があって、「今からちょっと会えないかな」と言われた。家族で食事を終えた後の、少し遅い時間だ。こんな時間に呼び出すからには、何か大事な話があるのかもしれない。

海路は呼び出しに応じ、緊張しながら最寄りの駅まで出かけた。

「急に、ごめんな」

蓮と落ち合った時には、午後十時になっていた。ダウンジャケットとジーンズという恰好の蓮が、寒そうに首をすくめながら、顔を合わせるなり謝ってきた。

「明日、光一に会う前に、話しておきたくて」

明日の日曜日、昼から三人でカラオケ店に集まり、受験の打ち上げをすることになっていた。打ち上げの後半には、光一に真実を話す予定である。

「タイムリープのこと？」

何か、新事実が発覚したのだろうか。顔を強張らせながら尋ねると、蓮は驚いたように目を瞠り、「いや、違う」と否定した。

「まったく関係がないわけじゃないけど」

と、言い訳めいた口調で付け足す蓮は、どこか落ち着きがない。長くなった前髪を無造作にかき上げた。

そう、いつもこの長さになって、蓮は鬱陶しそうに前髪をかき上げていたのだ。以前の蓮は。

懐かしいあの人を思い出しそうになって、海路は慌てて蓮から目を逸らした。

前に、ブラック蓮のことを考えながら蓮を見ていたら、拗ねてしまったのだ。

幸い、今回は蓮があらぬ場所に視線をさまよわせていたので、海路のそうした回想は気づかれなかったようだ。

海路がよそ事を考えている間も、蓮はそわそわしていて視線を合わせようとしない。

何か、言いにくいことだろうか。不安に駆られた時、蓮が意を決したように一度、唇を嚙み、海路に向き直った。

今度は正面から、しっかりと目を合わせてくるから、どきりとする。

「十八日の事故を回避して、それで三月二十二日も過ぎたら、光一の呪いは解ける。俺はそう信じてる」

「う……うん。俺も、そう思ってる」

ゴールは三月二十二日。それを過ぎて光一が生き延びることができれば、呪いは解ける。そう信じて、今日まで来たのだ。今のところ、順調に進んでいる。

「失敗したらとか、今は考えない。蓮も前にそう言ってたよね。だから俺も、考えないでおく」

ただ信じて進むだけ。海路が言うと、蓮はこくりと素直にうなずいた。

「うん。だから、今だから言うんだ。この後……明日には光一に真実を告げなくちゃいけない。それが終わったらいよいよ、三人で死亡フラグを折りに行くだろ。だから、言うなら今だと思って」

蓮は急いたように、一息にまくし立てた。いったい、何を言われるのだろう。まさか……と、海路はドキドキして息を呑んだ。

「もしよければ、だけど」

「う、うん」

相手の強い視線に耐え切れず、海路は顔をうつむける。心臓の鼓動がうるさいくらい音を立てるのを聞きながら、次の言葉を待った。

「二人で旅行に行かないか」

「う…………えっ？」

旅行？　と、顔を上げる。蓮は照れ臭そうな顔で髪をかき上げ、またあらぬ方向を見ていた。

「そう。三月の末でも、四月の頭でも。大学生になる前に。どこでもいいんだけど。お前が行きたいところがあれば、そこで。なかったら、俺の祖父が熱海に別荘持ってて、そこだと宿泊費がタダになるんだけど」

「あ……うん。熱海、いいよね」

相槌を打ったものの、海路は拍子抜けしていた。

そっか、なんだ、旅行か。

いや、なんだってことはないけど。旅行も嬉しいけど。

先ほどの蓮の躊躇いとか、らしくもなく落ち着かない様子を見て、まったく別のことを想像してしまっていたのだ。

たとえば……告白とか。

（ないよね。そんなこと、さすがにないよね）

期待してしまった自分が恥ずかしくなる。なんだ、旅行か。いやいや旅行は嬉しい。

「あんまり、乗り気じゃない？」

頭の中でゴニョゴニョと考えていたら、蓮が不安そうにこちらを覗き込んできた。

「ううん、嬉しい。でも、光一君はなんで誘わないの？　卒業旅行だよね？」

途端に、蓮が呆れた顔になった。

「卒業旅行じゃねえぞ」

「えっ、そうなの？」

「卒業旅行だったら、光一も誘うよ。卒業旅行は別に、三人で行ってもいい。じゃなくて、それとは別に、俺はお前と二人で行きたいの。もっとはっきり言えば、二人きりになりたいわけ」

「二人きり」

「カラオケ屋でも二人きりになれるよ、とか、ボケるなよ」

「ボケないよ！」

どうだかな、と疑わしそうに蓮が半眼で海路を見る。

「もうこの際、お前にははっきり言わないと伝わらないから言うけど。俺はお前が好きだ」

不意にほしかった言葉をもらって、海路はオタオタした。この好きは、海路と同じ好き、ということだろうか。俺も蓮が好きだと答えていいものか。

呆然（ほうぜん）と見上げる海路に、蓮も髪をかき上げたり視線を彷徨（さまよ）わせたりしていたが、やがて早口に言った。

「ゴールデンウィーク明けからお前と関わるようになって、最初は興味を引かれただけだったんだ。けど、ボロボロ泣いてるお前が可愛（かわい）かったし、話を聞いたら可哀（かわい）そうになって——そこからずぶずぶハマっていった感じ」

そんな、人を沼みたいに、なんてツッコミが頭を過ったが、口にするほどの余裕はない。

「あの、お、俺も……」

好きだって返さなきゃ。痺れたような頭の中で、ようやくそれだけ思いついた。

「今は、返事はいいよ」

すかさず蓮が遮るので、びっくりする。彼は困ったように苦笑して、海路を見下ろした。

「お前はさ、今もブラック蓮が好きだろ」

「え、うん……あ、それはでも」

そうだけど、でも、ブラックもホワイトも蓮は蓮だ。どちらも好き。

「お前は、どっちの俺も蓮は蓮、とか思ってそうだけど」

蓮は海路の内心をすっかり見透かしていた。

「俺は、俺だけ見てくれるんじゃなきゃ、嫌なんだよ」

言ってから、「そんなの無理、って思ってる？」と、またこちらの心を読むようなことを言う。

「だから、お前の返事を聞くのは、ぜんぶ終わってからにする。光一が生き延びて、三月二十二日を越えて、ブラック蓮が二度と現れない世界になったら、その時にまたお前にちゃんと告白するよ。二人きりになった時に、それっぽいシチュエーションで。まあ、ぜんぶ俺の独りよがりで、自己満足なんだけど」

「そんなことはないよ。……でも」

蓮がそこまで、もう一人の自分を意識しているとは思わなかった。

「お前は、大人っぽいほうの蓮が好きなのかもしれない。けど、俺もそのうち大人っぽくなるからさ」

「俺は、明るくて年相応の蓮も好きだよ。……って、返事しちゃった」

ごめん、と海路が謝ると、蓮は目を細めて微笑んだ。甘いその眼差しが、海路への気持ちを物語っている。

愛のこもった眼差しというのは、こんなにも心地よく嬉しいものなのだ。

「旅先で、もう一回言ってくれ。俺ももう一度、ちゃんと言う」

指先に、蓮の指が当たった。身体の前で組んでいた海路の手に、蓮がそっと触れたのだ。

「光一の呪いが解けて、すべて無事に片付いたら。次のステップに進みたい。別々の大学に入っても、お前といたいから」

「……うん」

焦がれ望んでいた光一の救出に成功し、長い時間旅行が終わっても、蓮は海路のそばにいてくれる。それも、海路が予想していたような友人としてではなく、恋人としてということだ。

「うん。嬉しい」

胸がいっぱいで息が弾む。目を潤ませて見上げると、蓮も嬉しそうに微笑んだ。

「キスしていい？」

しかし、微笑んだままそんなことを言い出すので、海路はうろたえた。

「え、キス?」

でも、パニックになる寸前に自制できたから、我ながらちょっと大人になったと思う。

「キス……は、えっと。ここ、うちの近所ですし、駅前ですし」

夜だけどまだ、人通りも多い。こんなところで男子高生二人がキスなどしていたら、目立ちまくりではないか。

海路がおずおず意見を言うと、蓮は「だよな」とうなずいた。

わかってくれたのかと思いきや、彼はきょろきょろと辺りを見回した後、「じゃあ」と、海路の腕を引いた。

「ちょっとこっち」

駅の建物と、目の前の商業ビルとの間の、狭い通路に連れていかれた。

「一瞬だけ、キスしていい?」

またもや甘い微笑に戻って、蓮は尋ねる。甘くて、カッコいい笑顔だった。

海路はそこで、確信した。目の前のこの男、自分の顔の良さをよく自覚している。

「強引だよね、蓮て」

素直にうなずくのは癪(しゃく)なので、ぶっきらぼうに言って睨(にら)んだ。蓮はそれにニヤッと笑い、身を屈(かが)めた。

頬に一瞬、柔らかくて温かい感触がかすめる。わっ、と慌てた時にはもう、蓮の顔は離れていた。

キスされた。でも頬だった。唇にされると思っていたのに。

「……嫌だった？」

目元に不安な色を乗せて、蓮が尋ねる。ごめん、と付け足された声が悄然として聞こえた。

「嫌じゃ、ない」

答えた途端、蓮がニヤッと笑ったので、やられたと思った。

「じゃあ、もう一回」

再び相手の顔が近づいた。鼻先がぶつかりそうになったが、蓮は器用に顔を傾け、唇を押し当てて離れていく。

「ありがと」

いたずらっぽく微笑む。悔しいけれど、嬉しさのほうが勝って、文句が言えなかった。

顔を赤くして睨むのが精いっぱいだ。気の利いた言葉も浮かばなくて、海路は黙り込んでしまった。

「唇、冷たかった。寒いもんな」

労わるような、優しい声音で言われた。

「遅くに呼び出して悪かったな」

帰ろうか、と言われて、名残惜しさが募る。

「二人で旅行、しような」

「――うん」

海路は短く答えてから、勇気を出して自分の気持ちを付け加えた。

「楽しみ」

蓮を見上げると、彼は大きく目を見開いていた。海路と目が合って、口元を押さえる。

「ヤバい」

彼はつぶやいた。何がヤバいのかわからないけれど、ほんのり目元が赤くなっていて、海路は嬉しくなった。

「俺も、すげえ楽しみ」

「うん」

思わず微笑むと、蓮も笑った。

蓮はもう一度身を屈め、また掠(かす)めるようなキスを一つ、海路の唇に落とした。

翌日の昼、海路たちは光一も含めた三人で、カラオケ店に集まった。

以前に何度か、蓮とタイムリープの話をするのに使ったことがある、繁華街にある店だ。飲食の持ち込みが自由なので、途中でコンビニとファストフード店に寄って、打ち上げの軽食やお菓子を買い込んだ。

海路が打ち上げのカラオケに行くと両親に伝えたら、臨時のお小遣いをくれた。受験を頑張ったから、ということらしい。

このぶんなら、蓮と約束した旅行もお小遣いをもらえるかもしれない、などと腹の中で計算をする。

旅行のことを考えると、必然的に昨日のキスのことも思い出してしまう。

あの時のキスと、蓮の甘い微笑み、それに彼の言葉を一つ一つ思い出し、昨日は家に帰ってからも興奮していた。

そんな昨日の今日だったから、どんな顔で蓮に会えばいいのかわからず、落ち着かなかった。

しかし、待ち合わせの場所に着いてみると、すでに蓮と光一が揃っていて、自然に挨拶することができた。

「光一君、痩せたね」

受験が終わって、久しぶりに顔を合わせた光一は、前に見た時より明らかに痩せている。げっそりと痩せこけていたので、海路はびっくりして口に出してしまった。

「うん。試験中は体調が散々だったから。ズボンもぶかぶかだよ」

ずっと口内炎ができたり風邪を引いたりで、食欲がなかったのだという。

「先週、合格発表を聞いたら途端に、体調もよくなってね。食欲も戻った」

そう言った今の光一の笑顔は晴れやかで、本当に合格してよかったと思った。

光一だけでなく、三人揃って志望校に受かって良かった。みんなで受かったからこそ、喜びもひとしおだ。

「僕、カラオケ店って初めてなんだ」

そして光一は、今日のカラオケをとても楽しみにしていたようだ。

待ち合わせの場所から移動し、カラオケ店に入った時から、物珍しそうにキョロキョロしていた。個室に通されると、「わー」とはしゃいだ声を上げた。

「カラオケのセットは、祖父の家と叔父の家にあったんだけど。こういう個室は初めて。流行の歌とか知らないけど、いいかな。今は、学校の校歌とかが入ってたりするって、うちのお父さんが言ってて。あ、校歌とか歌ってもいいかな?」

早口に海路たちに尋ねながら、機材のつまみやらスイッチをガチャガチャいじる。

蓮が呆れた顔で「落ち着け。校歌でも国歌でも歌っていいから、そのつまみはいじるな」と、たしなめた。

光一がそんなふうにはしゃぎ気味だったので、三人はとりあえずジュースで乾杯をして、カラオケを歌うことになった。

光一はいそいそと一番に曲を入れた。二曲連続で入れて、また蓮にたしなめられる。

「こういうのは、一人一曲ずつ順番に入れてくものなんだよ。カラオケの作法だ」

「え、えっ、そうなの？　ごめん。曲を取り消しって、できる？」

「俺たち三人だし、連続でも大丈夫だよ。歌いたい人が歌えば」

海路がなだめ、光一は二曲連続で歌った。海路たちの高校の校歌は入っておらず、光一が子供の頃に好きだったという童謡と、二曲目はなぜか七〇年代フォークソングだった。

そして光一は、ものすごく歌が上手かった。その美貌と中性的なハスキーボイスで童謡を歌うのがなんだかシュールで、海路は感動した。

「すごい、ものすごく上手だね、光一君。歌手になれるよ」

「えー、そんな。じゃあ、医者と歌手を目指してみようかな……なんて」

「できるよ。歌ってるところ録画して、動画配信サイトに載せて」

「海路、それ以上褒めるとこいつ、本気にするぞ」

蓮が呆れ顔で言ったけれど、本当に光一は歌が上手かった。

海路はアニメソングを歌って、蓮は歌うのを渋っていたが、光一がさらにもう二曲、八〇年代ポップスを歌ったところで、観念したように海路たちが中学の頃に流行った曲を歌った。

渋るから音痴なのかと期待していたのに、蓮は普通に上手だった。海路はあまり上手くない。

それでも、打ち上げのカラオケは楽しかった。歌ったり話したりしているうちに、あっという間に時間は過ぎた。

持ち込んだ軽食やお菓子を食べ尽くし、飲み物を取りに何度か往復しているうちに、二時間ほどが経っていた。

蓮がちらりと、こちらを見る。海路がうなずくと、まだ選曲用のタブレットをいじっている幼馴染みに向かって、「光一」と呼びかける。

光一は無邪気に顔を上げ、それから、いつの間にか友人二人が真面目な表情に変わっているのに気づき、ぱちぱちと瞬きした。

「受験中、二月の末に光一たち家族で食事に行っただろ。その前に俺たち三人で通話した時のこと、憶えてるか」

唐突な蓮の話題に、光一はまた何度か瞬きをして、海路と蓮とを見た後、ぎこちなくうなずいた。

「確か、家族で食事に行く話を、蓮が言い当てたんだよね？　通話の直前に決まったばかりの話だったのに、なんでだろうって思って。そのトリックを、受験が終わったら教えてくれるって約束だった」

「そうだ。約束どおり、俺は……俺と海路は種明かしをするつもりだ。ただその前に、新しい約束をしてほしい」

「え、何。怖いんだけど」

真剣な蓮の声と表情に、光一がわかりやすく引いていた。半笑いを浮かべ、助けを求めるように海路を見る。

しかし、蓮が海路に目配せし、海路がうなずくと、光一は軽く顔を強張らせた。

海路は自分のリュックから、レポート用紙を数枚取り出した。手書きのレポート用紙を海路が差し出す前から、もう光一は腰を浮かせている。

「もしかして、宗教の勧誘とか？　僕、悪いけど、宗教と連帯保証人の話は聞かないことにしてて」

「悪いが、それよりもっとヤバい話だ」

蓮が無慈悲に言い放つ。「えー」と青ざめてのけ反る光一に、海路はレポート用紙を渡した。

「光一君が神様とか超常現象とか、そういうの信じないのは知ってる。だから段階を踏んで説明することにしたんだ」

「とりあえず、信じる信じないは別にして、読んでみてくれ」

光一は複雑そうな顔で、海路が渡したレポート用紙を読み上げた。用紙はぜんぶで三枚ある。それぞれ、簡単な文章が日付と共に書かれているだけだった。

「えーと、二〇二五年三月十一日……明後日だね？　夜十時から十二時の間は、屋外に出ないこと。特に環八通りには近寄らない？」

「正確な時間は、海路もわからないらしいんだ。ただこの時間、煽り運転の車がこの通りで事故を起こす。お前は万が一にも居合わせて巻き込まれないように、家にいてほしい」

「もしかして、超能力とか、そういう話？」

光一は紙を膝の上に置き、頭痛がする、というように額を手で押さえた。

「あの、とりあえず、ぜんぶ読んでほしい」

海路がそっと言うと、光一は渋々、レポート用紙をめくった。

「二〇二五年三月十六日、家族旅行の二日目。できればハイキングコースには行かない。もし行くことになってしまった場合は、決して斜面側を歩かないこと。斜面での転落に注意！

……僕、家族旅行のこと、二人に話したっけ」

光一が、不安そうに顔を上げる。海路は黙ってかぶりを振った。蓮は「続きを読んでくれ」と、催促する。

「……二〇二五年三月十七日、母とショッピングモールへ買い物に行くことになる。モールの一階にある吹き抜けホールには行かないこと。上から落ちてくる陶器に注意」

「できれば、ここに書いてある言葉に従ってほしい。ただ、もしお前がここにあることを信じられなくて、忠告を破っても、お前は事故には遭わない……遭わないと思う。推測だがな」

「ぜんぜん意味がわからないよ。何のための忠告？」

光一は途方に暮れた顔をした。無理もない。これだけでは、さっぱり意味がわからないだろう。謎が増えただけだ。

「忠告っていうか、一種の脅しだな。お前に危険が迫ってるぞ、っていう」

「脅し」

「さっき海路が、段階を踏むって言っただろ。この三件は、いわばリハーサルだ。光一が不用意にトラブルに近づいても、たぶん巻き込まれることはない。たぶんな。けど、出来事そのものは起こる。煽り運転は起こるし、家族旅行ではハイキングコースに行ってみようって話になるだろう。家族旅行から帰った翌日、おばさんがお前を買い物に誘うか、お前がおばさんを誘うかしてショッピングモールに行き、そこで吹き抜けの上の階から買い物客が陶器を落とす」

「待って、待って。何、未来予知？」

「さあな」

素っ気なく、蓮は言った。

「さあな、って」

光一がいつものおっとりした表情を消し、顔をしかめたので、二人を見守る海路はハラハラする。こちらの心配をよそに、蓮は余裕ぶってにやりと笑った。

「超能力か、未来人か、どっちにしても今、明かしたところで、お前はそれを信じないだろ」

「それは、まあ。そうだね」

光一も気を取り直したのか、考え込むようにレポート用紙を見つめた。

「蓮と海路君は、これまでにもこの手の忠告をしてくれたよね。共通テストの二日目、自転車について。次は大学入試当日にホームに現れて、サラリーマン同士の喧嘩から遠ざけてくれた。それから家族で食事に行くことも言い当てて。あれも、蓮が言う『脅し』の一環だった？　僕に危険が迫ってるっていう」

「そのとおりだよ。あの時はまだ受験の真っ最中だったし、お前もプレッシャーがきつかっただろ？　そんな時に、お前の身に危険が迫ってるなんて話はしたくなかった。けど、受験は終わったし、これから本番に備えなくちゃならない」

「本番」

光一は蓮の言葉を口の中で繰り返した。

「十七日までの、これがリハーサル。本番って……あ、待って」

明るい色の瞳が閃（ひらめ）いて、ひたりと海路を見据（みす）える。何かを思いついたようだった。

「最初は、確か十一月。強風の日。あの日も、二人揃って僕の家まで付いてきたよね。今思うと、僕を守ってくれたみたいだった。それで次が共通テストの日で。……なんで思い出さなかったんだろう。これ、前に海路君が思いついたっていう、ＳＦ小説のネタと同じ日付じゃない？」

海路たちが小説のネタとして光一に最後の相談をしたのは、もう去年の初秋のことだ。

受験勉強を挟んで忘れていると思っていたのに、光一は自力で思い出した。彼はさらに、自分の中の記憶を探るように、ぐるりと眼球を回して続ける。

「小説の相談をされたのが、確か一学期だった。海路君が蓮と仲良くなって、僕ら三人で昼ご飯を食べるようになって……あれが確か六月。中間テストの後だ。でもその前、そう、ゴールデンウィークが明けた直後に、海路君と蓮でひと悶着(もんちゃく)あったよね？」

「連休明けの初日だな。俺が朝いきなり、海路にぶん殴られたんだ」

「ぶん殴ってない、平手だってば」

蓮がいつもの調子でふざけ、海路も言い返したが、光一は意に介さなかった。

「海路君から聞いた小説のネタ。親友が死んで、必ず同じ日に回帰するっていう話。その日はいつだった？」

「二〇二四年五月六日」

海路が答え、蓮が続けた。

「ゴールデンウィークの最終日」

光一は黙って、海路と蓮を見る。

「小説のネタって言いながら、あの時からこの、リハーサルは始まってた？」

さすがだと、海路は感心する。蓮も大きく眉を引き上げた。

「そのとおりだよ。さすが、恵桜医学部」

光一はその物言いに苛立ったのか、軽く眉をひそめた。蓮もそこで軽薄な表情を消し、真顔になる。

「断っておくけど。俺も海路もふざけてない。これはドッキリじゃないし、かといってオカルトや宗教の勧誘をしてるわけでもない。俺もお前と同じくらい疑り深い性格で、その手の話は信じない。信じなかった。幼馴染みのお前なら、わかってるだろ？」

「それは、まあ」

眉をひそめたまま、光一が海路を見る。こんなに険しい目を光一に向けられたことはなかったので、海路は悲しくなった。

縋るように相手を見つめ返すと、光一は一瞬、鼻白み、ため息をつく。

「小説のネタが、実はネタじゃなかったってオチなら、海路君と蓮は、僕を救うために動いてくれてたってことだよね。受験シーズンの大変な時期にも。あと、今のこの世界では、海路君だけがタイムリープしていて、蓮は戻って来てないって設定なんだっけ」

「光一君……」

話を信じてくれたのか。希望を感じて海路が光一を見つめると、相手はすぐさまそれに気づき、制止するように手のひらをこちらに向けた。

「いや、待って。まだぜんぶ、信じたわけじゃないから。っていうか八割五分疑ってる」

「それは、ほぼほぼ疑ってるってことだよ」

海路が肩を落とすと、蓮が笑った。

「まあ、そうだよな。仕方がない。俺だってそうだった。光一は俺より疑り深い。だから今日、ぜんぶ話を信じてくれとは言わない。とりあえず話を聞いてくれ。お前に小説のネタの相談をした時から、状況は変わってるんだよ。死亡日はランダムだって言ってたけど、取りあえず特定した。お前の言葉を足掛かりにしてな。今回のお前の死亡日は来週、三月十八日だ」

「それは、ゼロ回目と同じってことだね？」

海路は思わず「わあ」と、手を叩きそうになり、蓮はまたにやりと笑った。

「話が早くて助かるよ」

それから蓮は、光一に死亡日について説明をした。

光一の死は、タイムリーパーの蓮が言動を変えたことによって日付と事故原因が変化したという説だ。

頭の回転が速い光一は、蓮がさわりを話しただけで、すぐに理解した。

「蓮の話はわかったよ。筋は通ってるし、納得できる。ただそれは、フィクションのロジックとしてだけど。まだぜんぶ、信じることはできない」

「わかってる。無理に信じなくてもいい」

戸惑い気味の光一に、蓮は安心させるように言った。

「俺と海路の妄想だと思ってくれてもいい。高校生活の終わりに、オカルト好きの友だち二人に付き合ってやる、くらいのノリでいいんだ。その上で、十八日の当日から、二十二日のゴールまでの間、俺と海路とでお前を守らせてほしい」

蓮の言葉に、海路も「お願い」と手を合わせた。

「十八日の事故を回避したとして、二十二日までは何が起こるかわからないんだ。一人で引きこもってもらってもいいけど、やっぱり不安だから。ボディガードさせてください」

「ボディガード、って」

光一はやっぱり戸惑っている。

「今日から十七日まで、よく考えてみてくれ。十七日までに、海路がそのレポート用紙に書いた三つの出来事が起こる。トリックで作為的にできることなのか、見極めてみるっていうのはどうだ？　その上で、十七日にもう一度、三人で会おう」

蓮が提案し、その日の打ち上げは解散になった。すっきりしないしめくくりだ。

こうなることは半ば想像していたけれど、前半は本当に楽しい打ち上げだったから、少し残念だった。

「光一君、信じてくれるかな」

家に帰った後、海路はすぐに蓮に電話をした。

「どうかな。俺は信じたけど、あいつは意外と用心深いからなあ。けど、押しには弱い。いざとなったら、二十二日まであいつを軟禁する」

「そうなったら、俺たち犯罪者だね」

せっかく志望の大学に受かったのに。でも、光一の命がかかっているから仕方がない。

「たぶん、そうはならないさ。あいつは押しに弱いし、情にも弱いから。俺とお前で頼み込めば、通報はしないだろ」

「乱暴だなあ。けど、まあしょうがない。覚悟を決めるしかないよね。光一君のためだもん」

四の五の言っている場合ではない。ここまで来たら、もう絶対に死なせない。

海路が決意を新たにすると、蓮が低く笑う声が聞こえた。

「お前はそういうところ、思い切りがいいよな」

その声が優しく甘く聞こえて、ドキッとしてしまう。

普段より甘いと感じるのはたぶん、気のせいではないのだろう。

昼間、カラオケ店では普通だったけれど、こうして二人きりになると、昨日キスした時みたいに、妙にそわそわした雰囲気になった。

「俺も、腹を括ってる。光一を死なせたくないし、この一年、楽しかった。リセットしてやり直したくなんかない」

「うん。俺も」

一年間、楽しかった。一人だけ時間が巻き戻ったとわかった時にはどうしようかと思ったが、蓮とも光一とも、本当の意味で友だちになれた。

時間を巻き戻したら、この楽しかった思い出もリセットされてしまう。そんなのは嫌だ。

「三月二十二日を、光一君と三人で乗り越えよう」

「そうだな。それでその後、お前と二人きりで旅行する」

不意に囁くような、低い声がスマホのスピーカーから聞こえてきて、海路はぞくりとした。

「……うん」

絶対、わざとやってる。

その二日後、海路と蓮はもう一度、夜の外出を控えるよう光一に注意のメッセージを送った。

『了解。とりあえず、今夜は家で大人しくしてるから大丈夫だよ』

光一からは、そんなメッセージが返ってきてひとまず安心した。

念のため、海路と蓮とで事故が起こる時間帯、光一の家の近くに待機した。受験が終わったので、夜遅くに出歩いても、親はあまりうるさく言わない。

二人で見張りをしていたが、光一は約束どおり、夜に家を出ることはなかった。

翌日、光一の家の近くで煽り運転をしていた車が自損事故を起こし、運転手が捕まったことをニュースで知った。

運転手が打撲などの怪我をして、ガードレールが凹んだ以外、被害はなかった。

週末は卒業式だった。今回は光一もちゃんと生きている。

またどうせこの後、光一は死んでタイムリープをするのだ、という諦念もなくて、海路は純粋に高校生活との別れを惜しむことができた。

五度目のタイムリープにして初めて、ようやく本当の卒業式を迎えられた気がする。

これで、光一の死の危険さえなければ完璧な卒業式なのに……と、光一に付きまとう死の呪いを恨めしく思う一方、しかしこの呪いがなければ、こうして蓮や光一と心を通わせることもなかったのだとも思う。

もし、そもそもの光一の死がなかったら、タイムリープも起こらず、蓮はホワイト蓮のまま、光一とぎこちない幼馴染みの関係を続けていたのだろう。

海路は海路で、高校時代の実らない片想いを心の隅に引っ掛けて、どうせ俺は陰キャだからと無気力なまま、きっと大学でも高校と同じように消極的に、流されるまま過ごしていた。

何度も繰り返した卒業式の中で、海路は感慨深くそんなことを考えた。

卒業式の後に謝恩会があって、夕方からはクラスで卒業パーティーが開かれた。

光一は謝恩会には出席したが、家族で旅行に行くので、卒業パーティーは欠席するという。

「ハイキングコースには気をつけてね。ハイキングだけじゃなくて、他のこともいろいろ、気い。

をつけて。せっかく大学に受かったんだから、事故に遭わないでほしい」

謝恩会を終えて光一が帰る際、海路は彼に近づいて、必死に言い募った。

三月十八日はもう来週だ。光一本人が協力してくれなければ、死を回避できないかもしれない。

信じてほしい。いや、信じなくてもいいから、協力してほしい。

光一は、必死な様子の海路をしばらく、黙って正面から見つめていた。やがて小さく息を吐き、安心させるように微笑む。

「わかった。気をつけるよ。考えてみたら、僕のこの足で急な斜面を歩くのは、不安があるしね。戻って来たら連絡する。それと十七日は、もし母に買い物に誘われたら、別のショッピングモールへ誘導するよ」

「うん、うん。光一君、ありがとう」

光一はたぶんまだ、ぜんぶを信じたわけではない。でも海路たちの話に乗ってくれるのだ。

喜んで礼を言うと、光一は笑った。

「お礼を言うのはこっちでしょ。僕のこと、助けようとしてくれてるのに」

「突拍子もない話なのは、海路も俺も自覚してるからさ」

蓮が海路の後ろで言って、「気をつけろよ」と付け加えた。

光一と別れた海路と蓮は、クラスの卒業パーティーに参加した。会場は学校の沿線にあるレストランで、店を貸し切って行われた。

「俺、卒業パーティーに参加するの、今回が初めてなんだ」

立食形式のパーティーだった。フロアの隅で、料理を食べながら海路が言うと、隣の蓮が「マジで？」と、意外そうな声を上げた。

「ああそうか。だいたい卒業式を迎える前に、光一は死んでたもんな」

「うん。卒業パーティーそのものが開かれなかったんだ」

光一の死を悼み、卒業を祝うという空気ではなかった。

「一度だけ、俺の一回目のタイムリープの時は、卒業式まで光一君が生きてた。その時はパーティーが開かれたんだけど」

「お前は参加しなかった。……陰キャでぼっちだから、か？」

言い当てられて、ぐっと言葉に詰まった。不貞腐れて睨み上げると、甘くて優しい笑みが返ってくる。

「だって、幹事は高山さんと小川君なんだもん。パーティーも、ウェーイって感じかなと思って。怖気づいちゃって」

そう、幹事はかつて、蓮のグループにいた二人である。小川君は高高コンビのもう一人の片割れ、高橋さんにモーションをかけていたはずなのだが、こうして高山さんと二人でパーティーの幹事をしているところを見ると、こちらとくっついたのかもしれない。

「あいつら、付き合ってるよな」

蓮も同じことを思ったのか、小川君と高山さんが楽しそうにビンゴ大会の準備をしている光景を見て、ぼそりとつぶやいた。

高橋さんのほうは、パーティーを欠席している。きっと海路たちの与り知らないところで、このクラスでも様々な人間模様が繰り広げられていたのだろう。

「そう考えたら海路は、レンのゼロ回目でも卒業パーティーを欠席したんだろうな。今回、俺と仲良くなってぼっちじゃなくなったから、パーティーに参加したけど」

どうせぼっちですよ、と拗ねかけて、蓮の表情が気になった。海路のぼっちをからかう様子ではなく、何か考えているようだったからだ。

「もしかして、俺が行動を変えて卒業パーティーに出ることで、死亡日が変わっちゃう？　バタフライ効果で」

「いや、それはないだろう」

遠くを見ていた蓮は、すぐさま海路に視線を移し、こちらの言葉を否定した。

「重要な日付は五月七日と、十一月一日だった。五月七日にゼロ回目と同じ選択肢を選び、十一月一日のイベントではゼロ回目と同じ結果を起こした。順調に同じルートを辿ってる」

「よかった。光一君も、昼の様子だと協力してくれそうだし、十八日は無事に過ごせそうだね」

蓮はそこで、安心させるように口の端に笑みを浮かべ、それからまた真顔に戻った。

「ああ。十八日の事故は、きっと回避できる。ただ、問題はその後だ。十八日を生き延びて、二十二日まで、何が起こるかわからない。ここからは未知の領域だからな」

そうなのだ。光一はまだ、三月十八日を越えて生き延びたことがない。十八日が最後の死亡フラグなのか、二十二日までにまた別の事故が起こるのか、それとも二十二日を越えてなお、光一が死亡するまで呪いは続くのか……誰にもわからない。

「大丈夫だ。二十二日を越えればきっと、光一にかかった呪いは解ける」

不安そうな顔をしていたのだろう。蓮が言った。彼の肩がそっと、海路の肩口に触れる。

蓮にだって確証はない。彼だって不安なはずだ。それでも海路を励ましてくれる。

「うん。そうだね」

海路も不安を振り払い、強くうなずいた。

失敗したら、とか、もしまた光一を死なせてしまったらとか、そんな不安な未来は、今は考えない。もう決めたのだ。

来週を乗り越えて、長い長い時間旅行を終わらせよう。

ゴールはもうすぐのはずだから。

卒業式が終わった翌日の夕方、光一から無事に旅行から戻ったと連絡が入った。

「朝になって、父がハイキングコースを歩こうって言い出したんだ。旅館の仲居さんから、景色がいいって勧められたんだって」

スマホのグループ通話を使って、光一が報告してくれた。

光一は足の怪我を理由に父の誘いを断り、近くの喫茶店で休んでいた。ハイキングには両親だけが行ったという。

父親はハイキングの途中、濡れた落ち葉に足を取られ、危うく斜面から転げ落ちるところだったらしい。

「旅行から帰って来たら、母が買い物に行くから、明日付き合ってって言い出したんだ。アメリカの兄に送る物資を買い出しに行くらしい。蓮と海路君から教えられたショッピングモールだった」

「明日、俺も一緒に付いて行く」

蓮が言うのを、光一は「いや、大丈夫だよ」と、やんわり断った。

「別のショッピングモールに誘導した。少し遠いけど、そっちのほうが大きいから。調べたけど吹き抜けはないみたい」

すでに対策はしていたらしい。

「そもそも僕が今回死ぬのは、十八日なんでしょ？」

「信じてくれるの？」

海路の問いには、「うーん」という苦笑混じりの声が返って来た。

「正直、まだ半信半疑ではある。何と言っても、タイムリープだからね。未来予知って言われたほうが信じられたかな。予知能力は直感の超上位互換って感じで、まだあり得そうだけど、タイムリープは時空を越えちゃうわけだから」

海路にはよくわからない理屈だった。

「どっちも超常現象には変わりないけどな」

蓮が言い、光一も「まあね」と応じる。

「そんなわけで明日、十七日は対策済み。それで、もしできたらなんだけど。十八日から二十二日まで、僕んちで合宿してくれない？　卒業旅行代わりのゲーム合宿。三人で」

もちろん、「ゲーム合宿」というのは口実である。以前、夏休みの花火で光一の家に泊まった時、光一はゲームをしないと言っていた。

五日もの間、三人で家に引きこもるのには、それ相応の理由がいる。

そこで光一は、ゲームをやるために泊まり込むという、各々の親に向けた理由を自分自身で考えたのだ。

なるほどいい口実だった。今の時期、卒業旅行とか高校生活最後、などと言葉を付け加えれば、大抵は納得してもらえる。

「光一君、頭いい！　合宿しよう」

海路は電話口で勢いよく言った。蓮も「そうだな」と同意する。

「俺たちが泊まること、もうおばさんたちのＯＫは出てるのか？」

「うん。ずっと勉強ばっかりだったし、大学に入ってもどうせまた、勉強でしょ？　今のうちに羽目を外しておきたいって言ったら、納得してくれた」

「家で友達とゲーム三昧なんて、可愛らしい羽目の外し方だな」

「そう。この程度の遊びなら、うちの母も安心すると思ってね。思ったとおり、賛成してくれたし、今は母のほうがむしろ乗り気だよ」

明日、ショッピングモールに行くついでに、子供たちがゲームをする時のお菓子やジュースを買わなくちゃ、と張り切っているという。

「ありがたいな。光一の家なら、俺もちょくちょく弟の様子を見に行ける。五日間、男二人も世話になるのは申し訳ないけど」

「母のほうが乗り気だって、言っただろ。お客を呼ぶのが好きだから、僕の受験が終わって家に人を招けるのが嬉しいんだよ。それに、僕のボディガードのために来てもらうんだ。申し訳ないのは僕の方だよ」

まだすべて信じたわけではない、と言いながらも、光一は全面的に協力してくれるし、海路たちに感謝もしてくれる。

よかった、と海路は思い、これならきっと大丈夫だと希望を感じた。

今回のタイムリープは、蓮一人でも、海路一人でもない。三人で協力して立ち向かっている。だからきっと、乗り越えられる。

「不謹慎かもしれないけど、合宿はちょっと楽しみ」

海路はぼそりと言った。光一が「僕も」と柔らかな声で言う。

「どうせなら、楽しんだほうがいいもんな」

蓮も明るい声音で同意して、こうして三人で運命の日を乗り越える計画がスタートした。


明後日から光一の家で合宿をする、と言うと、母はまた母親同士で慌ただしく連絡を取り合った。

「そういうことは、もっと早く言いなさいよね」

文句を言っていたけれど、海路にお金をくれて、光一の家の手土産を買ってくるように言われた。もう大学生になるのだから、今度は自分で手土産を用意しろ、ということらしい。

「何もいりませんって、あちらのお母さんは仰（おつしや）ってたけど。五日もお世話になるわけだからね。スナック菓子とかやめてね」

「わかってるって」

「あとできたら、日持ちするものがいいわね」

息子に任せると決めたものの、不安に駆られたらしい。

後からあれこれと注意事項を言ってくる。海路は蓮とも相談して、十七日は二人で近くのショッピングモールへ、手土産の菓子を買いに行った。

目的のものを買い終わって帰る際、一階吹き抜けのエントランスホールが騒がしかった。

上の階にいた買い物客が、誤って陶器を落としたのだそうだ。

幸い、当たった人はいなかったが、エントランスは騒然としており、ホールから伸びるエスカレーターは停止していた。

「やっぱり、事故は起こったね」

「光一が今日、ここに来てなくてよかったよ。あれが自分に当たってたらって思うと、恐怖も倍増するからな」

海路と蓮はエントランスの人だかりを遠目に見ながら、そんな会話を交わして、ショッピングモールを後にした。

翌日、とうとう十八日が来た。

前の日になかなか眠れなかった海路は、昼過ぎに起きた。すぐに日付を確認して、緊張が這い上って来るのを感じる。

受験の緊張とはまるで違う。人の命が、それも大切な光一の生死が今日という日にかかっている。

もしも失敗したら。光一が死んでしまったらどうしようと、最悪の事態が脳裏を過る。身がすくみそうになった。

ベッドから起き上がったきり動けなくなっていたその時、蓮の「大丈夫」という声を思い出した。

彼とカラオケ店で手を握ったこと、抱きしめられたこと、その温もりが蘇って、ようやく動けるようになる。

身支度をして自室を出ると、家族はみんな出かけた後だった。

両親は仕事だし、姉もバイトか何かだろう。台所にストックしてある食料を適当に見繕い、昼ごはんを食べる。

食べ終えると、昨日のうちに詰めておいた荷物を確認し、手土産を持った。

「よし。頑張ろう」

最後に気合を入れて、家を出た。

電車に乗って英邸に辿り着くと、光一の母が出迎えてくれた。

「五日間、お世話になります」

海路はぺこりと頭を下げて挨拶をして、持参した手土産を渡した。

「お土産なんて、本当に持ってこなくてもいいのに。次からはもう、やめましょうね」

にっこり笑いながら言った、光一の母のその口調は、去年の夏よりぐっと親しげなものになっていた。

「は、はい。でも、五日もお世話になるから。……すみません、お邪魔します」

「いいのよ。上の子、光一のお兄ちゃんなんて、いつもやたらと友達を連れてきたんだから」

本当に騒がしかったのよ、と、光一の母は顔をしかめながらも楽しそうに語る。

ほとんど友だち付き合いをしなかった光一が、こうして友達を泊めるようになったから、嬉しいのかもしれない。

海路の両親も、海路が頻繁に友だちと出かけたり、友だちの家に泊まるのを見て、何やら喜んでいる様子だった。親にとって、子供に友達がいるかどうかは、進路と同じくらい気がかりなことらしい。

ともかく、この五日間の自称「ゲーム合宿」が、光一の母親に歓迎されていることはわかった。

去年の夏と同様に、二階の光一の部屋に案内されると、そこにはすでに蓮の姿もあった。

「蓮。早いね」

海路は眩しい気持ちで相手を見る。

蓮とは昨日、会ったばかりだ。別れてまだ二十四時間経っていないのに、蓮の顔を見ると嬉しい気持ちが全身に広がる。

近頃ではこうやって、日常の些細な一瞬一瞬に、自分はこの人が好きなのだなと感じることがあった。

今の蓮が好きだ。タイムリーパーの蓮と彼とを比べて、別々の人間を同時に好きになったような気がしていた。

暗く大人びた蓮も好きだ。そう言うと蓮は不貞腐れるけれど、どちらも蓮は蓮で、その気持ちに変わりはない。

でも今は、目の前にいる彼との関係を大切にしたいと思った。

「ちょっと前に着いた。家が近いからな」

蓮はそれだけ言い、やはり海路を見て眩しそうに目を細める。

光一は、そうした蓮と海路を見比べて一瞬、不思議そうな顔をしたものの、すぐにいつものおっとりした笑顔になった。

「来てくれてありがとう。蓮も。五日間、よろしくお願いします」

光一は冗談めかして、でも丁寧にお辞儀をする。海路と蓮も、いやいや、こちらこそ、と馬鹿丁寧に返した。

そのタイミングで、光一の母がお茶とお菓子を運んできて、三人で今後について相談した。

「そういえば、うちにあるボードゲーム、ぜんぶ出しておいたよ」

光一が思い出した様子で言った。

ゲーム合宿と銘打ったものの、この三人はもともとあまり、テレビゲームやソーシャルゲームのたぐいをプレイしない。

いちおうは海路が、三人で協力プレイができるソーシャルゲームを探してきて、三人でいくつか同じゲームをスマホにインストールした。

ただ、初めてやるゲームで楽しめるかどうかわからない。

五日間、暇なのもつまらないから、ボードゲームやカードゲームといったアナログのゲームも用意しておこう、ということになったのだ。各自で家にあるゲームを持参することになっていた。

「俺もいちおう、トランプとカードゲームを持ってきたんだ」

海路が言えば、蓮は「すまん」と片手を掲げた。

「うち、持ち運べるゲームが何もなくて、マグネット将棋だけ持ってきた」

渋いなあ、と海路と光一は笑った。

「さすが落語部」

「落語はぜんぜん関係ないだろ」

光一の軽口に、蓮がツッコミを入れたりする。結局、ソーシャルゲームはやらず、その日は夕食の時間まで、光一の家にあったボードゲームで遊んだ。

海路もやったことがある、アメリカ発祥の懐かしい双六ゲームだ。三人ともかなり熱中した。夕食を挟んで、ボードゲームは夜まで続いた。

「今日は、とにかく家を出なければいいんだよね？」

夕食の後、再開したゲームのサイコロを振りながら、光一は誰にともなく確認する。

「そうだな。夜に近所のコンビニに行かなければ、酔っ払い運転に巻き込まれることはない」

「今夜は夜通し起きて、ゲームしてる？　それか、早く寝ちゃうとか」

海路が光一を見ながら言うと、彼は少し考えてかぶりを振った。

「できれば起きて、ゲームをしてるほうがいいな。やっぱり、自分が死ぬかもしれないって思ったら、怖いや」

光一は笑ってみせたけれど、その恐ろしさは海路もじゅうぶん理解できる。海路だって怖い。

「今日の酔っ払い運転を乗り越えても、また別の事故が起こるかもしれないんだよね」

しばらくゲームを続けていたら、また光一が言った。

「そうだな。その可能性はある。ただ、今日の事故を避けられれば、それで終わりって可能性もある。これまでのタイムリープで、光一がランダムにあちこちの事故に巻き込まれていたのも、タイムリーパーのレンがゼロ回目と違う行動をしたからだ。この理屈で言えば、ゼロ回目と同じルートを辿っている今、お前が巻き込まれるのは、今夜の酔っ払い運転が起こす事故だけだ」

「それってつまり」と海路が声を上げた。

「今日が終われば、それでイベントはおしまい、二十二日まで何もおこらないってこと？」

「その可能性はじゅうぶんあるな」

蓮が言い、海路はホッとした。しかし光一は、サイコロを振って駒を動かしながら、「うーん」と考え込む。

「そのほうが僕も安心だけど。でも引っかかるな。蓮の説は理解できるし、そのとおりだと思うんだ。実際、裏付けもあったわけだしね」

去年は十一月の強風の日。年が明けた一月の共通テストに、二月の試験日当日など。

光一はそれら事故が起こる現場近くにことごとく居合わせていたが、タイミングは微妙にずれていて、海路たちの注意喚起がなくても事故に巻き込まれることはなかった。

「たぶん、蓮の説は合ってる」

「でも光一君はまだ、気になることがあるんだね」

「うん。何が気になるのかわからないけど、蓮の説を初めて聞いた時、納得するのと同時にモヤッとしたんだ。もう一つ、何か忘れてるような気が」

「そのモヤった原因について、考えてみてくれないか。俺が見落としてることがあるかもしれない」

その時、玄関のほうから男性の声が聞こえた。光一が、「あ、父だ」と、つぶやく。

光一の父が帰宅したのだ。海路たちはゲームを中断して一階へ降り、光一の父に挨拶した。

「三人とも、ずっとゲームしてるの？」

光一の父は言って、両手の指を動かして見せた。テレビゲームのコントローラーを操作する動きだ。

「そうなんですけど、俺たちがやってるのはボードゲームです」

蓮が答えると、光一の父は「そっちかあ」と、身体をのけ反らせて笑った。それからすぐ、顔をしかめる。

「イテテ。ちょっと腰痛でね」

光一がそこで、「またひどくなったの？」と不安そうな顔をした。以前から腰痛を患っているらしい。

「ちょっとね。これはまあ、一種の職業病だから。大丈夫だよ」

光一の父は腰を押さえつつ、でも朗らかに笑う。

海路たちは挨拶を終えて二階に戻り、順番に風呂に入って、またゲームの続きを始めた。

時間が進むごとにボードゲームは白熱し、盛り上がったけれど、三人とも頭のどこかで時計を気にしていた。

そうしているうちに時間が進み、やがて日付が変わろうかという頃、遠くでサイレンの音が聞こえた。三人とも、それまでの会話をやめて息を詰めた。

「パトカーの音だ」

光一が言った。海路と蓮はうなずく。救急車のサイレンは聞こえてこない。

「光一君が巻き込まれない限り、事故は大事には至らないんだ。今回もたぶん、事故を起こした人は、ちょっとした怪我で済むんじゃないかな」

「それなら、ニュースにもならないかもな。近所だから、確認はいつでもできるさ」

「でもこれで、十八日の事故はやり過ごせたってことだね」

海路は言ったものの、まだ手放しには喜べなかった。

「問題はこれからか」

光一もそう言って、不安げな表情を浮かべる。

「そうだな。ここからは未知の領域だ」

ゼロ地点と同じルートを辿って、光一が今日という日を生存した。ゴールは二十二日。それまで何もないのか、まだイベントが起こり得るのか。

「二十二日までにまだ何か、起こるかもしれない。起こる前提で心構えをしておこう。光一は極力、この部屋から出ない。出る時は俺か海路のどちらか、もしくは両方と行動する」

「光一君のボディガードだね」

「この部屋で、僕が事故に遭う可能性は?」

だんだんと不安が募ってきたのか、光一が青ざめた顔で尋ねた。

「もちろんある。動く時は三人とも注意しよう」

トイレや風呂にも付いて行くから、お互いに気詰まりかもしれない。でも仕方がない。

それからしばらく、三人で起きていた。十時間以上もボードゲームをしていたので、さすがにゲームを続ける気力はない。

話をしているうちに、海路は急に眠くなってきた。前の日は興奮気味で、あまり眠れなかったせいもある。

「眠いなら、布団に行けよ。風邪ひくぞ」

一生懸命に目を擦っていたら、蓮に言われた。部屋の端、光一のベッドがある壁側に、海路と蓮の布団が敷いてある。

「でも、ボディガード」

「睡眠は取っておいたほうがいい。寝不足だと注意力が散漫になって、事故につながるかもしれないからな。どのみちずっとは起きてられない。もし光一が部屋の外に出たくなったら必ず、俺か海路のどちらかを起こす。光一もそれでいいな?」

蓮が光一を振り返り、光一も神妙にうなずいた。

「わかってる。一人で行動しない。僕も不安だもん」

それで海路はひと眠りすることにして、布団に移動した。二人はまだ眠くないそうで、海路が布団にもぐり込んだ時には、蓮が持ってきたマグネット将棋を取り出していた。

「じゃあ、おやすみなさい」

ふたりの「おやすみ」という返事を聞くと、もうまぶたを開けていることができなかった。目を離した隙に、光一君が事故に遭いませんようにと、祈ってから目をつぶった。


それからどのくらい、眠ったのかわからない。

大して時間は経っていないはずだ。部屋の反対側で、ぺちり、とマグネット将棋の駒を動かす音が聞こえた。

「あー、だんだん思い出してきた。親父（おやじ）にコツみたいなの、教えてもらったんだよな」

「小宮山（こみやま）のおじさん、ほんとに多趣味だったよね。囲碁もやってなかった？」

やってたやってた、と蓮が答える。

いいなあ、と海路は温かい布団の中でまどろみながら、二人を羨（うらや）ましく思う。

幼馴染み同士の会話には、海路は入れない。二人の世界、というほど大げさではないけれど、やっぱりちょっと、嫉妬を感じてしまう。

蓮にとって、光一への恋心は過去のものだ。それもわかっている。

今、蓮が好きなのは、海路なのだということも。

それでもやっぱり、好きな人と親友が自分を抜きにして仲良くしていると、いいなあ、と羨ましく思ってしまう。

人って貪欲だな、と、布団の中でぬくぬくしながら海路は考えた。

「そろそろ寝るか？　お前も眠いんじゃないの」

ぺちり、とマグネットの駒を置く音がした後、光一が「そうかも」と答えるのが聞こえた。

「じゃあ寝るか」

蓮の声と同時に、二人がこちらに移動する気配がした。

「海路君、寝てる？」

海路の枕元にあるベッドのほうから、光一の声が聞こえた。蓮の「寝てる」という声が、すぐ間近でしたので、思わず反応しそうになる。

どうやら蓮は、海路の顔を覗き込んでいたようだった。

「そんなに近づいたら、起きちゃうよ」

光一の声が聞こえてきた、ぎくりとした。どれだけ近づいていたのだろう。目を開けたいが、そうすると狸寝入りがバレてしまう。

「そんなに近づいてねえし」

ぶっきらぼうな声が間近で聞こえ、遠ざかっていく。隣の布団にゴソゴソ入り込む音がした。

枕元のベッドで、光一はくすりと笑う。

「蓮てさ。海路君のこと、すごく大事にしてるよね」

またもや身じろぎしそうになった。蓮が「はあ？」と、素っ頓狂な声を上げなかったら、起きているのがバレていたかもしれない。

蓮は光一に、「声が大きいよ」と、叱られていた。

「大事にしてるって、どういう意味だよ」

今度は聞き取れないくらいの小さな声で、蓮がボソボソと言う。

「だって。蓮て昔からわりと、周りに冷たかったでしょ。小学校の頃の友だちなんかにも。仲良さそうに見えて、向こうが一方的にくっついてるだけだったり。僕には昔から、ジャイアンだったし」

「ジャ……え、そうだったか？」

蓮がへどもどしながら「ごめん」と謝るのを聞いて、海路は笑いそうになってしまった。

「僕も強引に引っ張ってもらって、助かってたけどね。基本的に、蓮はマイペースなんだよ。一人でどんどん先に進んでくでしょ。他の奴は勝手について来い、みたいな」

「そう、かな」

力ない蓮の声に、そうだよ、と自信のある光一の声が答える。蓮は光一にズケズケと言われて戸惑っているようだが、海路には光一の言っていることが理解できた。

「でも、海路君とは歩調を合わせてるよね？　自分だけで考えて行動するんじゃなくて、ちゃんと海路君の意見を聞いて、二人で一緒に行動してる。今回、僕を助けてくれる計画もそうだ。以前の蓮だったら、一人で決めて一人で行動してたんじゃないかな」

「そうかな。……いや、そうかも。っていうかお前、よく見てるな」

「一年間、同じクラスだったからね。こんなに蓮と遊んだの、保育園以来でしょ」

「……小学校に入ったらもう、別々に遊ぶことが多くなったな」

「だよね。この一年は、海路君ていう新しい共通の友達もできた。……だから今は、留年してよかったって思うんだよ」

わずかな沈黙があった。蓮が「光一」と、真面目な声で呼ぶ。

「ありがとう。俺も、お前と同じクラスになれてよかった。この一年、楽しかったよ。だから大学に入ってもまた、三人で遊ぼうな」

「うん。みんなで定期的に会おう」

二人のやり取りに、海路はじんわりとまぶたが熱くなった。今からでも、起きてたよと言おうか。

迷っている間に、二人は「おやすみ」と言い合って、会話は終わってしまった。

幸せな気持ちのまま、海路は再び眠りに就いた。


運命の三月十八日を、海路たちは無事にやり過ごすことができた。

翌日の十九日、海路は起きてすぐ、間近のベッドで光一が寝息を立てて眠っているのを確認した。

蓮も海路の隣でまだ寝ていて、何も起こらなかった、という平和を噛みしめる。

間もなく、光一と蓮が目を覚まし、顔を見合わせた三人は無言でハイタッチした。

でも、昨晩も話し合ったように、問題はここからだ。まだ油断はできない。

昼頃に起きた三人は、光一の母が作ってくれていたサンドイッチを部屋に持ち込み、それを食べながらボードゲームに興じた。

日が暮れて夕食の時間になると、さすがに光一の母から「夕食くらい下で食べなさい」と、小言を言われてしまった。

三人は戦々恐々としながら部屋を出て、広いダイニングで食事をした。

「大通りのコンビニで、事故があったんですって。酔っ払い運転ですってよ。最近、近所で事故が多いわよねえ」

　食事の席で、光一の母が教えてくれた。彼女は事故を目撃したご近所さんから、話を聞いたのだそうだ。

　酔った運転手は、警察に保護されてからもへべれけだったのだとか。やはり、大した怪我ではなかったらしい。

　安心したところで食事を終え、部屋に戻った。それから蓮は一度、弟たちの様子を見に家に戻ったので、部屋には海路と光一だけになった。

　二人でボードゲームはできないので、トランプをやる。結局まだ、スマホのソーシャルゲームはやっていない。

　最初に神経衰弱をやったが、記憶力の差がすごくて、光一とまったく勝負にならず、セブンブリッジに移行した。

「光一君、やっぱり頭いいんだね。俺はぜんぜん覚えられないよ」

　ブツブツこぼしていたら、笑われた。

「昔から、暗記は得意だったんだ。暗記だけね。応用がきかない」

　受験は成功したからといって直ちに、兄へのコンプレックスが払拭（ふっしょく）されて自信満々……というわけにはいかないようだ。

　もっとも、そういうところが光一らしいと言えるのかもしれない。

「昨日、いや、今日の明け方か。光一君と蓮が寝る間際に、話してたでしょ。あの時、本当は俺、起きてたんだ」

盗み聞きしていたことを打ち明け、ごめんと謝ると、光一は「そうなの？」と、驚いた顔をした。

「蓮がジャイアン、って話。よくわかったから笑いそうになった」

海路が言うと、光一は大きく口を開けて笑った。

「海路君でもそう思うんだ？　君に対しては結構、優しいと思ったけど。高校に入ってからはましになったみたいだし」

光一の言うとおりだった。今の蓮は優しい。考えてから、ジャイアンだったのは、ブラック蓮だったなと思い出す。

「あの、今の蓮は光一君の言うとおり、優しいと思う。俺が横暴だなって思ってたのは、タイムリープしてた時の蓮なんだ。この話、光一君はまだ、信じられないかもしれないけど」

光一はそこで、トランプをめくる手を止め、海路を見た。

「いや。信じるよ」

落ち着いた声で答え、目を伏せる。

「どういう現象なのかわからないし、信じられない気分ではあるけど、信じる。僕のためにありがとう。海路君にも、それにタイムリーパーの蓮にも、つらい思いをさせてしまった」

海路は勢いよくかぶりを振った。確かにつらかった。もう人生そのものをやめてしまいたいと思うくらい、苦しかった。

でも、それは光一のせいじゃない。光一が罪悪感を覚える必要など何もないのだ。

「ううん。結果的に、こうやって三人仲良くなれたもん」

そうして今回は、三人で二十二日のゴールにたどり着く。そうすれば、長く苦しかった時間旅行も報われる。

「僕は蓮とも、やっと普通の友達に戻れた気がする」

高校三年生を終えて、大学にも合格した。もう、蓮も光一もお互いに負い目を感じる必要はない。

「無事に三人で、大学生になろうね」

残りはあと三日だ。海路が力を込めて言うと、光一は「うん」と微笑んでうなずいた後、真顔に戻った。

「あのね、海路君。僕がもし死んだら、もうやり直しはしないでほしい」

それはあまりに唐突で、思ってもみない言葉だった。海路は驚き、うろたえた。

「なんで、そんなこと言うの」

三人でゴールしようと話したばかりなのに。途方に暮れ、ほとんど泣き出しそうになった。

光一はいつもと変わらない、穏やかな笑みを浮かべる。

「もちろん、僕だって死にたくないよ。怖いし、何が何でも生きたい。だからこれは、もしもの話だ。もし失敗したら、もう時間を巻き戻さなくていい」

光一はさらに、「ごめんね、唐突に」と付け加えた。

「僕もたった今、不意に思ったことを口にしただけなんだ。僕が死んだら、もう巻き戻さなくていいんじゃないかな、って。だって、時間が巻き戻っても、僕は今のこの瞬間を覚えてないんでしょ？　それなら今の僕は死んだままだ。それより、海路君と蓮がこれから苦しい思いをするんだなって、考えながら死ぬのが嫌だな」

「しっ、死ぬとか、言わないでよ」

涙をこらえて、海路は言った。我ながら、駄々っ子みたいな口調になってしまった。恨めしく思って光一を睨む。光一は目を瞠り、優しく笑った。

「僕も死ぬつもりはないよ。……わかった、もう言わない。さっきの話に戻そう。タイムリーパーの蓮が横暴だったたって話」

子供に言い聞かせるみたいな口調だ。海路もぐっと息を呑みこみ、涙を引っ込めた。

「うん。……今の蓮とは、ぜんぜん違ってたよ。暗くて無口で、大人びてて。でも考えてみたら、今の蓮のほうが大人だよね。周りが見えてるし、優しい」

今朝方の光一が言っていた、海路君を大事にしてる、という言葉を思い出す。

「暗くて無口、か。そういう蓮を以前、見たことがある」

「そうなの？」

海路が驚くと、光一は慌てて、「タイムリープしたとかじゃなくてね」と、説明を加えた。

「蓮のお父さんが亡くなった時の蓮は、一時期、まさにそんな感じだった。急に大人びて、でも持ち前の明るさが消えてしまって、無口で。僕もうちの家族も心配したんだ」

「お父さんが急死して、どうしようと思ったって。そういえば、言ってたな」

以前、何かの折に蓮が話してくれた。

「弟君たちもいて、自分がどうにかしなきゃって、考えたのかもしれないね」

光一が遠くを見ながら言う。トランプの手は、どちらも止まったままだ。

「蓮は長男気質っていうのかな。お母さんを手伝って家事なんかもやって、弟の面倒もよく見てた。でも上の弟君は当時、兄がピリピリして怖いって、うちに来てこぼしてたんだ。あと、何でも自分で勝手に決めちゃうって」

まさに、タイムリーパーの蓮がそんな感じだった。

「うちの高校に入った辺りで、蓮も落ち着いたけどね。元どおり、今みたいな彼に戻った。当時は不安で、張り詰めてたんだろうなあ」

ではタイムリープの時の蓮も、海路が想像していた以上に、張り詰めていたのだろうか。

蓮が無口で暗く、大人びて見えたのは、タイムリープを繰り返してきたからだと思っていた。

でも、それだけではなかったのかもしれない。何もかもを自分で背負い込み、余裕がなく追い詰められていたからこその、あの状態だったのだろうか。

ホワイト蓮のように、いや、その半分でもいい、海路や光一本人と協力していたら、ランダムな光一の死を切り抜けられていたかもしれないのに。

蓮は蓮だ。大人びて無口な蓮も、明るい蓮も同じ人物だ。なのにどうして、結果はここまで違ってしまったのだろう。

（そういえば）

昨日、光一が言っていた言葉を思い出した。

まだ何か、引っかかることがあると。

そして以前、ホワイト蓮も、海路に言ったことがある。

ブラック蓮には何か、海路に明かしていない事実があったのではないか、と。その事実があったからこそ、海路を遠ざけようとしたし、冷たい態度で海路を傷つけた。

その事実が何だったのか、そもそもそんな事実が本当にあるのか、まだ解明されていない。

光一が引っかかると言ったことと、ブラック蓮が真実を隠しているかもしれないという憶測は、何も関係がないかもしれない。

でも今、海路も何かが引っかかったのだ。

光一に聞いてみようと、海路が口を開きかけた時、それより一拍早く光一が、「海路君」と、呼びかけた。

「前に話したことがあったよね。タイムリーパーの蓮を置き去りにした話。蓮が時間を越えて戻ってくるかどうかっていう」

光一は、海路とはまったく別のことを考えていたようだった。

「あっ、うん。確か、夏休みの時」

去年の夏、この家でタイムリープの話をしたのだ。半年ほど前のことなのに、遠い昔のことのような気がする。

「今戻って来てないなら、戻って来れないんだろうって、光一君は言ってた」

「うん。あと、人間は普通、結果がどうなるかわからないチャレンジはしないだろうなって、一般論としてね」

そうだ、そんな話だった。

他にもいろいろ話をしたけれど、あの時から漠然と、海路はもう二度と、タイムリーパーの蓮には会えないだろうという気がしていた。

もう一度、会いたいと思う。会って話をしたい。

どうしてあんなに冷たかったのか。本当に蓮は海路を疎ましく思っていなかっただろうか。

たった一人で、どんな真実を抱えていたのか――と。

「これは、推測でもなんでもなくて、僕がただ感じたことなんだけど」

光一は再びトランプを手に取り、ゆっくりと話す。海路もトランプをめくりながら、彼の言葉を待った。

「蓮は……未来の蓮は、きっとチャレンジすると思う。君が飛び降りた後、時間を遡ろうとする。僕を助けるためっていうのもあるかもしれない。でも何より、飛び降りた海路君に会うために、チャレンジする。蓮ならそうするって、幼馴染みの僕は確信してる」

その言葉は、海路の耳から脳へ届き、天啓のように響いた。

まさにそうあってほしいと、海路が望んでいたからかもしれない。冷たかった蓮に、ほんの少しでも自分の存在を気にかけてほしかった。

「そう、かな」

ぼんやりしながら返すと、光一は「たぶんきっと、ね」と、おっとり答えた。

「今の蓮も未来の蓮も、ぜんぶ同じ蓮だ。今の蓮が、すごく君のこと大事にしてるのを見て、思ったんだよね。未来の蓮もきっと、海路君のこと大事にしてたんじゃないかなって」

それは違うよ、と心の中で海路はつぶやいた。

蓮は冷たかった。残酷だった。でも、わからない。本当はどう思っていたのだろう。

たった一言でいい。あの人の真実の言葉を聞きたい。

「そうだと、いいなあ」

目が潤むのが止められなくて、下を向いた。それでも涙が溢れる。光一は夏休みの時と同じように、何も言わずに海路を見守っていた。

玄関で、「ただいま」と、蓮の声がする。帰ってきたのだ。

慌てて目をごしごし擦っている間に、階段を上って蓮が部屋に入ってきてしまった。

「コンビニに寄って、アイスとか買ってきた……え、なんで海路が泣いてんの？」

心配そうに、現在の蓮が海路を覗き込んでくる。その瞳が優しくて、また涙が出た。

「僕が泣かせちゃった」

「光一君に泣かされた」

二人で同時に言って笑うと、蓮が「はあ？」と、声を上げる。

「お前ら、何やってんの」

それからどっかり腰を下ろし、手にしていたレジ袋を広げた。

「そんなことより、アイス食おうぜ。何がいい？」

「そんなことってなんだよ。俺が泣いてるのに」

きっと、蓮なりの慰め方なのだろう。海路が不貞腐れると、彼は「お前、わりとよく泣くもんな」と笑った。

三人でアイスを食べながら、しばらくトランプをした。

日付が変わって三月二十日は、さすがにゲームに飽きてきて、三人とも一日中、部屋でゴロゴロして過ごした。

布団の上に寝転んで、めいめいがスマホをいじったり、光一の部屋にある本を読んだりする。

それでも夜には復活して、またトランプをした。

日付が変わって未明に、まず海路が眠くなり、先に布団に潜り込むのはもう、毎日の流れになっている。蓮と光一はしばらくマグネット将棋をした後、眠ったようだ。

そうして起きると、三月二十一日の昼だった。いよいよあと一日。

二十二日の日付が変わるまでは気を抜かないでおこう、と言っていたので、この自称ゲーム合宿は二十三日の朝に終わることになっている。

(絶対に、光一君を死なせない)

一足先に起きて、光一と蓮の寝顔を確認しながら、海路は決意を新たにする。

もし今回、失敗しても、もうやり直さないでほしいと光一は言っていた。死んだ人間は生き返らない。時間を巻き戻しても、同じ世界はもう二度と戻って来ないのだ。

光一の言うとおりだ。だから彼を死なせない。今回こそ、絶対に。

二十一日は、前日をなぞるように過ぎた。昼に起きてご飯を食べて、また次の食事まで部屋にこもってゲームをする。

「本当に、ゲームばっかりやってるのねえ。ちょっとは外に出たら？」

日が暮れて夕食になり、のそのそと二階から降りて来た三人に、光一の母が呆れ顔でそう言った。

「そのうちね。何しろこれは、ゲーム合宿だから。今、記録を作ってるんだ。ボードゲームの記録」

光一はさらりと、方便を口にする。機転の利く蓮も、これに乗った。

「スマホで記録を撮ってるんだ。上手くいったら、動画サイトで配信しようかって思って」

死ぬ運命から回避するために引きこもっている、なんてことを言葉にしたら、海路たちは全員、正気を疑われるだろう。

光一の母は息子たちの話を信じたようだ。

「ゲームの記録はいいけどねえ。動画配信って、ニュースになるようなことしないでね。ほら、炎上っていうの？」

「大丈夫。僕たち、そんな過激な動画は配信しないから」

動画配信について話していると、光一の父が帰って来た。

いつもより、少し早い帰宅だ。

光一の父は毎日、車で通勤するらしく、地下のガレージに車を入れた後、ガレージ内のドアから階段を上って家に入ってくる。

今日も、ガレージの電動シャッターが開く微かな音が、食堂にいる海路たちにも聞こえてきた。光一が、「父さんだ」とつぶやく。

光一の母は、夫の夕食を温めるために席を立ち、台所に向かった。

ただし今日に限っては、光一の父はすぐに内階段を上がってくることはなかった。

ややあって、光一の母が台所から顔を出す。

「ねえ、三人とも。お父さんからメッセージが入ったの。一階から地下のガレージに荷物を運ぶの、手伝ってくれない？」

海路と蓮は、「もちろん」「やります」と、同時に椅子から立ち上がった。

「一階にあるゴルフバッグを、ガレージまで運んでほしいのよ」

「ゴルフ、また行くの？　腰痛なのに？」

光一が眉をひそめる。

「しょうがないでしょ。付き合いがあるんだから」

「俺が持っていくよ」

蓮がすかさず言った。光一の母も、最初から蓮を当てにしていたようだ。口の端を引き上げ、ユーモラスに「実は、そう言ってくれるのを待ってたの」と言った。

蓮は苦笑しつつ、ゴルフバッグの場所を聞いた。

「光一、教えてあげて」

「はいはい」

蓮と光一が二人で食堂を出て行こうとするから、海路もそれに付いていく。廊下に出ると、三人は真顔になって顔を見合わせた。

「なんか、フラグっぽいね」

明るい口調で言った光一は、しかし、表情が少し強張っている。

「いかにもっていうタイミングだな」

蓮が言った。おなじことを海路も感じていた。十八日を生き延びて、やり過ごせたと思っていたのに、やっぱりまだ呪いは続いていた。

「それじゃあ、俺がゴルフバッグを地下のおじさんのところに持っていく。海路がボディガードで、光一と二人でここに待機する。途中でおばさんやおじさんに呼ばれても、光一は動かないこと」

蓮が小声でてきぱきと采配した。

「うん。何かに呼ばれても、俺が応対する。光一君は動かない」

「了解。けどもう少し、玄関に近いところにいたほうがいいかな。ここだと上から物が落ちてきたりするかも」

頭上を指して、光一が言う。つられて海路と蓮も上を見上げた。

三人のすぐ脇に二階へ続く階段があり、光一が立つ位置のちょうど真上に、二階の踊り場があった。踊り場の天井には、吊り下げ式の照明が付いている。

それほど大きな照明器具ではないし、軽そうに見えるが、油断は禁物だ。海路と光一は階段を避け、玄関まで移動した。

蓮は階段下の収納からゴルフバッグを取り出す。

玄関の横に一つ扉があって、そこがガレージに続く内階段に繋がっていた。

「扉、階段に向かって開くんだな」

地下への扉を開き、蓮がつぶやく。海路も恐々、首を伸ばして扉の向こうを覗いた。

階段は急だった。お洒落な鉄製の手すりが付いている。

踊り場の脇には小さいけれど、クリスタル製のトロフィーが飾ってあった。ゴルフ大会の文字が刻まれていて、光一の父親のものと見える。蓮の言うとおり、扉は廊下から階段室に向かって開くようになっていた。

「フラグっぽいねえ」

海路が言うと、光一も苦笑する。

「僕、小学校の頃、この階段から足を滑らせて落ちたことがあるんだ。その時は腰を打ったくらいで擦り傷もなかったんだけどね。今だと死んじゃう予感がする」

「縁起でもないこと言わないでよ」

またそういうことを、と海路が光一を叱ると、光一はごめんごめんと笑った。

「よし、それじゃあ海路、頼んだぞ。……なんだっけ、あのクッソださい名前の」

「……光一君守り隊。覚えてるくせに」

蓮がわざとらしくとぼけるので、海路は言ってやった。

「悪い、あまりにダサくて口にするのも憚られたわ」

「僕もそのネーミングはちょっと恥ずかしいけど……ボディガード、よろしくお願いします」

「光一君まで！」

騒ぎ笑いながら、でも三人とも表情は硬かった。

「よし。じゃあ、さっさと済ませてくる。ドア、閉めておいてくれ」

蓮は言い、彼が扉の向こうに消えた後、海路はドアを閉めた。かちゃりとドアノブが音を立てるまで、きっちり閉めておく。

扉の向こうでは、蓮と光一の父の声が聞こえた。

海路が戸口にもたれ、ホッと息をついたところで、背後から「ねえ」と、光一の母の声がした。

「悪いんだけど。こっちのゴルフ用の靴も、一緒に持って行ってくれる？」

海路が振り返ると、手にシューズバッグを持った光一の母が、リビングから顔を出したところだった。

「リビングにあったの。シューズはゴルフバッグと一緒にしておいて、っていつも言ってるのにね。お父さんたら、あっちこっちに置いちゃうんだもの」

愚痴をこぼしながら、こちらに向かってくる。光一が前に出ようとするので、それを止めて海路が前に出た。

「俺が持っていきます」

光一の母は、「悪いわね」と、海路に向かってバッグを持った手を伸ばした。

何気ない動作だった。光一の母も、取り立てて慌てていたというわけではなく、ただ歩いていたのだ。

一歩、二歩……海路のいる場所まであと数歩の距離だった。

さらにもう一歩、彼女が足を踏み出した時、スリッパがつるりと床を滑った。

光一の母は小さな悲鳴を上げて、細身の長身が前のめりに傾く。海路を避け、その脇をすり抜けた。

海路の背後には、光一がいた。

「あっ」

と、光一の声が聞こえて海路が後ろを振り返った時、光一が母親の身体を受け止めたところだった。

二人はダンスでも踊るみたいに、抱き合ってよろよろと二、三歩後退する。そうしているうちに、光一の背中が玄関横のドアに行き当たり、どうにか転倒は免れた。

「危ないよ、母さん、気をつけて!」

「ごめんなさい。やだ、何でもないところで転んじゃった」

青ざめた光一に叱られ、母親は恥ずかしそうに笑いながら、体勢を整えた。母と息子の手が離れる。

その時、一連の出来事を呆然と見送っていた海路は、ハッと気がついた。

光一が階段室の扉に寄りかかっている。

「光一君。ドア。危ないよ」

もしも今、地下から蓮たちが階段を上ってきて、ドアを開いたら。光一が転倒してしまう。

海路は慌てて言ったのだが、光一はまだ母親を気にしていてすぐには気づかず、背後を振り返ってようやく理解したようだった。

「え、あっ」

光一は慌てた様子で声を上げ、ドアから離れようとした。寄りかかっていたドアから上体を起こす際、後ろ手にドアに手をつく。

急いで離れようとした、これも咄嗟の何気ない動作だった。

光一が勢いをつけて体重をかけたことで、きっちり閉めたはずのドアノブがかちゃりと音を立てた。

ドアが静かに開き、黒い口を開けるのを海路は見た。

光一の身体が後ろへ傾ぎ、体勢を崩していく様が、スローモーションのように映った。

——呪いだ。

頭の中でそんな言葉が弾け、ぼんやり見ていた海路は我に返った。

「こ……」

光一君。

言葉になる前に、海路の身体はひとりでに動いた。精いっぱい手を伸ばし、光一の腕を掴む。

死なせない。今度こそ絶対に光一を死なせない。

掴んだ腕を引き上げようとしたが、光一の体重に引きずられて海路もバランスを崩した。

二人が階段から落ちる瞬間、光一の手が鉄の手すりを掴む。彼がそれをしっかりと握りしめるのを見て、海路はホッとした。

ホッとして、光一の腕を離した。ふわりと身体が浮いて、

（あ、落ちる）

と思った時には、全身に強い衝撃を感じていた。ダダダッと背中が階段を滑っていく。最後に後頭部に痛みが走り、鼻の奥がツーンとなった。

「海路君！」

「海路！」

光一と、それに蓮の声だ。薄っすらと目を開けると、両脇から蓮と光一が自分を覗き込んでいるのが見えた。

「光、一君……あぶな」

「僕は無事だよ。怪我一つしてない」

「海路」

「あ、あ、動かさないで。そのまま、そのまま」

蓮が叫ぶのに続いて、光一の父親の声が聞こえた時、すうっと幕が下りるみたいに視界が暗くなった。

「海路、海路！」

必死に蓮が呼びかけている。大丈夫だよ、と言いたい。みんなが騒いでいる声が、遠くなっていく。

大丈夫、自分は光一を守ることができた。光一は無事だ。

人の願いが奇跡を呼ぶのだと、彼が言っていた。すべての超常現象は、人の願望の形だと。

本当に強く願ったら、その願いは叶うのだろうか。

光一を救いたい。

それから、あの人にもう一度会いたい。

意識を失う直前、海路が考えたのはそんなことだった。

九

意識を失った海路は、救急車で病院に運ばれたのだそうだ。

救急車を降りて病院のストレッチャーに乗せられ、検査に回されるところだったのか、病院の廊下の上で目を覚ました。

「鈴木さーん、鈴木海路さーん？」

近くにいた医師か看護師か、若い女性に名前を呼ばれ、「はい」と答えたと思う。

ストレッチャーのそばに光一の父がいるのに気づき、海路は彼に「光一君は？」と、尋ねた。

「ありがとう。光一は大丈夫だよ。怪我一つしてない。今は家にいるよ」

丸顔のハンサムが困ったような笑みを浮かべながら答えるのに、海路はホッとする。

「階段から落ちたの、憶えてるかい？」

心配そうに聞かれたので、海路はぐるりと眼球を動かした。「再診受付」「入院病棟」などの案内板が見えて、ここは病院なのだなと思った。

「はい。地下に行く階段のドアが開いちゃって、光一君が落ちそうになったんです。俺、咄嗟に助けようとして、自分が落ちちゃった」

「君が光一の腕を摑んでくれて、おかげで光一は手すりに摑まることができて、助かったんだ。入れ替わりに君が落ちてしまった。申し訳ない」

「そんなの」

頭を振ろうとして、後頭部がずきりと痛んだ。光一の父が慌てた様子で「そのまま」と、静止を促す。

「頭を打ったんだ。あまり動かさないほうがいい。今、検査してもらうから。もうすぐ、ご両親も到着するからね」

光一の父は、海路が意識を失ってすぐに救急車を呼んだこと、救急車が来るまでに両親に連絡したことなど、説明してくれた。

光一の母と蓮も、救急車を追いかけて病院に向かっているという。光一は家で留守番しているそうだ。

少し安心したところで、ストレッチャーごとどこかの部屋に運ばれた。そこで看護師らしき人から、病歴やアレルギーの有無を質問された。

さらにそこからまた別の部屋に移動して、ＣＴだかＭＲＩだか、大掛かりな機械に掛けられた。

機械の部屋からは自力で外に出て、その時にはもう、海路の両親と姉が、廊下に揃っていた。

その後ろに光一の両親と、それに蓮の姿があった。

「まったくもう！」

海路の母が息子の顔を見るなり、怒ったような泣くような顔で、近づいてきた。

「階段から落ちるなんて」

文句を言いながらも母は、「頭はどう？　痛む？　他に怪我は？」と、矢継ぎ早に尋ねてくる。

後頭部を触ると痛みがあるものの、それほどひどい痛みではなかった。あとは、両肘をすりむいているくらいだ。臀部(でんぶ)も少し痛むから、青タンくらいはできているかもしれない。

「ぜんぜん大丈夫だよ。心配かけてごめんね」

両親に言うと、母は「ホントよお」と、ぼやき、父は、

「英(はなぶさ)君のお母さんから電話がかかってきて、階段から落ちて意識不明って言われたんだよ」

言って、ホッとしたように笑ったけれど、彼も今にも泣きそうだった。

「パパとママがパニクってるから、あたしがタクシー呼んだんだよ」

姉が父の隣で言って、「まあ無事でよかったわ」と、付け加えた。

そうした家族の輪から一歩離れた場所で、光一の両親が申し訳なさそうな、でもホッとしたような、神妙な様子で立っている。

蓮はさらにその奥、廊下の端に立って、海路を心配そうに見ていた。海路は蓮に、唇だけ動

かして、「ごめんね」と伝える。蓮は微笑みで答えた。

そんなやり取りをしている間に、海路は医師に呼ばれ、一家で診察室に入った。

検査の結果、特に異常は見つからなかった。しかし、しばらく意識がなかったので、明日もう一度検査をしましょう、ということになり、海路は一泊入院することになった。

「英先生から、くれぐれも慎重に、って言われましたんでね」

男性医師は、半分冗談めかして言った。きょとんとする海路とその家族に医師は、ここが光一の父の実家が経営する病院だということを教えてくれた。

診察室を出て、待ち構えていた光一の両親に結果を伝えると、彼らも胸を撫で下ろしていた。

特に光一の母は、目を潤ませて安堵した後、改めて海路と家族に頭を下げた。

「私が不注意だったばかりに、申し訳ありません」

海路が階段から落ちた経緯は、すでに海路の両親に伝えられていたようだ。

海路の両親が慌てた様子で、「いえいえ、このとおり無事でしたので」「こちらこそ、何日もお邪魔しまして」と、とりなし、しばらく互いの両親の間で謝罪やらお礼の言葉が行き来した。

その間に、蓮がつと、海路のほうへ近づいてくる。

「光一は自宅で待機してる。うちの上の弟を召喚して、ボディガードをさせてる」

小さな声で海路に耳打ちした。

「上の弟は、俺と同じくらいデカいんだ。何かあっても、盾くらいにはなるはずだ」

それを聞いて、海路も安心した。光一が留守番をしている間、何かあったらどうしようと気を揉んでいたのだ。

「お兄ちゃん二人が外出して、下の弟さんは？　大丈夫なの？」

「母親が仕事から帰ってきてるから、大丈夫だよ。俺もこの後、また光一の家に戻るつもりだ。こっちは大丈夫だから、お前は自分の身体のことを考えろ」

「うん」

蓮と、蓮の弟が付いているなら、きっと大丈夫だ。

「呼んでも目を覚まさないから、心配した」

安心したところで、蓮がぽつりと言った。柔らかく優しい、でもまだ不安そうな表情を浮かべるのを見て、海路も胸が痛くなる。

「ごめんね」

言いながら、今すぐ蓮に抱き付きたいと思った。彼に触れたい。蓮もそう思ったのかもしれない。一瞬、二人の視線が絡み合う。

「海路、病室行くよ」

姉の間延びした声に、我に返った。海路は瞬きをして、蓮はバツが悪そうに微笑んだ。

光一の父に案内してもらった病室は、入院病棟の上のほうにある広い個室だった。

部屋は風呂もトイレもついていて、応接用のソファまである。

光一の父にとっても、実家が経営する病院は勝手知ったる場所のようで、自分の勤務先のように先に立ってあれこれ説明してくれた。

蓮と光一の母は、海路の病室には入らず、同じ階の談話室で待っていると言って、その場を離れた。

「光一の家に戻ったら、スマホに連絡するから。残りの一日は、俺と弟で何とかする。だから安心して入院しとけ」

去り際、蓮は海路に囁いて、最後にニコッと労わるように微笑んだ。

「うん。よろしく」

今回、階段から落ちかけた光一を、助けることができた。死の呪いを回避できたのだ。

だからきっと、残りの一日も大丈夫。蓮と、蓮によく似て同じくらい体格がいいという、弟が付いている。

予感めいたものが湧いて、海路は力強くうなずいた。

蓮と数秒、見つめ合い、それからお互いに照れ臭くなって笑う。名残惜しさを抱え、去っていく蓮を見送った。

それから海路と家族は、広い病室を物珍しく見て回った。光一の父がレンタルの病衣やタオルを持ってきてくれ、看護師から簡単な説明があった後、海路を残してみんな帰ることになった。

「じゃあね。何かあったら、ちゃんとナースコールするのよ。頭痛とかあったら、我慢しちゃだめよ」

母が何度もしつこく繰り返す。大丈夫だよと、海路は笑いつつ、エレベーターホールまで皆を見送る。

部屋にいろと言われたが、戻っても何もすることがないのだ。広い個室は恐らく、光一の父の計らいなのだろうが、広すぎてちょっと心細い。

光一の父が、談話室へ蓮たちを呼びに行き、すぐ戻ってきた。光一の母はいたが、蓮の姿がない。

「蓮君、見かけなかった？」

光一の父が海路たちに尋ねたので、家族も海路も首を横に振った。

「おばさんと、談話室に行ってたんじゃないんですか？」

海路が光一の母に問いかけると、彼女は「そうなんだけど」と、戸惑い顔で答える。

「たった今、ふらっと談話室を出て行っちゃったの。何も言わずに」

「トイレじゃないですかね」

海路の姉が、トイレの案内板を示して言い、海路の父が「ちょっと見てくる」と、男子トイレを覗きに行った。しかし、トイレには誰の姿もないとのことだった。

談話室に戻っているかも、ということで、全員で談話室へ向かう。海路も付いて行った。

「あんたは休んでなさい」

と、母に言われたが、蓮の姿が見えないままだと不安なのだ。

エレベーターホールから真っすぐ廊下を進んだ突き当たりに、談話室があった。

明るい色の木目調テーブルと椅子がいくつか配置され、壁面に大型のテレビが設置されている。

音声は出ないが、高齢の入院患者が二人ほど、壁のテレビを眺めていた。

「蓮と二人で、そこの席に座ってたの。それが急に立ち上がって、ふらっとどこかに行っちゃって」

それきり戻って来ないのだという。

「蓮は、何も言ってなかったんですか？」

海路が尋ね、光一の母も「そうなのよ」と、訝しむ口調で言った。

蓮のことだから、一言断って席を立つはずだ。それなのに何も言わないで立ち去るなんて、彼らしくない。

「遊楽師匠のニュースを見てたのよね」

その時、テレビの前に座っていた年配の女性患者が、急に話に入ってきた。

病衣の女性はおっとりと、「急に割って入ってごめんなさいね」と断って、

「さっきここに座っていた、背の高い二枚目の子でしょ」

と、隣のテーブルを指差した。

「ちょうど、このニュース番組で、遊楽師匠が亡くなったってニュースをやってたのよ」

「遊楽……落語家でしたっけ」

と、確認したのは、海路の父だった。そうそう、と女性が応じる。

すると、それまで黙ってテレビを見ていたもう一人の入院患者、窓際のテーブルにいた高齢男性が、海路たちを振り返った。

「松月亭（しょうげつてい）遊楽、ね。最近の人は落語なんて見ないもんねえ。でも、さっきの子は知ってたみたいだよ」

男性の声に、光一の母が「そうなんです」と、応じる。

「あの子は落語に詳しくて。さっきも、遊楽師匠、亡くなったんだ、なんて言ってたんです。なのに、いきなり慌ただしく立ち上がって……」

それで光一の母は、蓮がトイレに行ったのだと思ったようだ。

「あの男の子、テレビを見て、驚いてたみたいだったわよ。遊楽師匠の高座の映像を見てたから」

女性患者が、光一の母の言葉を否定した。男性患者もそれにうなずく。

「『死神』って字幕が出た途端、『あっ』って言ってたな」

「……死神？」

海路は思わず聞き返してしまった。なんて物騒な単語だろうと思ったからだ。落語家逝去のニュースに、どうして「死神」なんて字幕が出るのだろう。

怪訝に思ったのだが、男性患者からは「死神、知らない？」と、逆に聞き返された。

「落語の有名な演目だよ。遊楽の十八番だったって、ニュースで」

海路はその演目を知らなかった。でも、蓮ならば知っていたはずだ。

蓮はいったい、「死神」の何に驚いたのだろう？

「蓮君は、こっちで探すから。きっと別の階にトイレに行ったんだよ。海路君は心配しないで、休んでて。ご家族も」

光一の父がその場を取り仕切り、蓮のことは光一の両親に任せることになった。

海路と海路の家族は、またエレベーターホールに戻り、そこで別れた。

部屋に戻ると、海路はスマホで蓮にメッセージを送ってみた。既読にならず、電話をかけても繋がらない。

いったい、蓮はどこに行ったのだろう。光一の父親の言うとおり、トイレに行ったのかもしれない。

今頃はひょっこり戻って来て、おばさんやおじさんに謝っている頃かも。

でもそれなら、談話室から少し足を延ばして、海路の顔を見に来るはずではないか。談話室からここまで、一分とかからない。普段の蓮なら、きっとそうするはずだ。

何かあったのだろうか。考えても理由がわからず、不安は募るばかりだ。

蓮のスマホに、メッセージを送ってみる。既読にならず、沈黙したままだった。

病院内を探してみようか。でも、もしも蓮が海路に会いにこの部屋に現れたら、入れ違いになってしまう。

念のため、数分置いてスマホを確認する。メッセージアプリに蓮からの返信はなかったが、海路が送ったメッセージは、いつの間にか「既読」になっていた。

すぐに返事が来るかと思いきや、いくら待てども返信はない。今来るか、いやまだ手が離せない状況なのか、ジリジリしながらスマホと睨めっこを続ける。

いつまで経っても、蓮からの返事は来なかった。

じわりと、嫌な予感が頭をもたげた。

それからさらに三十分ほどが経って、光一から連絡が入った時、嫌な予感は確信へと変わった。

「ごめん。今ちょっと、話せる？」

メッセージではなく、いきなり通話をかけてきたかと思うと、光一は性急な口調で言った。部屋は個室で、消灯後もテレビを見ていいと言われている。大声で話さなければ、電話も問題ないだろう。

判断して、海路は「大丈夫」と、請け合った。

光一は、たった今、両親が帰宅したと告げ、海路の無事を喜んだ。それから海路の体調を尋ね、助けられた礼を述べる。

でもその口ぶりもどこか急いていて、後ろに何か重大な話が控えているのだと思わせた。

「本当にごめん。ありがとう。僕のせいで、海路君が怪我しちゃって」

「ううん、俺はなんともないよ。ちょっとすりむいただけ。光一君が無事でよかった。それより、何かあったんじゃないの？」

海路への謝恩と有事の狭間にあるらしい光一に、こちらから水を向けてみる。

光一は「うん」と、相槌を打って息を吞み込んだ後、

「蓮は今、海路君のところにいるの？」

と、尋ねてきた。海路はびっくりした。

「おじさんとおばさんと一緒に、光一君の家に帰ったんじゃないの？」

二十二日を無事に越えるまでは、英邸にいると言っていたのだ。行方をくらます前の蓮は。

「どうしよう。行方不明ってこと？」

急に談話室を出て行って、それきりということなのだろうか。光一の両親は、蓮を探さないまま帰宅したということなのか。

海路がうろたえてその話を光一に告げると、彼は「いや」と、否定した。

「談話室でいなくなった後、一度、うちの両親と落ち合ったらしいんだ」

ふらりとどこかへ消えた蓮は、あの後、病院の一階で光一の両親と合流したという。

トイレに行っていたと、言っていたそうだ。

それから蓮は、海路に会って挨拶をしたいと言い、その後で一度、小宮山（こみやま）家に戻るからと、光一の両親を先に帰したらしい。

「でも母が言うには、様子がおかしかったらしいんだよね。父は、単にお腹が痛いだけじゃない？　って言うんだけど」

「様子がおかしいって、どんなふうに？」

海路も急いた口調になって尋ねた。光一は、「それが、よくわからないんだけど」と、言葉を濁す。

「母は、いつもの蓮と何だか違うから、具合が悪いんじゃないかって、心配してるんだ」

どこがどう違うのか、光一の母の言葉だけでは、はっきりしないようだ。もともと、光一の母は繊細で神経質なので、光一の父は彼女が気にしすぎているだけだと考えているらしかった。

「それで、蓮にメッセージを送ってみたんだ。大丈夫かって。しばらく既読のままだったけど、つい、たった今、返信があった」

その言葉を聞いて、海路は安堵した。少なくとも、返信は打てる状況なのだ。

「蓮は、なんて?」

光一は「それが」と、言い渋る。

「呪いはもう解けたから大丈夫、っていうメッセージだったんだ」

一瞬、理解に迷った。呪いは解けた。光一は、死の運命から脱却できたということだ。

それが本当なら、快哉を叫びたくなるくらい、喜ばしいことのはずだ。

「呪いが解けたって、どうして?」

海路が思わず発した問いに、光一も「わからない」と、困惑した声を返す。

「念のため、二十二日を過ぎるまで、弟はそばに置いておいてくれって。それだけ」

それきり、メッセージを送っても既読にならず、電話をかけても出てくれないのだそうだ。

小宮山家に帰ると言っていたというので、蓮の上の弟が確認しに行ったが、そちらにもまだ帰宅していないらしい。

「だから何だか、不安になっちゃって。海路君と一緒にいるなら、いいんだけど」

そうあってほしい、と願うような口調だった。

「いや……」

蓮はここにはいない。しかし、咄嗟にそう答えるのをためらった。

光一には、呪いは解けたとメッセージを送った。その少し前、蓮は談話室でテレビを見ていて、何かに驚いた様子だった。

あっ、と声を上げげたと、男性患者が言っていた。

驚いたのか……もしくは思い出したか、それとも、何か思いついたとか?

テレビのニュースを見た時に蓮は、光一の呪いがもう解けたことを知った。つまり、呪いの正体がわかったということだ。

正体はわかったが、でもまだ、すべては解決していない。解決したなら、蓮が行方をくらます理由がないからだ。みんなで一緒に、災厄が去ったことを喜べばいい。

そこまで考えて、海路はこの考えを光一に伝えようか迷った。

光一なら、もっと明確に事実を推察してくれるだろう。「死神」のことも、すぐにわかるかもしれない。

でも、と躊躇(ちゅうちょ)する。蓮は光一に、詳細を告げずに連絡を絶った。海路には、今のところ返信の一つもない。

ならばそれは、光一や海路に知られたくない事実なのではないか。

海路はそこでハッとした。ブラック蓮も、何か秘密を抱えているようだった。海路に知らせていない情報があったのではないかと、いみじくもホワイト蓮が言っていたのだ。

タイムリープをしてきた蓮が知っていた真実。その真実に、今の蓮も行き当たったのだとしたら。

たとえ蓮を見つけたとしても、彼はその真実を教えてはくれないだろう。

「蓮とはまだ、会ってない。ここにはいないよ」

めまぐるしく思考を巡らせて、海路は答えた。

蓮が見つけた真実が、どんなものなのかわからない。見当もつかないが、今、光一に告げない方がいい気がする。

なぜなら、タイムリーパーの蓮も、光一には頑なにタイムリープの事実を告げていなかったからだ。

光一の呪いは去った。でも念を入れて、弟はつけたままにすると言っていた。なら、光一はまだ安全な場所に待機していたほうがいい。

海路はそう、判断した。

今の自分は以前のタイムリープとは違って、蓮の性格をよく理解している。

蓮は優しい。蓮が隠し事をするなら、それは利己的な理由ではなく、光一や海路といった、周りの人たちを思いやってのことだろう。

真実を知らせないのは、光一に不利益を被らせないため。

そう理解して、海路は光一にすべてを伝えないでおくことにした。

「今、ここにはいないんだけど。でも、そのうち来ると思う。おじさんとおばさんにも、そう言ってたんだよね。俺に挨拶してから帰るって」

「うん。それはそうなんだけど」

「じゃあ大丈夫」

できるだけ明るい声で、海路は言った。

「たぶん蓮は何か、呪いについてわかったことがあるんだと思う。今は検証してる最中なんじゃないかな。落ち着いたら、帰る前に俺の病室に来るはずだから、そしたら光一君にも連絡するね」

「うん……」

海路は懸命に、確信に満ちた声音を出したのだが、光一からは戸惑った声音が返ってくるだけだった。そういえば、光一は海路ほど、単純ではないのだった。

「……兄さん、どうかしたの？」

次に何と言おうか、海路が迷っていた時、電話の向こうで微かにそんな声が聞こえた。

一瞬、蓮かと勘違いするほど、よく似た声だった。蓮の弟だ。

「まだ病院にいるみたい」

光一が彼に、そう返している。

「あの、それじゃあ。弟君にもよろしく伝えておいて。蓮にも、すぐ帰るようにって言っておく」

海路は口早に言った。光一も、蓮の弟を心配させると思ったのか、「わかった、お願い」と、明るい声を出して、電話を切った。

ため息をついて、メッセージアプリを確認する。やはり、蓮からは何も連絡がない。

蓮が海路に会いに来るという確証は、どこにもなかった。むしろ、会いに来ない可能性のほうが高い。

探しに行こうか迷っていると、病室に看護師がやってきて、そろそろ消灯時間だと告げた。時刻は夜の九時。部外者の蓮が、病院をうろついていい時間ではない。

消灯間際のこの時間、看護師が頻繁(ひんぱん)に廊下を行き来しているようだった。海路は病室の外へ蓮を探しに行くのをひとまず諦(あきら)め、応接セットに腰を下ろした。

室内の照明を落とす。すべて消すと真っ暗で何も見えないので、ベッドサイドの明かりだけ点(つ)けておいた。

それでも落ち着かず、スマホを操作する。ずっと気になっていたことを、インターネットで検索することにした。

「死神」「落語」

二つの単語を検索バーに入力する。

男性患者が言っていたとおり、「死神」は有名な演目だったようだ。すぐにたくさんの情報が検索結果に表示された。

海路は直感に従って、いくつかのリンクを開いてみた。その中に、「死神」という演目の概要と、あらすじをまとめたサイトがあった。

病院のインターネット環境が脆弱で、ページの読み込みが遅い。それで余計に気持ちがはやり、若干イライラしながらあらすじを読んだ。

読んでいる途中から、苛立ちは消えた。

同時に、さっきの電話で光一に、「死神」の話をしなくてよかった、と思う。彼はまだ両親から、蓮が談話室でテレビを見ていたくだりを聞かされていないのだろう。

光一ならたぶん、「死神」のあらすじを知っているはずだろうし、知らなければ海路のように、ネットで検索する。そうすればすぐさま、真実に辿り着いたはずだ。

それくらい、明確だった。

これは、この一連の死の呪いは、まさに落語の「死神」のとおりだった。

知りたかった答えが、海路でさえもすぐわかるくらい、はっきりとそこに書かれていた。

あるところに、うだつの上がらない男がいた。

やることなすこと上手くいかず、首をくくろうかと思い悩んでいるところに、死神が現れる。

お前はまだ寿命が残っているから、死のうとしても死ねない、それより医者になれ、と死神は男に言った。

いわく、病人の足元に死神がいれば、その病人は助かる。呪文を唱えれば死神は退散するそうだ。ただし、枕元に死神が立っていたら、病人は助からない。

死神の助言に従って、男はたちまち名医になった。

ある時、男は金持ちの家に呼ばれたが、死神は病人の枕元に立っていた。

男は死神を騙して枕と足元の位置を入れ替え、死ぬはずだった病人は快癒した。

騙された死神は当然怒り、男を暗い洞窟へ連れ去る。そこにはたくさんの蝋燭が立っていた。

この蝋燭は、人の寿命の蝋燭であると死神は言う。中にひと際短い、もう消えかけた蝋燭があった。

——これはお前の寿命だよ。

死神が言った。その隣にある、長くて明々と燃える蝋燭が、お前が助けた病人の蝋燭だとも。

——お前の本来の寿命は、こっちだったんだ。

男は金に目が眩んだために、病人と自分の寿命とを取り替えてしまったのだ。

寿命が尽きるはずだった命と、まだ生きるはずだった命を取り替えた。

作品のテーマは別のところにあるのだろうが、寿命についての設定だけかいつまむと、「死神」はそういう話だ。

——死ぬはずだった命を取り替える。

そのロジックに行きついた時、海路は何もかも腑に落ちた気がした。

(そうか。そうだったんだ)

タイムリープしていた時の蓮の、不可解で不合理な行動、海路に冷たかったこと、光一を救うという、大命題のはずの事柄から海路を遠ざけようとしたことも。

この推測が正しいなら、すべて理解できる。

理解はしたものの、事の重大さにしばし、途方に暮れた。

蓮が行方をくらますはずだ。彼が何も言わずにいなくなったのも、今ならうなずける。

海路だって今、どんな顔をしてみんなに会えばいいのかわからない。

(個室にしてもらってよかった)

笑うことも泣くこともできなかった。ただただ、途方に暮れている。

(これから、どうしようか)

事実を知ってしまった今、どうすればいいのかわからず、海路は応接用のソファに背中を預けた。

ずいぶんとぼんやりしていたらしい。

病室の引き戸がすらりと開き、誰かが入って来たのにも、すぐには気づけなかった。

暗い病室に黙って入ってくる人影に、海路は看護師が見回りに来たのだと思った。

けれど、違った。人影は蓮だった。

「わ、蓮」

思わず声を上げると、相手もビクッと肩を震わせて立ち止まった。

蓮は蓮で、海路が応接セットに座り込んでいることに、気づかなかったらしい。

部屋に入ってきた時、蓮の視線は明かりのついたベッドに向けられていて、手前のソファから声が上がったので驚いていた。

「蓮」

もう一度、海路は蓮の名前を口にした。

彼の姿を見て安堵したのと、どんな顔をすればいいのかと、困惑が混じる。

「海路」

蓮もまた、海路の名前を呼んだ。瞬き一つして、海路の姿を正面から見つめる。

その声を聞いた瞬間、海路は違和感を覚えた。

それが、ひどく暗く、沈んで聞こえたからだ。

驚きと懐かしさが一瞬のうちに込み上げて、すぐさま「いや」と、脳裏を過った自分の発想を打ち消す。

そんなはずはない。

今の蓮はただ、真実に気がついて沈んでいるだけだ。

蓮は海路を呼んだきり、その場に立ち止まったままだった。それ以上は言葉を発することもなく、海路を見つめている。

じっと、絶望の混じった暗い眼差しで。

「寒くない？」

だから代わりに、海路が明るい声音で言った。

蓮はセーターにジーンズだけ、光一の家にいた時のままの恰好だった。上着も持たず、光一の母の車で病院に駆け付けたのだろう。

まだ寒い三月の夜に、本当にこのまま、徒歩と電車で帰宅するつもりだったのだろうか。

「……いや」

数秒の後、彼も自身の恰好に気づいたようだ。緩くかぶりを振り、微笑んだ……微笑もうとした。

それは途中で泣き笑いのようになる。

「お前が、無事でよかった」

彼は短くそれだけ言って、口をつぐんだ。

まるで、泣き出すのをこらえているようだった。絶望に、小さな安堵が混じった目をしているのを見て、海路の頭に再び「まさか」と、ある可能性が浮かぶ。

違う。目の前の人物が、あの人であるはずがない。

「どこに行ったのかと思ったよ。いきなりいなくなるから。光一君から電話があって、光一君も弟君も、心配してた」

海路はどうにか平静を取り繕って言った。少々、ぎこちなかったかもしれない。

しかし、蓮のほうも、海路に負けず劣らずぎこちない態度だった。

「悪かった」

言って、微笑を浮かべようとしたらしい。上手くいかなかった。

歪(ゆが)んだ表情を誤魔化すように、顔をうつむける。と、海路は彼の手が、硬く強く、握りしめられていることに気づく。

何かをこらえるみたいに。

そのことに気づいたら、もう頭に浮かんだそれを打ち消すことができなくなった。

「ごめんね」

自分はたぶん、この人につらい思いをさせてしまった。

あの時は、自分を少しも顧みない彼に、ちょっとでも意識してもらえればいいと、それくらいの気持ちだったのだけど。

「あの時、当てつけみたいに目の前で飛び降りて、ごめんなさい」

蓮が弾かれたように顔を上げた。海路を見て、信じられないように目を見開く。

「どうして」

「わかるのかって？　なんとなく。六年分、一緒にいたもん」

相手はふっと吐息のような笑いを吐いた。それから海路を見つめ、

「抱きしめても、いいか？」

と、尋ねる。混乱した。

彼は、海路にハグしたりしない。それをするのは、ホワイトのほうの蓮のはずだ。

「今の蓮は、どっちなの？　ブラック？　ホワイト？」

今度は、蓮は声を立てて笑った。

「そこまで、わかるのか」

「わからないから、聞いてるんだけど」

でも、と、海路は考える。

「ホワイトの記憶はあるんだね」

海路がブラックとホワイトで呼び分けていたことを、ブラック蓮は知らないはずだ。それを

知っているのは、ホワイトだけ。

「海路にしては鋭いな」

蓮は笑ったけれど、その笑みは切なげだった。

「抱きしめてもいいか」

もう一度、彼は尋ねる。

「お前に触りたい」

海路が黙ってうなずくと、蓮はソファに近づき、座ったままの海路を抱きしめた。

ああ、とため息のような声が耳元で聞こえる。

ホッとした声だ。ようやく会えた、とでもいうような。

それを聞いて、海路は我知らず涙が出た。

思い詰めた海路が橋の上から飛び降りたのは、もう一年も前のことになる。少なくとも、海路にとってはそうだ。

蓮は、違うのだろうか。

聞きたいことはいくらでもあったが、そっと触れた蓮の背中が微かに震えていて、何も言えなくなった。

でも、会いたかった人に会えた。一目でいいから会いたいと思っていた人に。

海路もほっとため息をついて、二人はしばらく無言のまま抱き合っていた。

「戻ったのは、ついさっきだ」

ややあって、海路を抱きしめたまま蓮が言った。

「ホワイトのほうの蓮が、一階でおじさんとおばさんと合流して、別れた。その後」

海路は頭の中で、出来事を整理してみる。

談話室で、テレビに映った落語の「死神」を見て、ホワイト蓮が真実に気づいた。席を立ってしばらくどこかへ姿を消していたのは、恐らく一人になって気づいたばかりの真実について考えていたからだろう。

その後、蓮を探していた光一の両親と会い、先に帰ってくれと伝え、再び一人になる。

ブラック蓮が未来から戻ってきたのは、その後だということだ。

「ブラックなのに、ホワイトの記憶があるの？」

「そうだな」

言葉を探すような間があった。

「どっちかと言われると、どちらでもある、と答えるしかない。この一年間、お前と一緒にいたホワイトの記憶も、タイムリーパーの記憶も、両方ある」

海路は思わず身体を離し、蓮の顔をまじまじと見つめた。

「どうして？」

これには、「さあな」と、懐かしさを覚えるくらい、素っ気ない答えが返ってくる。

「たぶん、お前という先客のタイムリーパーがいたから、かな。だからリセットされなかったんだろう。お前が先に時間を巻き戻し、やり直した線上に、後から来た俺が乗っかった」

蓮は、左手の人差し指で空中に線を一本引いた。その人差し指の上に、右手の人差し指を重ねる。

「元の俺はリセットされず、後から来た俺の精神が憑依して、二人分の記憶ができた。感覚としては、両方の記憶を思い出した、って感覚だ」

それは不思議な気分だろう。海路は一生懸命に、蓮の感覚を想像してみた。

「じゃあ今の蓮は、ブラックとホワイトのハイブリッドなんだ」

蓮は一瞬、時間が停止したように固まって海路を見つめた。

「お前は時々、面白いこと言うよな」

感心したように言い、ふっと笑いを吐き出す。でもその笑いも続かず、また歪んだ。

「なあ、もう一度……」

抱きしめてもいいか。蓮が問う前に、海路は自分から相手に抱きついた。

この部屋に来てからずっと、蓮は泣くのをこらえているみたいだった。もし、その原因が海路なのだとしたら。

「ごめんね」

背中に手を回してつぶやくと、耳元で小さな嗚咽が聞こえた。ぬくもりと、わずかな震えが伝わってくる。

「お前が戻っていて、よかった。消えてしまったのではなくて、よかった」

絞り出すような声に、海路の心も震える。

三月二十二日、海路は花束の代わりに飛び降りた。

蓮を置いて、彼の真意も知らずに。

「元の世界の俺、死んじゃった？」

魂だけが巻き戻って、身体はどうなったのだろう。

頭に浮かんだ疑問を口にする。びくりと相手の身体が震えて、少し後悔した。

「ごめんね」

ひどいことをしてしまった。ごめんなさい、と謝罪を繰り返す海路に、蓮は短く「いい」とつぶやき、海路の頭に自分の頭を擦り寄せた。

「俺がお前を追い詰めた。お前の精神状態がギリギリだってことに、気づいていたのに」

たぶん蓮も、わかっていてどうすることもできなかったのだ。

真実を知った今なら、蓮の気持ちが理解できる。

進むことも、タイムリープをやめることもままならない。彼は文字通り、どこにも行けない袋小路に陥っていた。

「橋から落ちたお前が、川下に流されていくのを見た」

あふれ出る感情を飲み込みながら、蓮は海路に顚末（てんまつ）を伝えてくれた。

海路は河に落ちて恐らく、水底に打ち付けられたのだろうということだった。

やがて水面に浮かんできた海路の身体は、死んでいるのか生きているのか、少なくとも意識のない状態で、下流へと流されていった。

「お前が落ちた時、すぐ花束を投げようとしたんだ」

けれど花束は、その時、吹いた風にあおられて欄干（らんかん）を越えることが叶わず、蓮の足元に落ちた。

蓮が花束を拾い上げてもう一度投げようとした時にはもう、海路は河に落ち、ぷかりと力なく浮かび上がってきた後だった。

「俺も飛び降りようとした。お前を助けようと思ったんだ。泳いで河から引き上げようと。でも、止められた」

声を震わせる蓮の背中を、海路は何度もさすった。蓮はしがみつくように海路を抱きしめたまま、話を続ける。

「ジョギング中のカップルがいただろ。毎回、橋ですれ違う男女の。お前が飛び降りたんで、慌てて引き返してきたんだ。その二人に飛び降りるのを止められた。二人がかりで羽交い絞めにされたよ」

花束を投げることができないまま、警察と救急車が呼ばれた。

蓮は警察で、日が暮れるまで過ごした。やがて母親が迎えに来て、蓮は解放された。

「警察署を出てすぐ、おふくろを振り切って橋に戻った」

途中、閉店ギリギリの生花店に寄り、同じ献花を作ってもらった。

「あの時は、トリガーが花束じゃなくてもいいなんて、知らなかったからな」

トリガーは花束でなくてもいい。実際、海路だけが巻き戻った時は、海路自身がトリガーになった。

でも、それがわかったのは今回のタイムリープで、海路とホワイト蓮が光一の考察を聞いてからだ。

その時の蓮は、とにかくできるだけ、同じ条件にしなければならないと思った。もし万が一、時間が巻き戻らなかったら。そうなったら、光一も海路も死んだままだからだ。

「三月二十二日を越えたら、たぶんもうやり直しはできない。だからその日のうちにトリガーを引かなくちゃって、急いでた」

橋に辿り着くと、自殺があったと話が広まったのか、野次馬がちらほらいて、警察官の姿もあった。

「花を投げようとしたら、警官に止められたんだ。橋からも追い出されそうになって、焦った。同時に、もしタイムリープが失敗したらって考えて、絶望的な気持ちになったんだ」

いつもトリガーを引くのは、同じ日の日中、おおよそ同じ時間だった。

もし既に、トリガーを引ける期限を過ぎていたら？

「焦りまくって、それでもう、キャパを超えちまったんだろうな」

蓮は言って、自嘲する。

海路も追い詰められていて、橋から飛び降りたのは、その結果の行動だった。

でも蓮だって既に、もうじゅうぶんすぎるくらい、絶望を繰り返してきたのだ。

「で、お前と同じ行動を取った」

警官の隙を突いて橋の真ん中まで走り、花束を握りしめて欄干から飛び降りた。

「蓮……」

当時の光景を想像し、海路は思わず目を閉じた。

蓮が感じたであろう恐怖と悲しみが、自分のことのように押し寄せてくる。蓮の身体を強く抱きしめた。

蓮も一度、言葉を切って大きく息をつく。

「橋から飛び降りたところまでは、覚えてる。気づいたら病院の廊下にいた」

時間が巻き戻ったのだとすぐに気づいたが、いつものタイムリープとは巻き戻る時間も場所も違っている。

「ここがどこなのか、今は何月何日なのか、状況を確認しようと思ったその瞬間、記憶が流れ込んできた。さっき言ったとおり、思い出した、って感覚だ」

タイムリーパーではない蓮の記憶だ。

「その時々の映像も匂いも、感情も、ぜんぶ思い出した。同じように、さっきまで橋の上にいたことも覚えてる」

それでは、二人分の苦しみと絶望を抱えているということだ。

最初からすべての真実を知っているタイムリーパーと、つい先ほど真実に気づき、途方に暮れていた、その両方の記憶を。

「ごめん。ごめんね」

飛び降りたりしなければよかった。でも、もしあの場で海路があの行動を取らなければ、光一は死の呪いにかかったままだった。

「お前は悪くない。謝るのは俺だ。ごめん。……怖かったよな」

「……っ、うん」

自分が抱いてきた重い感情や感覚を、蓮は理解してくれていた。それだけで何もかもが報われた気がして、涙が出る。

あの時の行動は決して褒められたことではないけれど、しかしその後、ここに至るまでに自分が、自分たち三人がしてきたことは、間違っていなかった。

たとえその結果、ハッピーエンドにならなくても、それは胸を張って言える。

光一は死ななかった。これからも死なない。まだ寿命は尽きてないから。

「ねえ、蓮」

海路は泣きながら、蓮に話しかけた。

「もう、呪いは解けたんだよね？」

沈黙。

「光一君は助かって、もう誰も死なない。呪いはなくなって、四月からは三人とも大学生だ。そうだよね」

「――ああ」

今度は、はっきりとした声が返ってきた。

「ああ、そうだ。呪いは解けた。もう、終わった」

優しい声だった。海路は泣きながら抱擁を解き、蓮の顔を見て微笑んだ。

「嘘つき」

蓮はいつだって秘密主義で、嘘つきだ。

でも自分のためではなく、すべては自分以外の人のためだった。

だから今、蓮がついた嘘も、海路のためのものなのだろう。タイムリープを繰り返していた時と同じように、蓮は真実を隠して時に嘘をつく。

今度は光一ではなく、海路を助けるために。

「もう、嘘をつかなくていいよ。いいんだ。だって俺、本当のことに気づいちゃったから」

蓮が大きく目を瞠る。

「蓮が今までタイムリープを繰り返してきたのは、光一君を死なせないためじゃない。自分が光一君の替わりになって、死ぬためだ」

呪いを終わらせるために。尽きかけた光一の命を救うために、別の誰かの死が必要だった。

「呪いはまだ解かれてない。光一君から俺に移動しただけ」

海路が告げると、彼は苦しそうに眉根を寄せた。

「いつ――」

いつから気づいていたのか。そう尋ねようとしたのだろう。

蓮は途中で言葉を切り、片方の手のひらで目元を覆った。嗚咽を堪えるように、唇を嚙みしめる。

もう限界なのだ。彼は一人で頑張ってきた。海路は蓮のもう一方の手を、優しく撫でさすった。

「つい、今さっき。『死神』について、ネットで調べたんだ。――ごめんね」

謝ると、蓮が覆っていた手をゆっくりと下ろす。何に対する謝罪なのかと、訝しむその目は涙で濡れていた。

「蓮は俺に、光一君の死と関わらせまいとしてた。素っ気なくして、冷たい言葉を投げつけて、遠ざけてた。でもそれは、俺が巻き込まれないようにするためだったんだね」

思い起こせば最初にタイムリープに巻き込まれた時から、蓮は海路に言っていたのだ。

光一の近くにいて、事故に巻き込まれるかもしれないこと。光一が助かって、海路が死ぬ可能性もあるのだと、警告していた。

蓮はずっと、海路が光一の身代わりになること、光一の代わりに死の呪いを引き受けてしまうことを恐れていた。

「十一月の突風の日、俺が光一君のお母さんの車に轢かれそうになった時、すごく怒ったのも、俺を心配したからだ」

「……お前を傷つけているのは、わかってた」

自分こそが傷ついたような顔をしているから、海路は「気にしてないよ」と、彼を見上げて言った。

「あの時は確かにつらかったけど。でも、もとはと言えば俺が勝手に、蓮のタイムリープに飛び込んだせいでしょ」

海路も一緒にタイムリープしたと知って、蓮はさぞ、困惑しただろう。困り果てたはずだ。

それでも一度目はよかった。海路が蓮と紐づいて、どうにも切り離せないとわかった時、蓮はどんな気分になったのか。

海路だったら、パニックになっていたかもしれない。

「お前は何も悪くない。悪いのは俺だ。そもそも、俺が死ぬはずだったんだ」

一番初め、そもそもの始まり。

「一昨年の六月、光一君と蓮が事故に遭った時だね」

うなだれる蓮の代わりに、海路が言葉を引き取った。

「光一君はたまたま、事故の直前に蓮と自分の立ち位置を入れ替えた」

死ぬはずだった蓮は助かり、光一が事故に遭った。この死の運命を呪いと呼ぶなら、その時だ。

「死ぬはずだった蓮の運命を変えた光一君は、死神の怒りを買って、自分が死の運命を負わされることになった」

「死神なんてものが存在するかどうかはわからないが、仕掛けとしてはそのとおりだ」

蓮は力のない声で言った。

これまでのタイムリープで、蓮が光一本人に注意喚起しなかったのも、これで理由がわかった。

聡（さと）い光一のことだ。自分が死の運命にあることを知ったら、いずれ真実に辿り着く。

そうなれば、なぜ蓮がタイムリープを繰り返すのか、本当の目的にも気づくだろう。

「初めは俺も気づかなかった。光一が事故に遭うのを回避すればいいと思っていた。ただ、松月亭遊楽の訃報のニュースは毎回、三月二十一日に目にしてたけどな」

落語家の死から、「死神」、そして光一の死の呪いのロジックを思いついたのは、二度目のタイムリープの時だという。

「どんなに阻止しようとしても、光一は死ぬ。日付に拘わらずどうしたって死んでしまう。なぜなのか考えてもわからなくて、そんな時、あの遊楽の訃報のニュースを見たんだ」

今回の蓮が「死神」のテロップを見て気づいたように、タイムリープ二度目の蓮も気がついた。

「俺のせいで、光一は死に続ける。せっかく大学にも合格して、これからだったのに。そんなの……許されないだろう?」

だから蓮は、自分が死ぬしかないと思ったのか。

蓮も光一と同じように、事故の被害者だったはずだ。それなのに、一人で死の呪いを背負い、タイムリープを繰り返さなければならなくなった。

自分自身が死ぬための時間旅行。なんて孤独、なんて悲愴な旅だろう。

想像するだけで苦しくなる。こんなループを、続けていいはずがない。どこかで終わらせなければならない。

「蓮」

海路は心を決めて、蓮の手を取った。両手で彼の手を包み込む。

「あのね、蓮。それなら、俺が許す」

蓮が訝しむようにこちらを見下ろす。海路は彼の手を握って微笑んだ。

「蓮が一人で背負うことなんてないんだ。蓮は俺に言ってくれた。もし失敗しても、一緒に考えて乗り越えようって。俺はこうなったことを後悔してない。だからもう、蓮は許されていいんだよ」

蓮の目が大きく見開かれ、信じがたいものを見るように、海路を見つめた。

「お前……。自分が何言ってるか、わかってるのか？」

何を馬鹿なことを、という口調だった。そんな馬鹿な選択を、自分自身はしたくせに。

「わかってるよ、もちろん。俺は死ぬかもしれない。っていうか、今までのタイムリープの経験からして、ほぼ確実に死ぬ。光一君の替わりに、俺が呪いを引き受けたから。さっき、階段から落ちた時にね」

命が尽きかけた光一を助け、海路が入れ替わった。だから、光一の死の呪いは解けた。

今、死の運命にあるのは海路だ。

「でも、後悔してないって言っただろ。この一年、やれることはやった。俺も蓮も光一君も、三人とも頑張ったよね。死の運命を回避することだけじゃなくて、生きることそのものを頑張ったと思う。一年、楽しかった」

一生ものだと言える友達もできた。それに、好きな人と両想いになれた。

「だから、五分後に死んでも後悔しない。……いや、怖いし、まったく後悔しないかって言うと、ちょっとはするかもしれないけど。でもそれでも、蓮はもうやり直さなくていい。だって、この先どんなにやり直したって、今回を超える最高の一年はあり得ないからさ」

明るく言ってみせたのに、蓮は目を瞠ったままだった。凍ったように固まって、言葉を発しない。

「だから、俺が死んでももう、やり直さないでほしい。光一君も言ってたんだ。僕が死んでもやり直さないでって。やり直したら、リセットされちゃう。今、蓮が大好きで、蓮に好きって言ってもらった俺はもう、存在しなくなる。両想いじゃなくなるってことでしょ。……まあ、ブラック蓮が俺をどう思ってるかは、わからないけどさ」

言葉の途中で、そう言えば海路を好きだと言ってくれたのは、ホワイトのほうだったなと思い出した。

タイムリープをしてきた蓮が、本当は海路をどう思っているのかは、聞いたことがない。

嫌われていないことは、もうわかるのだけど。

「……っ」

蓮の唇が小さく震えた。

「好きだ」

彼は、消え入りそうな声で短く言葉を発した。唇がまたわななき、蓮は息を詰める。

こちらを見下ろす顔が、苦しげに歪められた。

「俺はお前のことが、前から好きだったよ」

海路が驚いて息を呑むと、蓮は海路を再び抱きしめた。


「……好きって。本当に？」

我ながら呆けた声が、口をついて出た。

「ブラックのほうの蓮が？」

くすりと笑う声がして、蓮は海路を抱きしめたまま、左右に軽く身体を揺らす。

「ブラックのほうの俺も、本当にお前が好きだ」

信じられないか？　という囁きが、耳朶をくすぐった。

信じていないわけではない。始終、冷淡だった蓮の態度に、理由があることもわかっている。

それでも、好きだと言われるとは思っていなかった。

蓮の言葉をじんわりと噛みしめていたら、

「最初は鬱陶しかったけどな」

などと言い出すので、思わず「ひどい」と、詰ってしまった。蓮の笑いが抱擁を通して、振動で伝わってくる。

「タイムリープにお前が巻き込まれたことがわかって、どうしようかと思ったよ。なんてことしてくれたんだって怒りが湧いたし、お前が光一の身代わりになったらって想像して、不安になった」

蓮の怒りや困惑は無理からぬことだ。最初に巻き込まれた時の騒動を思い出し、海路は申し訳なくなった。

そんな海路の消沈が伝わったのか、蓮は海路の背中を軽く撫でた。

「でもどこかで、ホッとしてた。仲間になったのが、お前で良かったと思った。もともと、お前は癒し要員だったしな」

「癒し？」

「文化祭の準備の時、二人で買い出しに行くのが息抜きだって、言ったの、覚えてるか」

海路は蓮の胸にこつりと額を当てて、「うん」と答えた。

忘れるはずがない。あの時に蓮が見せた柔らかくて優しい微笑みも、ぜんぶ覚えている。

「素直で悪意のないお前と話をするのが、俺の息抜きで癒しだった。お前と話している時は、難しいことや死ぬ運命のこと、運命が入れ替わったのが誰のせいかなんて、めんどくさいことを考えなくてすんだ。お前はお人よしで、何でも素直に受け止める。ビビリかと思ったら、真っすぐに感情を向けてくる。当時はまだ恋愛感情ではなかったけど、俺はそういうお前が気に入ってた」

タイムリープ以前の蓮が、海路をどう思っていたのか。この一年でホワイト蓮から何度か聞いていた。

海路は蓮にとって、空気みたいな存在ではなかった。そのことを理解してはいたけれど、タイムリーパーの蓮から聞かされると、嬉しさもひとしおだった。

「お前がタイムリープに巻き込まれて、最初にカラオケ屋で話をした時、俺の話を聞いたお前は泣き出したっけ」

「……そんなの、覚えてなくていいよ」

海路は不貞腐れ気味に返した。蓮がまた小さく笑う。

「嬉しかった」

「そうは見えなかったけど」

本当だよ、と、笑いを含んだ声が言った。

「俺の孤独や苦しみに、お前は寄り添ってくれた。それが嬉しかった。タイムリープの繰り返しの中で、初めて一人じゃないと思えた。だから、一年経ったらお前と別れなくちゃいけないんだって考えて、少し寂しかったんだ」

単純で馬鹿だと思っていた過去の自分の言動を、蓮が肯定してくれる。海路も嬉しかった。

「別れ際、俺を励ましてくれたよな。お前の二度目のタイムリープの前、三月二十二日だ。今度こそ成功する。祈って願ってるって。感情なんてもう消えたと思ってたのに、泣きそうになった。あの瞬間はタイムリープをやめて、お前と生きたいと思ってしまった。たぶん、あの時に俺はもう、お前を好きになってたんだと思う」

海路は思わず蓮のセーターの端を握りしめた。そんなに前から、蓮は海路に好意を抱いてくれていたのだ。

嬉しい。嬉しくて、悲しい。

「その次のタイムリープにもお前が付いてきて、もう離れられないんだとわかった。ホッとしたけど、同時に絶望もした。お前がいる限り、俺はタイムリープをやめられない。途中でやめたら、光一を見捨てたっていう罪悪感を抱えながら生きていくことになる。お前と顔を合わせるたびに、お互いの罪を思い出すんだ。タイムリープをやめたとしても、お前とはどうしたって一緒にいられない。やめるのも、やめないのも苦しい。袋小路だ」

海路も同じことを考えた。タイムリープをやめるということ、光一が死んだ世界で生きていくということの意味を。

光一を救う以外、ハッピーエンドはあり得ないと思っていた。でもそもそも、ハッピーエンドの結末なんて用意されていなかったのだ。

「俺ができることは、なるべくお前を関わらせないようにして、目的を遂行することだった。

できるだけお前を遠ざけて、いっそ俺のことなんて嫌いになれば、俺が死んでもそれほど、お前のダメージにならないだろ」

「……馬鹿」

思わずつぶやいた。本当に蓮は、何もかも一人でやるつもりだったのだ。

「お前がだんだんと追い詰められていって、俺もギリギリなのはわかってたのに、それでもやめられなかった。どこにも行けなかった。でもお前は一人で飛び立って、自分の力でここまで来たんだな」

「蓮と、光一君がいてくれたからだよ」

「俺たち二人を巻き込んで、俺がやろうとしていたことを遂行した」

結果論だ。海路自身、真実がわかってやっていたわけではない。だから大したことはしていないのだけど、でも真実を知った今、この結果には満足していた。

「蓮と光一君が無事でよかったよ」

「……馬鹿野郎」

今度は蓮が言った。海路はちょっと笑って、蓮の背中を撫でる。

「だから、もうやり直さないでね」

蓮は無言のまま、海路を強く抱きしめた。少しして、くぐもった声がつぶやく。

「……嫌だ」

「だめだよ。やり直さないで。お願いだから」

「嫌だ。絶対に嫌だ」

駄々っ子みたいに、蓮は繰り返した。

「お前が死んだ世界を生き続けるなんて、俺は嫌だ。お前がもし死んだら、また繰り返す。何度でも。お前が生き延びるまで繰り返す」

「それで、今度は蓮が死んじゃうの？　そんなの、俺だって嫌だよ」

想像するだけで泣きたくなる。

けれど、まさに今の蓮は、そんな気持ちなのだ。そして蓮は、残されていく者の気持ちをこれまで何度も味わってきた。

これから永久に、大切な人を失った悲しみを抱えて生きていかなければならない。それもまた残酷な現実だった。

「嫌だなあ、蓮が死ぬのは」

自分が死ぬのももちろん嫌だ。残されるのも苦しい。

「俺だって、海路が死ぬのは嫌だ。一人で生きていたくない。それくらいなら……お前と一緒に死にたい」

蓮が吐き出した言葉は、甘美に耳に響いた。ぞくりと甘く肌が粟立つ。

でも今、海路が同意してしまったら、それは決定的になってしまう。蓮を道連れにすることになる。

返事をためらっていると、蓮は抱きしめる腕を離し、海路を正面から見つめた。

そこには意外なほど悲愴の色はなくて、しっかりとした光があり、むしろほのかに希望さえ見えた。

「あと一日だ。まだお前は死んでない。生き残れる可能性はある」

海路はそこでようやく、今が二十一日の夜だと思い出した。残りはあと一日。海路はまだ生きている。

「二十二日が、本当にゴールなのかな」

不安を口にしてみる。希望だけを見つめて、また絶望の淵に落とされるのはつらい。海路の疑問に、蓮は確信のこもった表情でうなずいた。

「俺は今さっき、タイムリープをしてこの地点に戻ってきた。三月二十二日より手前に。ギリギリだけど、またトリガーを引いてやり直せる時間に戻ったんだ。タイムリープのトリガーを引けるのは、三月二十二日まで。それ以降はやり直せず、運命が確定する。つまり、二十二日を越えて生き延びることができたら、死神との賭けに勝ったってことになる」

「死神の……」

「死神っていうのは比喩だが、言ってるうちに本当にいるような気がしてきたな。落語の『死神』のサゲ……つまり、物語のオチは、いくつかあるんだ。有名なのは、男が寿命の火を別の長い蠟燭に移し替えようとして失敗し、死ぬパターン。でも、火を移し替えるのに成功して生き延びるパターンもある」

あくまで落語の話だ。これが自分たちの運命と重なるかどうかはわからない。

ただ海路たちはこの一年、ずっとこんなふうに推量を重ね、微かな希望を見出(みいだ)しながらここまできた。

「あと一日。俺はお前と一緒にいる。どんな結末になっても、お前のそばを離れない。お前が死ぬなら、一緒にいくよ」

海路は何も言えなかった。海路が蓮の立場になったら、自分も同じ選択をする。

「一人きりじゃない。蓮と二人一緒なら、どんなものでも悪い結末じゃないね」

それは他人から見たら、不幸な結末かもしれない。でも二人が考えた結果の、自分たちにできる精いっぱいのハッピーエンドだった。

「ああ、そうだな。俺はお前の、そういうポジティブなところが好きだよ。海路が好きだ」

柔らかな声音と優しい眼差しに、胸が甘く切なくうずいた。

「俺も。蓮が好き」

蓮は微笑んで、海路の唇に軽くキスをする。それから、冗談めかしてにやりと笑った。

「どっちの蓮が？」

「どっち……って」

どちらも好きだ。でもホワイトの蓮は、そう言ったら拗ねていた。ブラックも、以前の自分を身勝手だとかディスっていたのだ。

本当にどちらも蓮だし、本質はまったく変わっていないと断言できるのだけど。

「俺は今の、ハイブリッドの蓮が好き」

考えてから、ニヤッと笑い返して言った。蓮はおかしそうに肩を揺する。それから海路の身体を掬い上げ、抱きしめてキスをした。

柔らかな感触に、幸せを感じた。やがて唇が離れ、蓮は海路を見つめる。

甘く優しい、愛の詰まった眼差しだ。海路は胸がいっぱいになり、自分から蓮の首に腕を絡め、キスをした。

二人一緒に、運命に立ち向かう。

……と言うと、頼もしく聞こえるけれど、これまでのタイムリープの経験からして、生き残れる可能性は少ない。

何をどうやっても死ぬのだ。以前の光一のように。

でもそれでも、最後まで蓮といる。二人で出した結論だ。

その上で、三月二十二日をどう過ごすのか、病室で話し合った。

途中、数時間おきに看護師が巡回に現れたが、その時だけ蓮が隠れてやり過ごした。

長いこと話し合い、最初に決まったのは、二人でこの病院を抜け出すことだ。

もう一瞬も、蓮と離れたくない。しかし、明日には海路は退院で、家に連れ戻される。

それより前に、死んでしまうかもしれない。たとえば、明日の検査の最中とか。ここは光一の祖父の病院で、こんなところで海路が事故死したら、病院の責任になってしまう。

光一にも罪悪感を植え付けてしまうだろう。

もし死ぬなら、誰の責任にもならない場所がいい。だから病院を出ることにしたのだ。

明るくなってから、蓮は一度、病室を抜けて自宅に戻った。外へ出るにしても、二人とも上着も財布も持っていない。あるのはスマホだけだ。

朝食の時間になる前に、蓮は戻ってきた。自分用のダウンジャケットと、海路には自分のおさがりだという、ちょっとフォーマルなコートをくれた。

綺麗(きれい)だし高そうだった。サイズはぴったりだ。

「それ、俺が中一の時のやつ」

海路がコートを着て見せると、蓮がそう言って笑った。

弟たちのために取っておいたものだという。改まった場所に着ていくためのものだが、上の弟は着る機会がなく、大きくなってしまったそうだ。

「俺が小さいんじゃなくて、小宮山兄弟が大きすぎるんじゃない？」

中一と聞いて、海路は不貞腐れる。以前、中学生みたいだと蓮に言われたのを、まだ忘れていない。

身支度を整えると、病院に向けて書き置きのメモを残した。

『検査が怖いので、もう帰ります。ごめんなさい』

ちょっとアホっぽいが、これも二人で熟考した上での文面である。

海路は、検査が怖くて病院を抜け出した、馬鹿な若者だ。そんな友人に付き合う蓮も同様で、もし途中で二人が事故に遭って死んでも、この馬鹿さ加減が死の悲しみをわずかながら打ち消してくれるに違いない。

少なくとも、友達の親戚が経営する病院で医療事故に遭って死ぬよりも、家族や友人が受けるダメージは小さいように思えるのだ。

メモをベッドの上の目立つ場所に置くと、廊下の様子を窺いつつ、病室を出た。エレベーターホールへ向かう。

途中の廊下で、病衣の入院患者に出くわし、じろりと睨まれたが、何も言われなかった。

一階のエントランスへ降りると、待合所にはすでに外来の受付を待つ患者が何人もいて、海路たちは誰に見咎められることもなく、すんなり病院の外へでることができた。

「行き先は、新宿歌舞伎町と渋谷道玄坂、どっちがいい？」

病院の敷地を出て、近くの駅に向かいながら、蓮が尋ねる。そうしながらさりげなく、手を絡めてきた。海路はくすぐったい気持ちで手を握り返す。

まだ朝の早い時間、土曜日ということもあって、駅前の通りは人の行き来も少なかった。

「うーん。新宿、かなあ。歌舞伎町って、あんまり行ったことない」

しばらく考えて、答えた。

この後、何をするのかも決まっていた。ただ、どこでするのかが決まっていない。

「じゃあ、歌舞伎町、っと」

蓮が道路の端に寄ってスマホを操作する。彼の言動はいつもより落ち着きがなく、どこか浮ついているように見えるのは、海路の気のせいではないはずだ。

海路も浮ついている。さっきから、そわそわしまくっている。

「……お、スマホから予約できる。ここでいいか？」

蓮が、スマホの画面をこちらに向けて見せてくれた。

きらびやかな内装に、大きなベッドがどんと置かれた部屋の写真がある。ラブホテルである。

「あ……うん。これで、お願いします」

写真を目にした途端、この後の計画が急に現実味を帯びてきた。

照れ臭くて、小さな声で返す。蓮はそんな海路にクスッと笑い、握っている手のひらを指先でくすぐった。

「……っ」

「顔、赤い」

からかう声とこちらを見下ろす眼差しが甘すぎて、睨もうとしても目に力が入らない。

「うるさいな」

「予約、できた。宿泊にしといた」

「ありがと」

せっかく両想いなのに、キスだけで終わるのはもったいない。

病室で話し合っていた時、恋人らしいことしたいな、と言ったのは海路だった。

じゃあ、ラブホでも行く？　と、少し考えた末に蓮が答えた。

ここから電車で行ける場所で、ラブホテルがあるのは当然、街のど真ん中だろう。死亡フラグもたくさん立ち並んでいそうだが、郊外に行こうと死ぬ時は死ぬ。

下手に逃げ回るより、後悔のない行動をしようと決めた。

ラブホテルにこもっていたら、その間に日付が変わって助かるかもしれない。

海路の脳裏にちらりとそんな希望が過ったけれど、それ以上は考えるのをやめた。希望を持ったら、それが潰えた時に苦しくなる。

ホテルの予約をした後、手を繋いだまま再び駅へ向かう。

電車に乗ると、海路と蓮はそれぞれのスマートフォンの電源をオフにした。

新宿に着いて、途中のコンビニで朝食を買ってホテルに入った。

「うわあ」

部屋に足を踏み入れるなり、海路はいろいろな意味で興奮してしまい、思わず声が出た。

当たり前だが、ラブホテルに入るのは生まれて初めてだ。これがあの……と、一気に大人の階段を駆け上ったような気がして、こんな時なのにはしゃいでしまう。

「落ち着け。滑って転ぶぞ」

蓮は海路の背後を守るように立ち、キョロキョロと室内を見回す海路をなだめたが、そういう自分も途中から、物珍しそうに室内をチェックしていた。

「へえ。こっちが風呂か」

「すっごく広いね」

窓がなくて、カラオケ店の個室にちょっと雰囲気が似ている。というか、カラオケも付いていた。

「じゃあ、朝飯食って、カラオケでもやるか」

朝食が入ったレジ袋をソファテーブルに置いて、蓮が真面目な顔で言う。

ラブホテルに来たら当然、セックスをするものと思っていたから、海路はそこで返事に詰まった。

かといって、エッチしないの？　と尋ねるのは恥ずかしい。

「あ、うん」

そうだね、なんて口の中でモゴモゴ答えた。

「手前に座れよ。足元が危ないから」

蓮はさっさとソファに座ってしまい、隣を海路に示す。ガサガサとレジ袋から朝食を取り出した。

「海路はチキンとサンドイッチだったよな」

「……うん」

「これ、お茶」

「………ありがと」

サンドイッチの包みを開きながら、この後、エッチじゃなくてカラオケするのかあ、などと考えてため息をついた。

「……ふっ」

不意に、隣から笑いが漏れ出るのが聞こえた。振り返ると、蓮が口元に拳を当てて笑いをこらえている。

「お前、ほんとに顔に出るなあ」

一拍置いて、からかわれたのだと理解した。

「馬鹿！」

腹が立って、ぺちっと蓮の額を叩いてしまった。

「いて」

大して痛くもなかっただろうに、蓮は大袈裟な声を上げる。海路は蓮に背中を向けて、サンドイッチの包みを剝がした。

「緊張してたのに」

ちょっとばかり、カラオケに心を奪われていたけど。

「ごめん」

八つ当たりみたいにサンドイッチにかぶりついていると、蓮の腕が背中を包んだ。

「俺も緊張してた。和ませようと思ったんだよ」

じろっと睨む。もう一度、ごめんと言われた。

「やっぱり、エッチしたくないのかな、とか考えちゃった」

不貞腐れると、頰に軽くキスをされた。

「したいに決まってる」

海路の頰を撫で、ごめん、とまた謝った。

「していい？」

こういう時に蓮は、あざとさとカッコよさのギリギリみたいな声と態度で甘えてくる。

これだから陽キャは……と、胡乱な視線を差し向けつつ、ほだされてしまう自分がいた。

「……朝ごはん、食べてから」

ぶっきらぼうに言うと、「だよな」と、あっさりした声がして抱擁を解かれた。蓮もレジ袋から、自分のおにぎりを取り出す。

しばらく二人で、モソモソと朝ごはんを食べた。

しかし、胃に食べ物を入れてようやく、自分がどれほど空腹だったのか気づく。昨日、病院で目を覚ました時からずっと、現実が現実でないみたいだった。

朝食を食べ終えお腹がくちくなると、ほんの少し眠気を感じた。

「少し寝るか？　昨日はほとんど寝てないだろ」

先に食べ終えていた蓮が、こちらを覗き込んで言う。

「チェックアウトまで、まだかなり時間がある。無理するなよ」

今回はからかっているのではなく、真面目な話だというように、念を押した。

「うん。でも……」

海路は部屋の片側のほとんどを占めている、大きなベッドを見た。あの大きなベッドで、蓮と一緒に寝るなんて、エッチをするのと同じくらい緊張する気がする。

「まだ眠くないかも。それより、歯を磨いて、お風呂に入りたいな」

昨日は風呂に入らずじまいだった。朝ごはんもバクバク食べてしまった。卵サンドの余韻(よいん)が残る唇でキスをするのかと思うと、とても気になる。

おずおずと申し出る海路に、蓮はちょっと笑って立ち上がった。

「そうだな。俺もゆっくり熱いシャワーを浴びたい。歯ブラシは、洗面台に使い捨てのがあったよな」

それで二人で洗面台に立ち、歯を磨いた。そこまでは良かったのだが、歯磨きを終えた後、

「じゃあ、入るか」

と、その場で服を脱ぎ出したので、海路は慌てた。

部屋に脱衣所がないから仕方がないのだが、目のやり場に困る。あわあわしながら背を向けていると、「お前も脱げよ」と言われ、さらにオロオロした。

「え、俺も……一緒に入るの？」

ちらっと背後を振り返る。セーターとシャツをソファに脱ぎ捨て、上半身裸になった蓮がいて、慌てて前を向いた。

その拍子に、つるりと床で足を滑らせる。

ひやりとした。蓮がすぐさま手を伸ばして支えてくれなかったら、転倒していたかもしれない。

「ほら。気をつけろよ。今のお前は、屋内でも危ないんだからな」

そうだった。ちょっとしたことが命の危険に繋がる。ラブホで滑って転んで死ぬなんて、絶対にごめんこうむりたい。

「風呂場は滑りやすい。変なちょっかい出さないから、一緒に入ろうぜ」

「うん」

確かにそのとおりなので、海路はコソコソしながら服を脱いだ。

一方、蓮は躊躇がない。普通にジーンズと靴下を脱ぎ、さらに最後の下着に手をかけた。

そこではたと、海路の視線に気づいたようだ。海路もいつの間にか、蓮の裸に目が釘付けになっていた。

「そんなにじっと見るなよ。やらしー」

「ち、ちが」

蓮の裸体は、均整が取れていて逞しい。知らず知らずのうちに目が吸い寄せられてしまうのだ。

慌てていると、「危ないから、ズボンは座って脱ぎな」と、小さい子に対するみたいにたしなめられた。

「もしかして、蓮。いつも弟さんをお風呂に入れてたりする？」

指摘をすると、蓮は照れ臭そうに笑ってうなずいた。

「お前と風呂に入ってるって思うと、すぐ勃起しそうだから。弟を風呂に入れるって暗示をかけてる」

それを聞いて、海路はつい、蓮の股間を見てしまった。

彼の足の間には、大きくてずっしりと重量感のある性器がある。海路の視線を受け、それがむくりと起き上がった。

「見るなって。それより早く脱いだら?」

ほらほら、と、冗談半分、半分は恥ずかしさもあるのか、ぎこちない笑いを浮かべて煽ってくる。

「だって恥ずかしいよ。蓮は裸になるの、恥ずかしくないの?」

海路が抗議すると、蓮は思いもよらないことを言われた、というように軽く眉を引き上げた。

「去年までは毎日、部活の後にみんなでシャワー浴びてたからな。早く脱いで早く済ませるのが習慣だったから」

取り立てて恥ずかしいこともないようだ。

「けど、そう言われると恥ずかしい気がしてきた。お前も早く脱げよ」

そうか、このデリカシーのなさは体育会系のものか……と、繊細な文化系の海路は恨めしく思う。

こっちは鍛えたことなんてなくて、ぺらぺらのなよなよな身体なのだ。蓮の完璧な裸体と並ぶのが恥ずかしい。

そういうコンプレックスみたいなものを、蓮は海路といて感じることはないのだろう。

ソファに座り、低いソファテーブルの陰に隠れるようにしながら服を脱いでいると、蓮が面白そうに覗き込んでくる。

「見たら絶交」

「小学生かよ」

馬鹿みたいなやり取りをしながら、どうにか服を脱ぐ。

股間だけでなく、胸も手で隠して、海路は何となくへっぴり腰になりながら、バスルームへ向かった。

蓮は股間の物をさらけ出し、堂々と海路を誘導していた。


実は蓮だって、余裕なんてなかったのだ。

そのことに気づいたのは、バスルームに入ってシャワーを浴び始めてからだった。

蓮は最初のうち、海路をシャワーの前に立たせ、お湯の温度を調整したり、少し離れた場所にあるボディソープを手元に持ってきたり、甲斐甲斐（かいがい）しく世話をしてくれていた。

海路がうっかり滑って転んで死んだりしないように、先回りしては海路が動く頻度を減らしてくれていたのだ。

途中まで、軽口も叩いていた。

「手で前を隠してたら、身体が洗えないだろ。……洗ってやろうか」

「自分で洗います。もう。蓮はカッコいいから、隠すところなんてないかもしれないけどさ。俺は身体に自信ないから、恥ずかしいもん」

ブツブツ言いながら、アメニティのスポンジにボディソープをふりかけ、身体を擦った。

また何か、からかってくるんだろうな、と身構えていたのに、「自信なんてないけど」と、彼にしては珍しくモゴモゴと言い、それきり黙ってしまった。

どうしたのだろう、と、泡を洗い流しながら、ちらりと蓮を見る。

見るともなしに目線を下げると、蓮の性器がいつの間にか大きく勃ち上がっていた。

「……っ」

つい、凝視してしまい、慌てて目を逸らす。じわりと、海路の身体の奥にも情動が頭をもたげた。

「……見たな」

低い声で、蓮が唸る。幽霊のセリフみたいだ。それから、ああ、と嘆息した。

「一生懸命、意識しないようにしてたのに。お前が煽るようなこと言うから」

「煽……言った？」

蓮はこちらに向き直ると、泡だらけの身体のまま、「ちょっと、ハグしていいか？」と、言ってきた。

改めて聞かれると恥ずかしい。海路は「どうぞ」と、恭しい態度で両手を広げた。

今までなら、ここでちょっとでも微笑んでくれたはずなのに、怖いくらい真剣な顔が近づいてくる。

蓮の腕が海路を包み、二人の濡れた肌がぴたりと吸い付いた。

「やべえ」

頭上で、蓮の声がした。かと思うとまた、「やべえな」と、繰り返す。

「な、何が」

「射精しそう」

またふざけてる。一瞬、そんなふうに考えたけれど、違ったようだ。

身体を離そうとすると、ぐっと抱きしめられた。

「今、お前の顔見たらヤバい。余裕ない」

臍の辺りに、熱くて硬いものが当たる。

「蓮の、大きいよね」

思ったことを口にしたら、相手の腹筋が硬直した。

「そういうこと、言うなって。マジで余裕ないんだから」

弱りきった声だ。それを聞いた時、海路の中でいたずら心が頭をもたげた。

「蓮、ごめん。ちょっといい？」

真面目な声を上げて抱擁を解いてもらい、蓮をバスルームの壁を背にして立たせた。

「ちょっと試してみたいんだ。動かないでね」

言い置いて、蓮の前に膝をつく。鼻先に、反り返ったペニスが触れた。

「え？　お前……」

海路がやろうとしていることに気づいたのだろう。彼にしてはわかりやすく焦り、みるみる顔が赤くなる。

「馬鹿。そんなことしなくていい」

「動いちゃだめだって」

「海路、おい……」

制止するのも構わず、海路は蓮の大きな亀頭を頬張った。知識としては、そういう行為があると知っているが、やり方はわからない。

口の中に入れたものの、どうしようかと思案しかけた時だった。

「ば、お前……あ、クソッ……」

頭上で悪態が聞こえたかと思うと、性器がさらに大きくなったような気がした。次の瞬間、どっと熱いものが口に流れ込んでくる。

受け止めきれず、思わず咽(むせ)てしまった。

「ごめん。大丈夫か」

後ろにのけぞりそうになるのを、蓮が肩を摑(つか)んで止めてくれる。口に残ったものはどうにか飲み込んだが、青臭い匂いが鼻をついた。

「馬鹿。飲むな、吐き出せ。……まったくお前は」

海路がウッとえずくのを見て、蓮は呆(あき)れた声を上げながらも、シャワーのノズルをこちらに向けてくれた。海路はシャワーのお湯で口をゆすいだ。

「やっぱり、まずいね」

「当たり前だ」

蓮は乱暴な口調で言い、それからシャワーを置いた。膝をついたままの海路にキスをする。

「ありがとうな」

照れ臭くて、嬉(うれ)しい。もっとネットを見て勉強しよう、なんてことを思った。

次に蓮とする時のために。

もう一度シャワーを浴び直して、バスルームを出た。一度、射精して余裕を取り戻したのか、蓮はまた海路の身体をバスタオルで拭いてくれたり、手を取ってベッドまで介添えしたりと、甲斐甲斐しい世話を始めた。

海路をベッドの上に乗せると、濡れた髪をタオルで拭いてくれる。そうしながら、海路を優しく覗き込んだ。

「お前は、俺に比べて自信がない、みたいに言うけどな。俺はお前のことが、めちゃくちゃ可愛く見える」

その声も、こちらを覗き込む瞳も、甘くて愛がいっぱい詰まっていた。愛おしくて仕方がない、という口調、視線。

海路はそれらを受けながら、愛されるってこういうことなのか、と、感動した。

今まで知らなかった世界、見たことのない景色を目にした気分だった。

精悍な美貌が近づいてきて、海路は目を閉じた。柔らかな感触が唇に触れて、心地よい。

初めてのキスはひたすらドキドキしていた。今はドキドキに、ホッとした感じと幸せな感じがミックスされたみたいだ。

蓮は海路の頭に手を添えて、ベッドの上に横たえた。海路はされるがまま、仰向けになる。

唇が降りてきて、海路もそれに応えた。ただ触れ合うだけだったキスが、深くなったり浅くなったり、いたずらっぽく唇で食んだりする。

蓮が身体をずらし、海路の身体に覆いかぶさってきた。

「ん……っ」

肌と肌が触れ合い、二人の間で性器が擦れ合う。熱い感覚にゾクゾクした。

と、蓮の唇が唇から顎、首筋へと降りていく。そのままどんどん下へと移動していくので、海路はハッとした。

「ま、待って」

「お返し」

蓮は海路の足元に移動し、ぱくりと性器を口に含んだ。

「あ、あっ」

熱い口腔の感触に、ぶわっと身体の熱が上がる。海路の反応に気をよくしたのか、蓮は目を細めると、亀頭を強く吸い上げた。

「や、だめ、あ、あ」

海路だってもともと、余裕はない。ほんのちょっとの刺激で、あっという間に達してしまった。

蓮は海路より、ずっと器用だった。咽ることもなく、軽く嚥下した。

「あ、飲ん……」

「やっぱまずい」

軽く舌を出したその姿が艶やかで、達したはずなのにまた、身体の奥がじわりとする。

「あの、ありがと……」

恥ずかしさも相まって、ぼそぼそと礼を言う。蓮はクスッと笑い、海路にキスをした。

「最後までしたい。お前に挿れたいんだけど、嫌だったら言ってほしい」

不意に真面目な顔になる。海路も最後までしたかった。

「うん。俺もしたい」

「俺が抱くほうでもいい？」

海路は何となく、当然そうだと思っていたのだが、ちゃんと聞いてくれるのが嬉しい。

「うん。……してほしい」

抱いてほしい、とは、恥ずかしくて言えない。小さな声で言って、蓮に抱きつくのが精いっぱいだった。


ホテルのアメニティの中に、小分けのローションがあるのを蓮が見つけた。

海路も存在は知っていたし、男同士やアナルセックスのやり方は、興味があってネットでこっそり調べたことがある。

でも実際、彼氏と向き合うと、どういう動作をしたらいいのかわからなかった。入れられる側が塗るのか、入れる側が使うのか、どのタイミングなのか、わからなくて途方に暮れてしまう。

ぼんやりしていると、ぜんぶ蓮がやってくれた。

「蓮、慣れてるね」

言ってから、童貞だったなと思い出す。蓮も、「慣れてねえよ」と、苦笑した。

「わりといっぱいいっぱい。テンパってる。お前を傷つけたらどうしようとか。あと、お前に下手くそって思われたくないな、とか」

冗談めかした弱音は、本音なのだろう。でも、見得を張ったりしないで、ちゃんと海路のことを気遣ってくれるのはカッコいいなと思う。

蓮はやっぱり、誰よりもカッコいい。

「蓮、好き」

想いが膨らんで、言葉が自然と出た。蓮は顔をくしゃくしゃにして笑う。嬉しそうで明るい、今まで見たことのない蓮だった。

「俺も。好き」

準備を終えて、仰向けに横たわる海路の上に、蓮が覆いかぶさってくる。

蓮の物は再び反り返っていて、ちょっと腰が引けた。

「ゆっくりする。でも、俺も慣れてないから、失敗するかも。嫌だったり、痛かったらギブすること」

いい？　と、真面目に覗き込む蓮が愛しい。身体の力が抜けた。

「うん」

海路は蓮の首に腕を回し、ゆっくりと入ってくる蓮を迎え入れた。

やっぱり最初はきつかった。蓮も苦心している。でも、ここでやめたくない。もし、今日死んでしまうのなら、最後まで蓮に抱かれたい。

「……っ」

根元まで埋め込んで、蓮は軽く息を詰めた後、大きく嘆息した。

海路の身体をぎゅうっと抱きしめ、肩口に顔をうずめる。

「すげえ。お前の中……」

あったかい、と、蓮は掠(かす)れた声で言った。そうか、温かいのか。

まだ少し苦しくて、でも幸せな、不思議な気分だった。

それからしばらく、二人は繋がったまま、キスをしたり抱きしめ合ったりした。最後までできたのが嬉しくて、ちょっと涙ぐんでしまう。

と、海路の中にある蓮が、びくりと跳ねた。

「——動いていい？」

熱っぽい目で、海路を見つめる。中の物がさっきより大きくなっている気がする。

海路がこくりとうなずくと、蓮はゆっくりと律動を始めた。

軽く揺すり、やがて上体を起こすと、強く突き上げる。海路がその衝撃に目をつぶると、大きな手が海路の性器を包んだ。

やわやわと陰茎を扱（しご）き、鈴口を指先で撫でる。

「……ぁっ」

身体がひとりでに跳ね、声が出た。見上げると、蓮が額に張り付いた髪をかき上げ、意地悪く微笑んでいる。

（ずるい）

カッコいい。心臓が跳ね、ついでに身体の奥が反応した。

「ん、あ……あ」

突き上げられるたび、射精を促すような快楽が走る。蓮の動きが激しくなった。

海路はたまらず蓮の身体にしがみつき、腰を擦り寄せた。一瞬、視界が弾（はじ）けたようになる。

絶頂と共に、熱い飛沫（ひまつ）が蓮の腹を汚した。ほとんど同時に蓮が呻（うめ）き、さらに幾度か腰を振った。

「……っ」

苦しそうに蓮の眉根が寄せられ、微（かす）かに肩が震えた。

やがて大きく息をついたかと思うと、蓮がばったりと海路の上に倒れ込む。

「う、重……」

「どいたほうがいい？」

甘えた声で尋ねるから、「このままでいいよ」と、答えた。

このまま、まだ離れたくない。お互いの汗ばんだ肌が冷たく、心地よかった。蓮の心臓が、ドキドキとすごい速さで脈打っている。

「……できたな」

少しして、蓮が耳元でつぶやく。

「うん。できた」

「すげえ、嬉しい」

「うん」

長いことそうして余韻を味わった後、二人でまたバスルームに行き、シャワーを浴びた。

さっぱりしてベッドに戻ると、急速に眠気が襲ってくる。

「少し寝よう」

目を擦っていたら、蓮が笑いながら言った。

「眠い時のお前、子供みたいだよな」

声が優しい。二人で抱き合い、そしていつの間にか眠っていた。

昏々と眠り続けて、目が覚めた時には、夜の七時を過ぎていた。

（あと、五時間）

スマホは電源を切ったままなので、テレビを点けて時間を確認した後、海路の胸の内にまた、期待が芽生えた。

すぐさまそれを振り払う。期待して、でも駄目かもと不安を感じ始めたら、動けなくなりそうだ。

蓮ももしかすると、同じことを考えていたのかもしれない。テレビ画面の端に表示された時刻を見て一瞬、彼の顔から表情が消えた。

「泊まりにしておいて、よかったな」

しかしすぐ、ベッドの上で軽い伸びをして言う。

「あ、うん」

下半身は上掛けに隠れていたが、裸の胸板や腋につい目が行ってしまい、海路はそっと視線を逸らした。

蓮に抱かれた。本当に、この逞しい裸に組み敷かれたのだなあと、改めて喜びを噛みしめる。

高校一年生の時、蓮に本当に抱かれる日が来るなんて、想像もしていなかった。やっぱり自分はもう、死んでしまうのかもしれない。だって、宝くじが当たるよりすごいことが起こったのだから。

「何、深刻な顔してんだよ」

考えていたら、つん、と頰を指で突かれた。振り返ると、チュッと音を立てて唇にキスをされた。

「ちょ……」

不意を突かれて思わず口元を押さえる。蓮は愛おしそうに海路の頰を撫で、もう一度キスをしてベッドから抜け出した。

「なんか食うか？　腹減ったな」

こんな触れ方、エッチをする前の蓮はしなかった。これが事後ってやつか……と、海路は感動と感慨を覚える。

（お尻もカッコいいなあ）

事後の気安さからか、蓮は恥ずかしげもなく下半身を晒してソファへ向かう。海路は均整の取れた背中と形のいい臀部を眺め、心の中でニヤついていた。

「大丈夫か？」

端からは、ぼんやりして見えたらしい。心配そうに蓮が近づいてきた。

「う、うん。なんていうか、感動しちゃって。蓮と、したんだなあって思って」

美尻に見とれていたとは言えず、綺麗な言い方で濁してみた。

蓮は真顔で一度、立ち止まり、再び海路に近づく。ベッドに乗り込み、覆いかぶさるようなキスをした。

「もう一回、やるか」

「ま、待って。そんなに何回もは……」

そのまま押し倒す勢いだったので、海路は焦った。一度眠ったけれど、まだ尻の奥に何か挟まっている気がする。何度も射精したし、もう今夜はそんなに勃起しない気がするのだが、蓮は違うのだろうか。

ドギマギしていたら、意地悪く笑われた。冗談だったらしい。

もう、と軽く睨むと、蓮はキスをしてからベッドを降りた。

「ルームサービスがあるな。これ頼むか」

ソファテーブルに、メニュー表があるのを蓮が見つけ、そう言った時だった。

ジリジリとけたたましい警報が室内に鳴り響いた。

「え、な……」

何が起こったのだろう。

オドオドとベッドの上でうろたえる海路とは反対に、蓮は即座に大股で歩み寄り、海路を抱いた。

「警報ベルだ。やっぱり、何か起こったみたいだな。服を持ってくるから、お前はここを動くな」

口早に言うと、ソファに脱ぎ捨てた衣服を拾って海路に渡した。

「焦らなくていい。落ち着いて着替えるんだ」

蓮が言ってくれて、海路もようやく少しだけ、冷静になれた。蓮も自分の服を着て、その間も警報は鳴り続いている。

海路がちょうど、最後の靴下まで履けたところで、今度は部屋に備え付けの電話が鳴った。

蓮がそれを取り、短いやり取りをしてすぐに切る。

「フロントから。火事が起こったから、すぐに建物を出るようにって」

「ええ、火事かあ」

何かあるかもしれない、と予感はしていた。しかし、まさかここで火事が起こるとは。死神だか運命だか知らないが、ずいぶんと攻めてくるではないか。

「前のタイムリープで、歌舞伎町(かぶきちょう)のラブホで火災、なんてニュース、あった?」

少なくとも海路は、そんなニュースを見た覚えはない。

「どうかな。大した火事じゃなければ、大きくは報道されないからな。ひとまず逃げよう」

海路と蓮は上着を着て、すぐさま部屋を出た。

あらかじめ心構えをしていたおかげか、他の客に比べて、海路と蓮の行動は素早かったようだ。

一番乗りに辿り着いた非常階段では、その後も人が殺到することはなく、階段を半ば降りたあたりから、女性の悲鳴やらホテルの客たちの騒ぐ声が聞こえてきた。

ホテルを出て、建物を振り返る。火の手らしきものは、見当たらなかった。

ぱらぱらと他の客も出てくる。その中にいた、若い女性の一人が、連れらしき男性に、

「警報の誤作動だって」

怒った声で言うのが聞こえた。

「マジで？　ふざけんなよお」

一度外に出た客の数名は、それを聞いて中へ戻っていく。蓮と海路は、どうする？　というように顔を見合わせた。

「移動しよう。このままここにいると、また何か起こりそうだ」

幾度目のタイムリープでも、このラブホテルの警報の誤作動は起こっていたのだろう。

事件がある場所に、海路と蓮が誘導されているのかもしれない。そう考えると、何を選択しても死に向かっている気がする。

死の影が忍び寄ってくるのを感じて、海路は怖くなった。と、温かな手が、海路の手を握る。

「寒くないか？」

優しく覗き込むその顔を見た途端、ホッとして、身体のこわばりが取れた。

「大丈夫」

蓮は優しい。彼だって、怖くないはずがない。なのに海路を一番に考えてくれる。海路は蓮の手を強く握り返した。

大丈夫。蓮と一緒なら、どんな運命が来ようと怖くない。

二人はホテル街を出て、新宿駅へ向かった。

土曜の夜の新宿は、行きかう人でごった返している。ちょっとしたことが事故に繋がらないように、慎重に進んだ。

駅まで辿り着き、さてどこに行こうかと考える。

「あんまり、人がいないところがいいかなあ」

今までのタイムリープの経験則で言えば、海路が事故に巻き込まれて死んでも、周りは軽傷程度だ。他に死亡者は出ない。

しかし、事故に遭うとわかっていて人の近くに行くのも落ち着かない。それに、人目の多いところでは、蓮と手を繋ぐのが照れ臭かった。

「海路は、ロマンスカーに乗ったことあるか」

構内に行きかう人の流れを避け、頭上の看板などに注意をしつつ、考えあぐねていると、蓮が来た方向と反対側を向いて言った。

「箱根に行くのに二回くらい、乗ったかな」

「俺は乗ったことないんだ」

「それなら、乗ってみようよ」

「ああ。これなら、乗り換えなしに遠くまで行ける。死神がお前以外の命を取ることはないから、乗客がどうにかなるような事故も起こらないはずだ」

移動するなら、なるべく長い時間、電車に乗ったままのほうが安全だろう、ということで、ロマンスカーの乗り場へ行ってみる。

箱根行きはなくて、片瀬江ノ島行きになっていた。

「江の島って、水族館があるんだっけ」

「神社とかな。子供の頃に家族で行ったな」

海路も昔、行ったことがあるが、よく覚えていない。でも、江の島はデートっぽいなと思った。そんなことを考えていたら、

「江の島、デートコースっぽいよな」

隣で蓮が言ったので、びっくりした。

「同じこと、考えてた」

小さな声で言うと、蓮は軽く目を瞠り、ニコッと微笑む。

「俺たち、通じ合ってるな」

行こうか、と手を引かれた。今、微笑んだのはホワイト蓮で、行こうかとこちらを見ずに前を向いて歩き出したのは、ブラックのほうだ。

同じ人間なのだけど、どちらの面影もあるのはちょっと不思議な感じがする。

二人ともお腹(なか)が減っていたので、コンコースにある飲食店で、お弁当や飲み物を買い込み、ロマンスカーに乗り込んだ。

席に着くなり弁当を広げる。今日は朝、食べたきりだったのだ。昼は寝ていたし、さっきもルームサービスを食べ損ねてしまった。

「電車でお弁当食べるの、久しぶり」

「旅行って感じがするよな」

もっとも、今はもう夜で、同じ車両にちらほら見かける乗客もみんな、帰宅途中といった様子だ。これから遠くに出かけようというのは、この車両では海路と蓮だけだろう。

食べ物はたくさん買ったけど、あっという間に二人の胃に収まった。満腹になると少し、眠くなる。

「今頃みんな、心配してるだろうなあ」

動き出した列車の、暗い車窓を眺めながら海路はつぶやいた。

今朝、検査が怖いと書き置きをしたきりだ。家族も心配しているだろうし、光一だって不安なままだろう。

「一度、メッセージは入れておこうか。それぞれの家族と、光一に」

「なんて伝える?」

相談した結果、家族には短い文面を送った。

『ごめん。ちょっと青春してくる。今しかできないことをやりに行きます』

大学受験で第一志望に受かり、高校を卒業して、浮かれてはっちゃけてしまった、という設定だ。

蓮も含めて、自殺をしに行ったと勘違いされることだけは避けたい。海路も蓮も、死にに行くわけではない。

生きたいのだ。ただ、死から逃れるのが難しいだけで。

『光一君、心配かけてごめん。今、呪いを解いている最中です。ついでに蓮とデート中』

『終わったら、ぜんぶ話す。ごめん』

光一には、三人のグループにメッセージを送った。

家族宛てと光一宛て、どちらのメッセージもすぐに既読になり、慌ててスマホの電源を落とす。

海路は家族の声が聞きたかったが、話すと泣いてしまいそうだった。これ以上、心配をかけたくない。

二人で考えた「お騒がせな学生」という設定からも逸脱してしまう。

それでも、みんな心配しているだろう。

帰ったらいっぱい怒られるのだろうなと考えてから、けれどもう、親に怒られることもないかもしれないとも思う。

光一は今頃、ひょっとしたら真実に辿り着いているかもしれない。病院の談話室での出来事を両親に聞いていたとしたら、落語の「死神」の単語さえ聞いてしまえば、きっと彼は真実に気づく。

三人で乗り越えようと約束したのに、彼を残してきてしまった。

三人の友人の中で、光一を残し二人で出かけた理由について、メッセージの文末に「デート中」と入れることで知らせたつもりだった。

蓮と海路が恋人同士になったこと、海路たちのこの無軌道な行動は、不毛なタイムリープと呪いを終わらせるために選んだ道なのだということを、きっと光一なら気づいてくれるだろう。

それでも、二人が死んでしまえば、彼を悲しませることに変わりはない。

蓮も同じようなことを考えているのか、スマホの電源を切るとしばらく、口をつぐんで黙り込んだ。

列車は、暗い夜の街を走っている。海路も黙って窓の外を眺めていた。

それからの道中は何事もなく、片瀬江ノ島駅には、九時半ごろに着いた。竜宮城みたいな駅の改札で、通行人に頼んで二人の写真を撮ってもらった。楽しそうな二人の写真を互いのスマホに共有して、再び電源を切る。

土曜日だからか、夜半にもかかわらず、まだ観光客らしい人の姿をあちこちで見かけた。

駅前から標識に従って、江の島へとゆっくり進む。ここでも手を繋いでいたが、薄暗い夜道のせいか、通りすがりの人にジロジロと見られることはなかった。

河口付近にある橋を一つ越えた後、江の島大橋を歩く。夜の海が幻想的で、非日常の空間に思えた。

綺麗だなあと、海を見ながら海路は思う。蓮も、橋の両脇に広がる海を眺めていた。

「お前が最初にタイムリープに巻き込まれた時」

大橋の半ばまで来た頃、蓮がおもむろに口を開いた。

「俺が橋の上から飛び降りるんだと思って、お前は止めに入ったよな」

「うん。蓮が光一君を好きなこと、前に聞いてたからさ。片想いの幼馴染みが亡くなって、すごくショックなんだろうなって、心配になって」

橋の真ん中に立つ蓮を見て、てっきり自殺するものだと思い込んでしまったのだった。

「ああ……じゃあ。やっぱり、それが理由なんだろうな」

蓮は海を見たまま、独り言のように言う。やがて海路を振り返った。

「お前がタイムリープに巻き込まれた理由。お前にとって一番最初の三月二十二日、俺を橋の上まで追いかけてきたのは何故かってことだ。十一月一日の会話で、お前は俺が光一に片想いしていたことを知った。それ以前のタイムリープで、この会話はなかった」

なるほど、と海路も納得した。

「そう言われれば、蓮が光一君を好きだったって知らなかったら、後追い自殺するなんて考えなかったかも」

仲のいい幼馴染みが死んだ、という事実しか知らなかった世界線では、海路はセレモニーホールから蓮を追いかけることはなかった。

「あの時」

と、蓮はまた海のほうへ顔を向ける。

「橋の上で、お前が俺を止めようとした時。身投げだって叫ぶお前の言葉を、俺は否定した。……でも本当は、死んでしまおうかって、迷ってたんだ」

海路は思わず立ち止まった。手を繋いだ蓮も足を止めた。海路を見て微笑む。

「はっきり、死のうって決意したわけじゃない。ただ、ここで終われば楽だなって思ったんだ。もう一度、自分が死ぬために一年をやり直すのは、苦しかった」

海路は自分がタイムリープに巻き込まれた後、蓮が橋の上から花束を投げる光景を何度も見てきた。

でも、蓮の本当の苦しみには気づかなかった。

毎回いつも、光一の代わりに死ぬために、時間を巻き戻す。どれほどつらかったか。いずれ自分に降りかかる死を思い、とても恐ろしかったはずだ。

想像して、涙が溢(あふ)れた。そんな海路に蓮は微笑む。

「お前はいつも、俺の話を聞いて泣くんだな。……俺の代わりに」

そう言って彼は、うつむく海路を抱きしめてくれた。

「止めてくれてよかった。あの時、一人で死ななくて。海路には苦しい思いをさせたけど、でもお前が仲間になってくれたおかげで、今こうやってお前と付き合えて、最後までお前と一緒にいられる」

蓮の言葉で、今度は別の涙が溢れた。

これまでのタイムリープで心に溜(た)まっていた、暗くつらい感情や感覚が、今の言葉でぽろぽろと剝がれ落ちていく。

心が軽い。

「……俺も。ここに来るまで苦しかったけど、あの時、ああしてよかったって思う」

あの選択は間違っていなかった。

死ぬ運命だとしても、自分は胸を張ってそう言える。

神社の境内を通り、島の反対側に出ようとして、二人はちょっと道に迷った。

何しろ夜で暗いし、スマホは電源を入れなければ、ただの四角い板だ。

「これ、肝試しコースじゃないか？」

階段ばかりの路地を歩きながら、蓮がぼやく。近くには民家も見えるし、地元の人には失礼だが、夜にうろつく場所ではないのかもしれない。

何より危険だ。ちょっとした段差や転倒で死んでしまうかもしれない運命にある身として、江の島の夜道は不安と恐怖を煽るものだった。

とにかく明るい場所へ、できれば平地に出よう、と、小山の木々の合間から見える明かりを頼りに歩き、行きつ戻りつして、どうにか広い道路に辿り着いた。

広い駐車場の向こうに、堤防と海が見える。

「ヨットハーバーなんかの近くだな。たぶん、このまま道なりに進むと、堤防の先にある灯台に行きつくはずだ」

蓮が地図も見ずに言うので、海路は感心した。

「すごい。詳しいんだね」

詳しくはないけど、と、照れ臭そうな蓮は素っ気ない口調になる。

「ロマンスカーの中でスマホの電源を入れた時に、ついでに地図を確認しといただけだよ」

家族や光一から着信が来るので、電源を入れたのはほんのわずかな時間だ。それで地図まで憶えられるなんてすごい。海路はまたまた感心した。

「お前はわりと、俺みたいな奴を調子に乗らせる才能があるな」

灯台があるという方向に歩きながら、蓮が言う。ぶっきらぼうな口調なので、まだ照れているのだなと海路は思った。

「蓮みたいな奴って？」

「プライドが高くて、自己顕示欲が高い奴」

「そんなに卑下することないと思うけど」

「四月から別々の大学になって、変な虫が付かないかって、心配してるんだよ。お前にちょっかいかけてくる男がいるんじゃないかって」

言いながら、繋いでいた手をぎゅっと摑んでくる。海路はどきりとした。

「それを言うなら、俺のほうが心配だよ。蓮は大学に行っても絶対、モテるだろうな。男子からも女子からも」

言いながら、今は何時だろうと考える。

「ちょっと、スマホ見てもいい？」

立ち止まって言うと、蓮もすぐにうなずいた。

「時間、だよな」

海路はコートのポケットからスマートフォンを取り出し、電源を入れてみる。

ディスプレイに表示された時間は、二十三時二十九分。

あえて考えないようにしていた期待が、興奮と同時にむくりと起き上がる。

「あと三十分か」

横からディスプレイの文字を確認して、蓮が言った。その声も弾んで聞こえた。

あと三十分で日付が変わる。三月二十二日を越えることができる。

それまで事故に遭わず生き延びられれば、きっと運命は変わる。

再びスマホの電源を切って前に進んだ。辺りに車が通る気配はない。島内に入るための大橋は夜間、車両の通行が規制されているそうで、タクシーなども見かけなかった。

それでも何が起こるかわからない。カーブが多く見通しの悪い場所では、蓮が車道側に立った。

しばらく歩き続け、とうとう堤防の先端付近に辿り着いた。細長い堤防の右手に、灯台が見える。

驚いたのは、こんな時間でも、ちらほらと人の姿があることだ。

灯台とは反対の左手、柵のない堤防の縁に、一定の間隔をあけて並んでいる。

「夜釣りかな」

海路がこそりと耳打ちすると、蓮もうなずいた。居並ぶ釣り客のうち一、二名、オレンジ色のライフジャケットを身に着けている人がいた。

「あっちは、釣りじゃないみたいだけどな」

今度は蓮が耳打ちしてくる。蓮が示すのは、右手の灯台のほうだった。

灯台がある右手は左手よりも高く、階段を上るとウッドデッキになっているようだ。そちらのほうが見晴らしもよさそうで、ウッドデッキに上りたいところだが、階段付近に若者がたむろしていた。

海路たちと同じくらいの年齢だろうか。

男女の交じったグループで、彼らの横にバイクが停めてある。

大騒ぎをしているわけではないが、地べたに座りこんだり、ヤンキー座りをしながら煙草をふかしているのを見て、陰キャのアンテナに引っかかるものがあった。

「絡まれたら面倒だな。離れるか」

蓮も陽キャの勘が働いたのか、言って素早く身を翻した。海路の手を引く。

「うん」

歩きかけて、くしゃみが出た。潮風が思った以上に冷たいせいだ。

「大丈夫か」

た。

「平気。でも、海辺は寒いね」

海路が言うと、蓮は握っていた海路の手にもう一方の手を添え、温めるようにさすってくれた。

「ありがと」

優しいなあと嬉しくなった時、背後でピュウッと口笛が聞こえた。

先ほどのヤンキーたちがいるほうだ。たまたまだと思い、海路は振り返らなかった。

「そこのお兄さんたちー」

しかし、彼らのうちの一人が声を張り上げ、「おーい」と呼びかけるのが聞こえた。

海路は思わず立ち止まりそうになる。蓮が「相手にするな」と言って手を引く。するとまた、口笛を吹かれた。

「お兄さんたちは～」

「ゲイですかー」

とぼけた声に、ゲラゲラと複数の笑いが被さる。気分が悪い。それに怖い。

「行こう」

蓮が冷静な声で言い、海路の背中を守るように、背後に回って肩を抱いた。

「あいつらはムカつくけど、あともう少しだ」

そうだ。あともう少しで日付が変わる。あんな連中に関わって、もしうっかり命を落としたら、腹立たしいことこの上ない。

海路と蓮は、慌てず速やかに、その場を離れようとした。

突然、ドルルン、と大きなエンジン音が轟いて、海路はビクッとしてしまう。バイクのマフラー音だ。蓮が宥めるように肩を叩き、先を促した。

そんな二人をからかうように……いや、実際にからかっているのだろう、エンジンをいたずらにふかす爆音が幾度も響く。

さらにその爆音が、二つに増えた。嫌な予感がして、海路はついに振り返ってしまった。

ヤンキーたちのうちの二人が、エンジンをかけたバイクにまたがっている。

まさか、と思った瞬間、一台が動きだした。それは転倒しない程度のゆっくりした速度を保ち、ぐねぐねと蛇行しながらこちらに向かってくる。

もう一台が動き出し、前のバイクに続いた。

大した速度ではない。バイクもそれほど大きくはない。もし間違ってぶつかったとしても、かすり傷くらいですむはず。

たぶん、相手はそう思っているはずだ。

近づいてくるバイクの男たちが、ニヤニヤと笑っているのが見えた。

腹が立った。死神は、最後の最後でこんな刺客を差し向けてくるのか。

せっかく、何があっても未練を残さず、潔く終わろうと腹を括ったのに。

「海路」

立ち止まり、彼らを睨む海路を見て、蓮が肩を抱き寄せる。

その時、後ろを走っていたバイクのエンジンが、バルルッとひと際大きな唸り声を上げた。

ぐんとスピードを出し、前のバイクを追い越すと、真っすぐ海路たちに向かってくる。

「わー」

バイクの運転手が、とぼけた声を上げた。ふざけて歓声を上げているのだ。そう思ったが、違った。

「ヤバいヤバい」

近づいてくる若者の表情が引き攣っている。「ヤバ、ヤバ」と、壊れた機械みたいに連呼し、海路たちと距離が縮まるにつれ、「どいてどいてどいて」と焦った声に変わった。

海路は咄嗟に、身体が動かなかった。

呆然と立ち尽くしていると、蓮が海路の身体をひょいと抱き上げ、そのまま海へ向かって走り出した。

「蓮、な……！」

何してるの、と、海路は驚いて声を上げたが、蓮は歯を食いしばり、海路を前に抱えたまま必死の形相で走っている。説明している暇がないのだろう。

バイクの男が相変わらず、「どけよぉ！」と情けない声で叫びながら、走る蓮の背中を追いかけてきていた。シュールなホラーコメディみたいだ。

バイクがぐんぐん距離を詰めてくる。海路を抱えていても蓮の足は速かったが、それでも限界がある。あっという間にバイクが追い付いた。

蓮は一瞬、背後を振り返る。もう逃げきれないと思ったのか、立ち止まって身を屈め、海路の頭を自分の身体の中に抱え込んだ。

「蓮」

海路を庇うつもりなのだ。死の呪いがかかった海路を庇ったら、そうしたら蓮はどうなるのだろう？

海路の頭の中に、様々な思考が過る。

もうすぐ日付は変わる。死神は、何としてでも呪いを遂行しようとしている。呪いは、寿命を入れ替えた者へと乗り移る。つまり、蓮が死ぬ。

——嫌だ。

蓮がいなくなる。今、こうして身を挺して海路を庇ってくれている、優しい彼が。大好きな人が。

自分が代わりに死ぬことは、考えていなかった。ただ、蓮が死んでしまうことが恐ろしかった。

（蓮）

嫌だ。死なせない。

そう思った時、自分の口から大きな声が上がった。蓮の背中に腕を回し、彼の身体を抱え込む。地に付けた足を踏ん張った。

海路を抱えて丸まっていた蓮を、火事場の馬鹿力で横に押しのける。

「海……っ」

驚き、焦った蓮の声と表情が見え、次には横からバイクのライトが目に差した。光で視界が真っ白になる。その時、強い力で腕を引っ張られた。蓮だ。

反動で体勢を崩す海路の身体を、逞しい腕が抱き留める。蓮はそのまま、海路を抱いて地面に転がった。

「摑まってろ！」

蓮の叫ぶ声が聞こえ、海路は咄嗟にギュッと声の主にしがみついた。

ゴロゴロと地面を転がって、最後に一瞬、身体が浮いた。

強い潮の匂いが鼻をつく。海だ、と思った時にはもう、海路と蓮は水の中に落ちていた。

息をしようと顔を上げたが、波が顔を叩き、口や鼻に水が入ってくる。もがくうちに、頭が水に浸かった。

暗い。水の中は真っ暗闇で、何も見えない。

（やっぱり、ダメだったか）

すぐさま頭に浮かんだのは、そんな言葉だった。

ものすごく頑張った。自分も蓮も、諦めずに頑張ったのに。

最後はこんな、暗い闇の中で死んでしまうのか。絶望というより、諦念とわずかな寂しさを覚える。

その時だった、手を強く握られて、ハッとした。蓮だ。

海に落ちた後も、海路の手を握っていてくれたのだ。

海路はその手を強く握り返した。蓮が、蓮も、まだ生きている。それならまだ、諦めたくない。二人で生きたい。

切に願う。その想いに呼応するように、何か強い力が、繋がれた手ごと海路をぐんと水面へと引き上げた。

十

バイクが故障して勝手に暴走したのだと、加害者のバイク運転手は言っているそうだ。

三月二十二日から、翌二十三日にかけて起こった、江の島のバイク事故の顚末である。

深夜の堤防に、若い男二人がふらりと現れて、恋人同士のように仲良くしていたので、仲間とからかった。

無視されたので、腹立ち半分、一泡吹かせてやろうと、もう一人の仲間とバイクにまたがり、蛇行運転を繰り返した。

脅すだけで、ぶつけるつもりはなかった。バイクが急に走り出した。

警察の聴取で、そうした証言を繰り返していると言う。

当のバイクは加害者と一緒に海に落ち、その後引き上げられたそうだが、そもそもが改造車である。その上、相手を威嚇する目的で危険な運転をしていた。

裁判はこれからだが、きちんとその行為の代償は受けるだろうと、海路や蓮の家族も期待している。

「もう一度、復唱して。今日はどこで何して、何時に帰るって？」

母は玄関先で通勤用のスプリングコートを羽織るなり、海路を振り返って言った。同じく玄関で靴を履いていた父が、それを聞いて真面目な顔を作る。

二人を見送りに出た海路は神妙な顔を作り、「はい」と素直に応じた。

「えーと、本日、四月二日は……ですね」

「ふざけないでちゃんとして」

「ふざけてないよ……ないです。えっと、今日は昼の一時から、光一(こういち)君と蓮と、蒲田(かまた)のカラオケに行きます。五時か五時半にカラオケを終えて、ファミレスで晩ごはんを食べて、夜の七時には絶対、解散します。なので、帰宅は七時四十分頃になるかと。あ、これ。カラオケの予約画面です」

嘘(うそ)もやましいこともありません、ということを証明するために、ササッとスマホの予約画面を両親に見せる。

ふうん、と鼻を鳴らし、母は胡乱そうに画面を見た。それから、「どうですか」と、背後の夫を振り返る。

海路の父は「そうだねえ」と、考える素振りをした後、

「じゃあ、八時。八時までには必ず、帰宅すること」

わりあいと甘めの裁決を下した。「やった」と、手を挙げかけて、海路は慌てて神妙な顔を作る。母がそんな息子を睨んだ。

「いい？　八時を一分でも過ぎたら、四月の間は終日、通学以外の外出は禁止にします。月末のお小遣いもなし。大学生になっても、新歓コンパにだって行かせないからね」

「はいっ。それはもう、必ず。絶対に厳守します」

大学一年生の四月と言ったら、その後の大学生活を左右する重要な期間だ。でも、母がそんなふうに言うのも無理はないとわかっているので、海路も深々と頭を下げて従った。

しかし、あまり神妙にしすぎて、かえって怪しまれたらしい。

「本当にわかってるのかしら？」

説教が続きそうな気配がした。

「わかってます。絶対に時間を守ります。カラオケに行かせてくれて、ありがとう。……あの、会社に遅れちゃうよ？」

説教を回避するためではなく、本当に時間がないのだ。手にしたスマホをタップして時刻を見せると、両親はようやく出かけてくれた。

行ってらっしゃいと愛想よく送り出して鍵を閉め、二人が食べた朝食の食器を片付ける。

その後で洗濯物を干して、風呂を洗い、リビングに掃除機もかけた。

大学が春休みの姉は、まだ自分の部屋で寝ている。

俺ってシンデレラみたい、などと冗談でも口にしたら、母と姉からビンタを食らうだろう。

それも往復で。

春休みの間だけ、家事を手伝うくらいで許してもらえたのだから、ありがたいと思わなければならない。

今日、友だちとカラオケに行くのだって、むしろよく許してくれたものだ。

——あの三月二十二日の事件からまだ、十日ほどしか経っていないというのに。

そう、海路は、蓮と二人で二〇二五年の三月二十二日を生き延びた。

三月も何事もなく乗り越えて、四月二日の今日も生きている。

呪いは解けたのだろう。あの日あの夜、死神が嘘みたいな力技で起こした事故以来、海路たちに身の危険が降りかかったことはない。

江の島でバイクに追いかけられたあの時、海路は蓮を庇おうとして身を捻った。

蓮は海路を抱えてバイクに背を向けており、今にもバイクの直撃を受けそうだったからだ。

しかし、海路が体勢を変えようとしたその瞬間に、蓮も動いた。海路が身を捻った反動を使って、堤防から海へと転がり落ちたのだ。

その時の海路はとにかく必死で、蓮もそれは同じだった。

だから当時の細かいことは、よく覚えていない。後になって人から話を聞いて、そうだったのかと初めて知ることもあった。

海に落ちた海路と蓮は、それからすぐ、夜釣りをしていた人たちに助けられた。ライフジャケットを着ていた数名が海に入って、海と陸と両方から引き上げてくれたのだそうだ。

真っ暗な海に落ちて、海路が生を切望したあの時、海路たちを海面へと引き上げたあの何者かの強い力は、その場に居合わせた釣り客のおじさん、お兄さんたちの力だった。

バイクと一緒に落ちた加害者も、ついでに、釣り客に助けられた。

海から上がった時は、蓮も海路も加害者も、意識があった。

それから、別の釣り客が救急と警察を呼んでくれて、さらには目と鼻の先にある海上保安署の職員が駆けつけてくれ、適切な処置をしてくれた。

海路と蓮は神奈川県内の病院に搬送され、異常なしと診断が下されて家に帰される頃にはもう、二十三日の朝になっていた。

お互いの家族が病院まで迎えに来て、もちろんこっぴどく叱られた。

蓮のほうは、母親より上の弟のほうが激しく怒っていた。

下の弟も一緒に連れられてきていたけれど、なるほど、小宮山兄弟は三人ともそっくりで、大中小という感じだ。ついでにお母さんも、切れ長の鋭い目元が蓮によく似ていた。

あの時は、警察にもさんざん事情を聞かれたし、家族にもこれでもかというほど怒られ、生き延びたのだと安堵に浸る余裕もなかった。

家に戻ってからも、「こんなことをする子だと思わなかった」と、母に愚痴を言われたし、両親揃って「本当は何か悩みがあるんじゃないのか」というようなことを何度も聞かれた。

それまでの海路は大人しい子供だったのに、いきなり入院先の病院を抜け出して行方をくらまし、連絡が取れなくなった挙句、江の島でヤンキーの単車に煽られて海に落ちたというのだから、我が子にいったい何が起こったのかと混乱するのも無理からぬことだ。

結局、高校生と大学生との狭間で浮かれていたのと、友だちと一緒にいて気が大きくなっての行動だった、ということで、周りの大人たちには納得してもらった。

海路の両親と蓮の母親と一緒に、光一の家にも謝りに行った。

英家にはもう、縁を切られても仕方のないところだが、光一の父も母も海路たちを叱り、無事でよかったと言って、無謀な行動を許してくれた。

小宮山家との長年の交友関係もあるのだろうが、一つには、取り残された光一がフォローをしてくれていたおかげでもある。

光一は、三月二十二日の朝、両親の口から「死神」のキーワードを聞き、すぐさま呪いの真実に辿り着いていた。

前日には蓮が姿を消しており、海路も最後に通話をした時は様子がおかしかった。海路と蓮も真実に気づいたのだとわかったのだが、その時にはもう、二人はスマホの電源を落としていて、連絡が取れなくなっていた。

海路と蓮が真実を知った上で何をしようとしているのか、その時にはまだわからなかったけれど、にもかかわらず彼は、大人たちにいろいろと言い訳をしてくれていたらしい。

まず、海路が前日に行ったCT検査で、閉所に対する恐怖を感じていたと、書き置きのメモの内容を補足した。

それから海路と蓮が、英家のゲーム合宿中に動画配信の企画に目覚め、受験からの解放感と相まってハイテンションだったとか、同時に来月から始まる大学生活に不安も感じていたとか……それらしい証言を友人の立場から大人たちに伝えていた。

そうした光一の「印象操作」のおかげで、海路たちの突然の出奔は、モラトリアム期間におけるハイティーン特有の奇行であると、周囲に印象付けられたようだった。

それから光一は、海路たちがロマンスカーから送ったメッセージによって、二人が本当はどういう関係だったのか、どういう選択をしたのかもおぼろげに理解した。

「ごめんね。ぜんぜん気づかなかった」

江の島の事故の後、三人で通話をした際、光一は言った。

「僕、男同士っていう発想がまず、なかったからさあ。二人が付き合ってるって気づいてやっと、蓮の海路君への態度も納得できたよ」

今までと変わらず、のほほんと話す光一に、海路はホッとしたものだ。

海路と蓮も、黙って光一を置いていったこと、フォローをさせたことを謝罪した。

「今度、カラオケで二人におごってもらうね」

とは言っていたのだが、その時はまだ、海路たちが帰宅してすぐで慌ただしかったし、長くは喋れなかったので、それ以上の話はしていない。

三月いっぱい、海路と蓮はそれぞれの親から、外出禁止を言い渡されていた。ついでに海路は、春休みの間の家事が量刑に加えられた。

だから、事故後に三人で顔を合わせるのは、今日が初めてだ。

蓮とはその後も、メッセージや通話を頻繁にしているけれど、光一とは今日のカラオケに誘った以外、やり取りをしていない。

呪いを解いて生き延びることができた今、この先も光一と友人でいたい。

光一には、二人で真剣に何度でも謝るつもりだけど、果たして許してくれるだろうか。

そんなことを考えて、今日は少し不安だった。

「海路、出かけるの？」

昼過ぎ、身支度を終えて出かけようとすると、今頃になって起きてきた姉が声をかけてきた。

「うん。カラオケ」

姉は、ボサボサの髪の奥から海路を見て、それからニヤッと笑う。

「もう二度と、コンビニのおでんツンツンしたり、寿司屋で醤油ペロペロするんじゃないよ」

「しないよ。一度もしたことないよ！」

姉はあの事件からたびたび、こうしていじってくる。仕方がないと、海路も甘んじて受けている。

（すごく大変だったのにな）

命がけの逃避行だった。本当は何が起こったのか、それはこの先も、知られないままなのだろう。

海路と蓮と光一、三人を除いて。

（まあ、いいか）

自分たちが知っていれば、それで。

これから会う二人の顔を思い出し、海路は気を取り直した。

「行ってきます」

玄関のドアを開くと、外はもうすっかり春めいていた。

光一の大学は昨日が入学式で、今日はオリエンテーションだったのだそうだ。

だ。

蓮は週末、海路の大学は来週初めに入学式があるので、光一が一足先に大学生になったわけ

そんな大学生の光一は、デニムパンツに黒のジャケットで現れた。

髪は入学式前にカットしたそうで、短くすっきりしている。

今日も爽やかで高貴な美貌の光一は、カラオケ店の個室に入るなりマイクを握り、蓮と海路に向かってにっこり笑った。

「はい、二人とも。改めて僕に言うことは？」

それで海路と蓮は、申し訳ありませんでしたと、ありがとうございましたを交互に言った。

光一はマイクを使って「よろしい」と言い、ソファの奥の席に鎮座し、女王様よろしく二人にドリンクを持ってこさせたり、フードを注文させたりした。

下僕たちが動いて注文の品が届く間に、女王様は三曲ほど、七〇年代フォークソングをお歌いになられた。

やがて注文したものが揃うとようやく、マイクを置く。

「すごく心配したし、大変だったんだからね」

「悪かった」

「光一君、ほんとにごめんね」

もう一度、蓮と海路で頭を下げた。

「もう置いていかないでよ。二人が付き合ってるのはわかったけど、どっちも僕の友だちなんだから」

光一がツンとした態度でそんなことを言う。ツンデレだ。海路はじわりと涙ぐんだ。

「光一君、大好き」

「おい、彼氏の前で大胆だな」

海路が抱きつく真似（まね）をすると、蓮が眉を引き上げてツッコミを入れた。光一が口を開けて笑い、持っていたウーロン茶のグラスを掲げて乾杯の仕草をした。

「二人とも、ありがとう。おかげで僕は生き延びて、大学生になれた」

「それを言うなら、俺もお前に礼を言わないとな。お前に庇ってもらわなかったら、俺はそもそも高校三年生にもなれなかったんだから」

蓮もコーラのグラスを掲げる。

「そっちはたまたま、僕の意思とは関係ないけどね」

海路は、メロンソーダのグラスを二人のグラスに順に触れ合わせた。

「俺は最後、蓮に助けられた。三月二十二日を越えていなかったら、呪いは蓮に戻ってたのかな」

もう終わったことだけれど、気になる点はいくつかある。呪いは本当に解かれたのか、とか。

蓮に呪いが降りかかっていたらと考えて、海路は今も時々、怖くなるのだ。

「どうかな。二十二日を越えてなくても、海に落ちたあの時に、呪いは解かれてたと思うぜ」

海路と光一は、どういうことかと蓮を見た。

「あの時、お前も俺を庇おうとしたよな。無理やり、俺と自分の立ち位置を替えようとした。俺はお前と一緒に、海に入って逃げようと思ってたんだよ。でも、あのまま走ってたら間に合わなかった。お前が動いてくれたおかげで二人で地面に転がって、海に入ることができた」

「二人の愛の力ってことかな」

光一がニヤニヤしつつ、照れもなく言うので、海路は赤くなる。蓮は軽く友人を睨んだ。

「ドヤッて言うな、恥ずかしい。いやまあ、そういうのもあるかもしれないけど、俺が言いたいのはもっと物理的なこと。俺と海路は何度も位置が入れ替わったんだ。最後は一緒に海に落ちて難を逃れた」

「なるほど。呪いが宙ぶらりんになったわけだ」

「そういうこと。呪いをどっちに付与するべきか、死神も困ったんじゃないかな」

光一と蓮のやり取りを聞きながら、海路は困ってオロオロしている死神の姿を想像してみる。死の運命にはさんざん振り回されたから、胸がすいた。

「じゃあ、呪いは解けたんだね」

もう二度と、振り回されることはないのだ。

「そうだね。それにやっぱり、ゴールは三月二十二日だったと思う」

光一が言い、テーブルに並んだナゲットをつまんで齧(かじ)った。

「だとしたら、三月二十二日って何の日なんだろう」

海路は尋ねてみる。この日付の意味を、ずっと考えていたのだ。

「うーん。僕も調べてみたんだけど、よくわからなかったな」

「誰かの誕生日とか？」

言ってみたが、この三人の誕生日でもないし、家族の誕生日でもなかった。光一が自分のスマホでインターネットを検索する。

「世界水の日、放送記念日だって。あと、一年が始まって八十一日目。二〇二五年の三月二十二日は土曜日で、六曜は赤口。六曜って、大安とか仏滅のことね」

「さっぱりわかんねえな」

「でもそれを言ったら、必ず巻き戻る五月六日だって、何の日かわからないよ？」

海路が言うと、蓮は「だよなあ」と同意した。

光一の検索によれば、五月六日はコロッケの日で、ゴムの日とふりかけの日でもあるらしい。やっぱりさっぱりわからない。

「たぶん、巻き戻る当日も『お別れの会』の日も、日付そのものには意味はないんだろうね」

光一が言った。

「たとえば時間が巻き戻った翌日の五月七日は、死の運命を変えるための起点だった。蓮が朝早く登校しなければ、ホチキスの針は足りないままだったから」

「死から逃れるために、タイムリーパーの俺が行動を開始できるギリギリのラインが、五月六日だった、ってことか」

「そう。終点となる三月二十二日も、起点と同じ考え方をしてみたらどうかな。僕、または海路君か、蓮か……呪いを受けた人物が、死の運命を享受できるリミットがこの日だった。この日を越えたら最後、もうこの運命を変えることはできない」

「数字に意味があるんじゃなくて、時間の座標に意味があるってことだな。俺はタイムリープしてる間、数字の意味ばかり考えてた」

蓮の言葉に、光一は穏やかな微笑を浮かべる。

「一人だけで考えていたら、僕も今みたいなことは思いつかなかったかもしれない。三人で考えたからだよ」

そういう意味では、自分は何も考えなかったなあと、海路はふと思った。

海路一人では何も思いつかなかった。蓮と光一がいてくれなかったら、どうなっていただろう。

「それじゃあ、呪いが解けたのは海路のおかげかな」

そこへ、蓮がそんな言葉を投げてきたので、海路はきょとんとしてしまった。

「俺、一番何もしてないよ」

「したよ。俺にしがみついて、タイムリープに飛び込んできた。俺と一緒に呪いを解こうと頑張った」

「でもへばって、途中で離脱しちゃった」

海路の言葉に、蓮は少し悲しそうに微笑んだ。

「一人で巻き戻って、お前は光一を救おうとした」

「最初に蓮を巻き込んで、僕も巻き込んで。三人で仲良くなって、だからこそ運命を変えることができたんだよ。死の呪いだけじゃない。僕は海路君と蓮ていう、生涯の友だちができた。二人にすごく感謝してる」

正面から真面目な顔で言われて、海路は照れた。蓮も鼻白んだ顔をしている。

「僕には今まで、勉強しかなかった。受験を失敗しまくって、大学受験に受かることだけが拠り所だった。きっと大学に受かってもそこで燃え尽きるか、そうでなくてもずっと兄の影を気にし続けてた。この一年、友だちと遊んで楽しい思い出も作って。僕にも勉強だけじゃないって思えるようになったんだ」

しみじみと言われて、海路もこの一年を思い出した。それから、それ以前に繰り返したタイムリープのことも。

「俺も、二人と仲良くなれてよかった。タイムリープに巻き込まれなかった世界の俺は、きっと大学生になっても消極的で、つまらない奴のままだったと思う」

ほどほどに頑張って、そこそこの人付き合いをするだけだっただろう。

「でも、三人友達になれたって成功体験があるから。大学でもちょっとだけ、勇気を出して人付き合いを頑張ってみる。そう考えられるようになったのも、二人のおかげ。一生モノの友だちができたから」

照れ臭いけれど、光一に倣って言葉にしてみる。

「一生モノの彼氏もできたしな」

蓮がすかさず茶化してきたので、つい睨んでしまった。

「もう、せっかく感謝してるのに」

でもたぶん、今のは蓮なりの照れ隠しなのだろう。こういう時、蓮は光一や海路ほど素直になれない性格なのだ。最近だいぶ、蓮のことがわかってきた。

「二人って、ほんとに付き合ってるんだなあ」

視線を軽く絡めていたら、横から光一にからかう口調で言われた。海路と蓮は思わず、互いに目を逸らしてしまった。

「あの、ごめんね。友だち二人で、こんな関係になっちゃって」

友人二人ともがゲイだった、というのは脇に置いても、三人グループのうちの二人がくっつくというのは、複雑な気持ちではないだろうか。

「まあ、僕を置いてイチャつきやがって……と、思わなくもないけどね」

はんなり微笑んだまま、光一は毒を吐く。蓮も頭を搔いて、「悪かった」と、謝った。

「いいよ。二人のいちゃラブ・パワーが、死の運命を打破したんだから」

「光一、お前ヤバいぞ。海路のダサいセンスに感化されてきてる」

「俺？　ひどい」

「……僕も、彼女作ろっと」

それから三人で、カラオケを歌った。三人でというか、ほとんど光一がマイクを独占していたが。

あっという間に時間になり、カラオケ店を出る時、光一は「また、カラオケ付き合ってよ」と、海路と蓮に言った。

「今月は忙しいか。来月のゴールデンウィークとか」

社交辞令ではなく、具体的に日取りを決めようとしている。カラオケがよくよく気に入ったらしい。五月の連休中に一度、三人で会う約束をした。

当初の予定ではこの後、どこかで、夕飯を食べて解散することになっていた。

カラオケ店の前で、何食べる？　なんて話をしていたら、光一のスマホがピロン、と鳴った。

「ごめん。僕、抜けてもいい？」

スマホを確認するなり、光一が言う。

「昨日、入学式で連絡先を交換した子が、道に迷ってるらしくて。東京に出てきたばかりなんだって。この近くにいるみたいだから」

行ってくる、というのだ。

「女か」

「女子だね？」

蓮と海路は、すかさずニヤつきながら指摘する。しかし光一は、海路たちのように照れたりしなかった。

「うん。可愛い子。僕好み」

にっこり笑って言い切って、「じゃあまた」と、駅に向かって小走りに去っていった。

残された海路と蓮は、しばらくその後ろ姿を見送っていたが、やがて顔を見合わせる。

「光一君て、もしかしてわりと肉食？」

「俺は前から知ってた」

でも光一のことだから、半分は蓮と海路のために気を利かせてくれたのではないかと思う。

二人でそんなことを言って、踵（きびす）を返した。

繁華街を歩きながらまた、何を食べようか、なんて話をする。

海路は何でもよかった。できるだけ長い時間、蓮と一緒にいられれば。

「結局、あのタイムリープは何だったんだろうって、たまに考える」

蓮が不意に口を開いた。

二人は行きかう人の流れを避けるようにして、ゆっくり歩く。人が多いので手を繋ぐことはしなかったが、肩が触れ合う距離を保っていた。

「俺も。何だったんだろうなって思う。やっぱり、死神っているのかな」

「どうかな。けど、もし死神がいるとして、やり直すチャンスを与えたのはなぜだろう」

「うーん。……善意、ではなさそうかなあ」

江の島での出来事を思い出して、海路は答えた。最後のバイクの暴走に、悪意を感じた。

あんなことをする死神が、慈悲を与えるだろうか。

そのことを海路が口にすると、蓮も「だよなあ」と天を仰ぐ。午後五時過ぎ、辺りはまだ少し明るかった。日が暮れるのがだんだんと遅くなってきたと感じる。

「でも、タイムリープは、善意っぽいよね」

何度も何度も、やり直すチャンスをくれた。

「そうだな。そう考えると、善意と悪意が戦ってる感じがするな。死神に対抗する何者かが、死神と賭けをした、とか」

なるほど、今までの出来事を鑑みて、その発想はしっくりくる。

「誰が死神と賭けをしたんだろうな。別の神様の気まぐれか」

隣で蓮が独り言ちるのを聞きながら、海路も考えてみる。想像して……ふと、閃いた。

「お父さん」

相手が怪訝そうな顔をするので、言い直した。

「蓮のお父さんだよ、きっと」

蓮の落語好きは、亡くなった父親の影響だと言っていた。死の運命の真実に気づいたのも、落語の「死神」がきっかけだ。

連想ゲームみたいだけど、思いついたらこれしかない、という気がしてきた。

「蓮のお父さんはさ、愛する奥さんと可愛い子供三人置いて、亡くなったでしょ。きっと家族が心配だったよね。なのに、長男の蓮が事故で死ぬ運命だってわかったら、やりきれないよ。そこで死神と交渉するんだ。タイムリープでチャンスを与えてくれって。でも、死神からしたらそんな義理はないから、賭けをしようって言うかも」

光一と、死の運命を入れ替える。その上で、蓮にタイムリープのチャンスを与えた。

ただやり直すだけでは、光一はまた死んでしまう。運命のロジックに気づいて、蓮がどういう選択をするか。

死神は試したのではないだろうか。

「……海路」

海路が想像したことをそのまま口にすると、蓮はその場に立ち止まった。まじまじと海路を見つめる。

「お前、すごいな」

「え、え、そう？」

「天才」

クシャクシャと両手で頭を撫で回された。くすぐったくて、「やめてよ」と言いながら笑ってしまった。

「でも、それじゃあ。やっぱりお前のおかげだな」

やがて撫で回す手を止め、蓮が正面から海路を見下ろす。愛おしそうな眼差し（まなざし）を送られて、嬉しいと思うのと同時に、胸がどきどきした。

「俺は、別に何も」

「さっきも言ったけど。俺一人だったら、死の運命を変えることはできなかった。お前が……一度は死ぬほど追い詰められたお前が、それでも俺たちを巻き込んで頑張ってくれたおかげだ」

その言葉を聞いて、海路はまた目が潤んでしまった。

苦しかった思い出はすべて、二十二日の逃避行の時に昇華された。だからこれは、悲しみや苦しみを思い出して出る涙ではない。運命を勝ち取って湧く、喜びの涙だ。

涙を隠そうとしてうつむく海路を、蓮がハグしてくれた。海路はぼすっと蓮の胸に顔をうずめる。


「ありがとう、海路」

返す言葉が見つからない。海路は蓮の身体を強く抱きしめた。

どれくらい、そうしていただろう。大して長い時間ではないはずだ。

顔を上げると、蓮が優しく微笑んだ。

「この後の、夕飯なんだけど」

言って、駅とは反対の方角を指で示す。

「あっちにラブホがいくつかあるらしいんだ。そこでもいい？」

せっかくいい雰囲気だったのに、夕飯の話か、と、思わないでもなかったので、言葉を理解するのに一、二秒かかった。

意味がわかって、プッと噴き出す。

「夕飯の話かと思ったのに」

「夕飯の話だろ。あの時は、ルームサービスを食べ損ねたからな」

言うと、蓮は指差した方角へ向きを変える。海路はちらりと蓮を見上げた。

「ルームサービスを食べるだけ？」

気の利いたジョークを言っただけだ。そのつもりだったのだが、蓮は一歩前に出しかけた足を止め、海路を見つめる。

「食ってる暇は、ないかも」

「えー」

「お前が煽ってくるからさあ」

煽ってないよ、なんて言い合いながら、二人で繁華街の奥へと進む。

並んで歩くうちに肩が触れ合い、やがてどちらからともなく、そっと指先を絡めた。

あとがき

こんにちは、初めまして。小中大豆（こなかだいず）と申します。

こちらは、現代タイムリープの下巻となります。

まずは、上下巻という長いタイムリープにお付き合いいただきまして、ありがとうございました！

このお話に取りかかったはじめの頃、編集さんとどのくらいのページ数になるか相談していたのですが、私は、

「今回はそれほどの長さにはならないと思います。まあだいたい、二百四十頁くらいじゃないですかね」

ドヤッと話していた記憶があります。どうしてそんな予測を立てたのでしょうね。

上巻に引き続き、下巻のイラストを担当してくださいました、笠井（かさい）あゆみ先生にお礼を申し上げます。

下巻のカバーイラストを拝見した時、上巻で険しい表情だった二人が、時間旅行の果てにこんなふうに変化したのだなと、感慨深く眺めてほろりとしました。

美しいイラストで物語の世界を広げてくださった笠井先生と、そして裏方で作品をささえて

くれた編集さんには、感謝しきれません。

また、重ねてになりますが、こんなに長いお話を最後まで読んでくださいました読者の皆様、ありがとうございました。

楽しんでいただけるかどうか、甚だ不安ではありますが、読後、少しでも心に何か残るものがありましたら、幸いです。

それではまた、どこかでお会いできますように。

小中大豆

この本を読んでのご意見、ご感想を編集部までお寄せください。

《あて先》〒141－8202　東京都品川区上大崎3－1－1　徳間書店　キャラ編集部気付

「3月22日、花束を捧げよ㊦」係

【読者アンケートフォーム】

QRコードより作品の感想・アンケートをお送り頂けます。

Chara公式サイト http://www.chara-info.net/

■初出一覧
3月22日、花束を捧げよ㊦……書き下ろし

2024年7月31日　初刷

著者　小中大豆
発行者　松下俊也
発行所　株式会社徳間書店
〒141-8202　東京都品川区上大崎3-1-1
電話　049-293-5521（販売部）
　　　03-5403-4348（編集部）
振替　00140-0-44392

3月22日、花束を捧げよ㊦

【キャラ文庫】

印刷・製本　株式会社広済堂ネクスト
カバー・口絵
デザイン　佐々木あゆみ

ISBN978-4-19-901140-5

小中大豆の本

好評発売中

[3月22日、花束を捧げよ㊤]

イラスト◆笠井あゆみ

永遠に高校三年生をくり返す、この不毛なタイムリープから逃れたい——。同級生の事故死を回避するため、片想いの相手・蓮と何度も時を遡る海路。蓮が時間遡行する瞬間に居合わせ、巻き込まれてしまったのだ。幼なじみの親友を助けたくて必死な蓮は、海路が協力すると言っても頑なに拒絶!!「おまえが死んでも、俺はやり直さないからな」蓮にとってお荷物でしかない海路は、存在を否定されて!?

小中大豆の本

好評発売中

[行き倒れの黒狼拾いました]

イラスト✦麻々原絵里依

垢じみて小汚い狼の獣人が、食い逃げしようとしたらしい!?　退屈しのぎと好奇心で、助けてやった老舗大店の若旦那・夢路(ゆめじ)。天性の商才と勘を持つ夢路は、磨けば光る逸材のクロに一目惚れ。「行くところがないなら、私の下で働いてみないか?」夢路の美貌に見惚れ、一晩誘ったら夢中で貪るひたむきさと若さが、新鮮で心地よい。けれど、元は裕福な出自らしい男前は、夜中に時折魘されていて…!?

小中大豆の本

好評発売中

[気難しい王子に捧げる寓話]

イラスト✦笠井あゆみ

美しく愚かな王子よ、この「真実の鏡」で
あなたの想い人の真の姿を見るがいい。

「薔薇の聖痕」を持つ王子は、伝説の英雄王の生まれ変わり——。国中の期待を背負って甘やかされ、すっかり我儘で怠惰な暴君に育ったエセル。王宮内で孤立する彼の唯一の味方は、かつての小姓で、若き子爵のオズワルドだけ。宰相の地位を狙う野心家は、政務の傍ら日参しては甘い言葉を囁いてくれる。そんな睦言にしか耳を貸さないエセルの前に、ある日預言者のような謎めいた老人が現れて!?

小中大豆の本

好評発売中

「鏡よ鏡、毒リンゴを食べたのは誰？」

イラスト✦みずかねりょう

売れない元子役のアイドルが、一夜にしてトップモデルへ転身!?　クビ寸前の永利を抜擢したのは、完璧主義の天才写真家・紹惟。彼のモデルは代々『ミューズ』と呼ばれ、撮影中は一心に紹惟の寵愛を受ける。求めれば抱いてくれるけれど、冷静な態度は崩さず、想いには応えてくれない。深入りして、疎まれるのは嫌だ…。そんな思いを抱えたまま、十年――。恐れていた、新しいミューズが現われて…!?

小中大豆の本

好評発売中

「鏡よ鏡、お城に隠れているのは誰？」
鏡よ鏡、毒リンゴを食べたのは誰？2
イラスト✦みずかねりょう

小中大豆
イラスト◆みずかねりょう
鏡よ鏡、お城に隠れているのは誰？
注目の若手俳優が、連ドラ主役に大抜擢!?
業界サクセスラブ第2弾!!
キャラ文庫

今をときめく売れっ子俳優が、連ドラの主役に大抜擢!!　多忙な天才写真家で恋人の紹惟（しょうい）とも、甘い同居生活を満喫中。一見順風満帆だけれど、内心は失敗できない重圧と不安で押し潰されそうな永利（えいり）。しかも準主役の相棒役は、二世俳優の問題児・十川迅（とがわじん）。二年前、傷害事件を起こして謹慎していた年下の男だ。初対面から永利を睨んできた十川は、なぜか敵意を隠さず、挑発するように絡んできて!?

小中大豆の本

好評発売中

［キャラ文庫アンソロジーⅣ 瑪瑙］

カバーイラスト✦円陣闇丸

「気難しい王子に捧げる寓話」番外編『鏡の未来のその先へ』若き国王を支える有能で忠実な家臣たち——けれど一人、王を値踏みする不遜な男がいて!?

■「DEADLOCK」英田サキ（イラスト／高階 佑）■「氷雪の王子と神の心臓」尾上与一（イラスト／yoco）■「呪われた黒獅子王の小さな花嫁」月東 湊（イラスト／円陣闇丸）■「気難しい王子に捧げる寓話」小中大豆（イラスト／笠井あゆみ）■「パブリックスクール」樋口美沙緒（イラスト／yoco）■「不浄の回廊」夜光 花（イラスト／小山田あみ） 計6作品を収録。

キャラ文庫最新刊

騎士団長のお抱え料理人

稲月しん
イラスト✦夏乃あゆみ

王宮の騎士団で修行中の料理人・アイル。ある夜、厨房に迷い込んだ謎の男・ゼスに料理を気に入られ、以来通ってくるようになり!?

3月22日、花束を捧げよ㊦

小中大豆
イラスト✦笠井あゆみ

片想い中のクラスメイトには、初恋の幼なじみがいる——その人の死を回避するため繰り返すタイムリープから、脱したい海路(かいろ)だけど!?

白百合の供物

宮緒 葵
イラスト✦ミドリノエバ

敬虔な神の使徒である司教・ヨエル。慰問で訪れた属国の前線軍基地で再会したのは、准将にまで上り詰めた幼なじみのリヒトで…!?

8月新刊のお知らせ

尾上与一　イラスト✦牧　[プルメリアのころ。]
夜光 花　イラスト✦サマミヤアカザ　[無能な皇子と呼ばれてますが中身は敵国の宰相です④]

8/27(火)発売予定